温暖的麦穗

张雁彬 著

中国人民大学出版社
·北京·

谨以此书

献给尊重生命热爱生活的人们!

每个人，都应保护好我们心灵中那一片神圣的净土，让她生长希望和幸福。用我们品德的阳光，使生命之树葱茏，使心里充满力量，给生活添一点色彩，给人生多一点温暖的记忆和回味的馨香。

目录

捡拾温暖的麦穗

生活美丽的颜色

俯视生命的光芒

观赏太阳与星光

大青山上山丹花

生命飘香的根系

雨地里的孩子

雨地里的孩子
裸着脚走

道路很泥泞

四周到处是房子
而他没有家

雨下个不停
他举起自己的双手当伞

他拧着湿漉漉的衣衫

想

温温柔柔的太阳
暖暖和和的家

雨水像溅起的碎玻璃

雨地里的孩子
没有鞋子
爸爸也没有

捡拾温暖的麦穗

命运

是　那摇曳的红玫瑰
起舞

在山巅　歌声与芳香
一波一波
覆盖我　踏碎艰险

走近你
才知道　是燃烧的希望

把真诚和爱　用深情的目光
搭建成　美丽的太阳屋
亲手　送给他人
让她们开出繁华与笑脸

把阳光　种在心里
让她发芽　长成　葱绿的春天

捡拾温暖的麦穗

2004年1月1日

新的一年又开始了。回首过去的一年，总觉得太忙，也觉得过得太空。光阴似箭，眨一眨眼，一年就过去了。朱自清说，吃饭时，时间从嘴角流去，从指缝间流去。时间是公正的，一白一黑是一天，人人如此。但有的人成就了好多有意义的事，有的人空耗了365天。时间是跛扈的，你不爱惜它，它就以衰老和荒废惩罚你。

总觉得在努力工作的同时，还应该挤点时间，哪怕茶余饭后，少一点应酬，也要给心灵设计一套更加幸福的程序、软件。让她在纷扰中安定，在激动中冷静，在名利的熏染中清醒，温和而有序地运转，认真而负责地做事，阳光而快乐地生活，逐渐使人的生命变得多彩，变得葱茏。

那么就从现在开始吧。

真实的一天一天的生活，就是自己真实的一生。真实的对一时一事一人一物的感觉，就是生命纷繁多彩的气韵，她平静碧蓝的生生流动，就是人鲜嫩的精神。

用眼睛拍摄世间万象，用思想过滤混沌的生活，用情感发酵出真、善、美的人生三原色。让欢笑和泪花里长成的经验曝光，在时间的暗室里，缩小悲伤，放大希望，用心灵冲洗出美丽的底片，印染成智慧的图像和花朵。

其实，感觉才是最真实的存在，它能说明一切。但漫长的时间，像粗心大意的风。那曾环绕在山头的智慧的云雾，曾茂盛在山沟里的不会哭泣的草木，曾欢快飞落在河边的红嘴蓝翅黄足白身黑眼的善良小鸟，曾跳跃在绿色阳光里唱歌的美丽多情的小动物，都被无意的飓风卷走了。像我们再也找不回、看不到的匆匆流走的金子般的岁月，只不过是一张过期的空头支票。

失忆忽略了瞬间的真实，档案里仅留下了坚硬、沉重、冷冰的石头、翡翠和话语，书写着辉煌而单调的历史。

第一时间，第一地点，第一感觉，留下心灵的第一记忆。心灵记录，就从此刻写起。无论平淡抑或深刻，她都将组成我一段心灵之旅，若清晰的年轮，如古朴的铜镜，把浮世的忧虑摆在精神高贵的庙堂，丰饶我的灵魂，彩印我的思索，抚慰我的荒凉，给生命的苍白添点花样儿，给生活的轻飘增点重量。如果真能用自己的心灵再养育一个美丽动人的女儿，我就有了一儿一女，那简单而粗糙的生命就又多了温馨和完美，多了爱护和欣喜，多了繁忙和责任。

人生就像麦地的四季。我们收割了辉煌，收割了赞美，赶着幸福的马车，把丰收和欢笑拉回了单位，把疲惫和忧愁卸在了家里。那匹解了套的心灵的白马，在夜深人静的月光里，在人声鼎沸的红尘中，伴着满天灿烂的星星，伴着多彩的欲望和宽窄纵横的街道，自由地散步，空渺地想象。从都市到农村，寻访他感觉温暖的一丛丛绿色；从童年到中年，咀嚼着生活的百般滋味；从国内到国外，在文化的森林中，追寻历史和现实的梦想。

在时间丰裕的田野上，在光怪陆离的人世间，对于一个简单的生命个体，什么才是最揪心的真实，什么又是最倾魂的依恋，什么更是不能割舍的职责？

碧蓝的生命河流，无论巨细，活一天，即洒满跃动的星光。多少追求和感受，多少仁爱与帮助，像那遗失在岁月里的无数美好，那生命深处不可磨灭的雅致和尊贵，那滋润心灵的圣水般的情谊，都像一棵棵饱满的金色麦穗，闪耀着人的光泽和气息。

日月无声，奏出天地神曲；心灵絮语，演绎金色记忆。世间到处都有美，人间处处皆有善，生命深处都是真。捡拾那些多彩的麦穗——瞬间的真实，心灵的渴盼，生命的声音，真诚的教诲，不要让她在风尘中褪色，在无知和疏忽中冷落。如果麦芒里仍有紧抱的一粒一粒饱满光鲜的籽粒，那就是生的信念，幸福的种子。让她在单调而匆忙的日子里，繁衍出绿色的风景，摇曳快乐的歌声。

文明的社会，既应有仰望星空的人，更要有俯视生命的眼睛！

与谁相约

2004年1月4日

生活真是个万花筒。生活的美，源自人的不同、人的活力、人的美。就像植物的多样性一样，因不一样而丰富多彩，因独特而彰显价值，因活力无限而充满希望，千奇百怪的人组成了世间，才觉得活着有点意思。如果都一样，那也未免太单调、太乏味了吧。而事实上，人也不可能都一样，就连人的味道也没有一个是重复的、相同的。天下美丽的人不可计数。即使别人认为丑的人，在情人眼里、在父母眼中，也是美不胜收，活泼可爱的。

人除了美丽，还应有才情、能力。生活到处都是舞台。有的人做了花瓶，有的人做了主角。人生难道不是一场漫长的表演吗？呱呱坠地到人间，生的帷幕即已拉开，父母、师长就为你的出场，开始了化妆、美容，就为你准备舞台，甚至多少好心的朋友、邻居也为你忙碌操心。可谁也不知，戏还得靠自己演。舞台是社会的，动作、台词还得自己创作。精彩不精彩，全在自己的造化了。

每每看到别人激情四射、梦想连连、生命充满活力、不知疲倦地奔波、奋斗的情景，感觉到我自己正在变老，怎么就没有了像他那样的生气呢？从什么时候没有的呢？人啊，难得看清自己。无声无息间、不知不觉中，走向了逆自己心愿的另一种状态，而自己却浑然不知。

约一个充满激情的自己，与自己的世故、老成斗争；约一个有个性、有色彩的自己，与自己的低俗、平庸斗争；约一个聪明能干的自己，与自己的愚蠢、懒惰斗争；约一个勤奋好学的自己，与自己的浅薄、无聊斗争；约一个善良美好的自己，与自己的丑陋、污浊斗争。

如果从心底向自己发出真诚而可贵的约请，并经过与自己脱胎换骨地战斗，就是预约自己无限的梦想、美丽的明天！

生活的滋味（五章）

2004年1月6日

我的一天

早6点30分起床。昨晚似睡非睡，翻来折去难以入睡。家里的事，工作上的事，不住地往脑子里闯。晚上吃了消炎药，胸腔好似不太闷了，莫非是药性在干扰？还是心事在作怪？

人生如常，一切皆需自然。养一个平和、豁达的心态是多么重要啊！问题什么时候都会有，有什么问题，解决什么问题。事物就是在解决问题的过程中发展的。这不是对待困难的正确态度和方法吗？

9点多到办公室，整理文件、写大事记、复贺年卡。一眨眼，一上午就过去了。会议处来电话说，慰问老同志的事要推后，时间另定。

妻子来电话，说了她自己的事。人生地不熟，好多该做的事都不顺畅。真难为她了。此时，沉默可能是最好的表达。

晚饭后，先来了扎拉嘎胡先生，他是内蒙古作家协会的主席，已70多岁了，但看上去仍精神矍铄。记得他的成名作是《嘎达梅林传奇》，在内蒙古草原上很是有名。这次先生是来北京参加一个蒙古族文学研讨会的，会后专程来看望老同事。我下楼接他上来，送到房间。

后来了玉民兄长，一起到我房间聊了一会儿。去年3月份一起吃了一顿饭，近乎一年没有见面了。他看上去气色很好，事业催人少，永远精神饱满的样子，给人以信心。因同是土默川人，看到他就觉得亲切，言谈吐语、举手投足间，有回到故乡的感觉。

送走客人已是晚上8点30分。与妻子联络，她在新街口转着给儿子买早点，正寻找商店呢，我们约好在北面的胡同里见。买了一些橙子，五块钱四斤，又买了两块钱一斤的小桔子，吃了一个还真甜。

回家后，我要去单位加班。花了一元钱公车费，上了一辆公交车。满车是人，硬把自己塞进去，开门时差点把自己挤住。但行了不到一站地，等红绿灯时，车突然发动不起来了。再发动，再熄火。如此几次，也只好放弃了。挤成粥样的人，竟然变成一粒米、一粒米似的从车门漏了下来。已晚上9点多，看来上帝不让我去受累，只好和妻子一起往家赶。

妻子说了一件有趣的事。今天她乘公交车，检票时，拿出月票给乘务员看，十分大方。乘务员说，你这是什么时候的月票？她这时才猛然醒悟，已是2004年1月6日，她拿的仍是2003年12月的月票。自己压根就忘了时间。乘务员说需要罚10元，她立刻掏钱认罚并向乘务员问清了换月票的地方。跟我说时，一副开心的样子。

来北京两个月了，她还没有这样开心过。

她还讲了一件更有趣的关于换月票的故事。听说，有一位老太太，是个老北京，曾经在换月票的地方等别人换新票时，专捡别人丢弃的旧票。有损伤不厉害的，就把自己的照片再贴上去。因为旧票在每月前5天仍然有效。制好了票，于是，她在3天内猛坐北京公交车，在北京城到处转。

老百姓啊，本来就是这样的。还真能想得出，钻了公交公司的空子。我真担心她，三天之内如此跑，不要累坏了身子骨。一想到她急急忙忙、心怀恐慌地坐北京公车的样子，我就不由得想笑，也不由得心酸。

百姓真有意思啊，什么招儿都想出来了，只为了满足自己一点小小的愿望。怪不得，上有政策，下有对策呢。杜绝，看来也不易。

由此联想北京市是否可以举办个老北京人观光新北京的活动。专选劳动模范、普通居民为对象。不然在北京居住了一辈子，还不知北京城市建设发展变化成啥样，真有点不够意思。财力不济，可发动社会捐资，企业赞助，哪怕人人一元钱。只要有人肯想，还是能为老百姓办这点事的，也能提升北京的凝聚力。

2008年就要开奥运会了，爱北京、建北京、宣传北京不也是应该的吗?

我的太阳

太阳每天都是新的。永恒的微笑，来自她巨大能量的燃烧。太阳是诚实的，每天重复着简单的生活。不烦、不躁，按时来，准时走。在自己的轨道上有规律地运行、奉献，给大地以光明和温暖。她重复着无私，成就了天地间的一切。太阳的品格，不就是我们做人做事的原则吗？！

又是一个艳阳天。今天儿子参加期末考试，6点半按时起床，精神状态很好，临上学时，和妈妈打招呼，文明的习惯算是养成了。我说，先做自己会的题，再做难的、不会的题。祝福儿子。

自从9月1日来北京，本以为一来就可以上学了，但学校先是让儿子考试。语、数、外考了一天，成绩也还可以。因教材不同，有好多没学过的知识也考了。然后就是漫长的等待。看着其他小朋友都上学了，儿子急得嘴角起泡，睡不着，吃不下，苦涩地戏称自己成了“下岗学生”。那种愁苦、无奈、焦急的神情一下子就写在了脸上。看上去真是令人不忍。天真的岁月，失去笑脸是多可怕的事情啊，内心的创伤对于幼小的他，能承受得了吗?

其实，我和妻子更着急。其间，想尽办法促成，去校长办公室找了两次。校长说，你最好还是找别的学校吧，但也留有余地，表示出可以研究的意思，我只好再找教委。乔处长说，我还以为孩子早就上了学呢，马上给打电话，孩子明早就上学，不能耽误了孩子的学业。她还说，我是一个知青，知道你们刚来北京不容易。然后让我拿上有关文件去找校长。

是啊，到处是人，可谁也不认识，更别说办事了。她的话，给陷在艰难中的我们，多少的温暖和抚慰呀。

开学10天后，孩子终于背着书包走进了学校的课堂。

这真得感谢健红、林主任、北京市教委不知名的主任、姓乔的处长和好心的袁校长无私的帮助。不管如何，孩子有书读、有学上是最重要的。

我和妻子压在心上的一块巨石，终于落了地。顿觉一身的轻松。

世上还是好人多啊。

今天的考试，就是对孩子半学期学习情况的检阅。

虽然我并不是唯考试论者，但考试毕竟是检测你学习好坏、知识多寡、技能强弱、临场发挥和应变能力的重要手段之一。不然，综合素质用什么来检验？

考好了，继续努力；考不好，努力，还得继续。

我的儿。

神医喜来乐

晚上看了一会儿《神医喜来乐》的电视剧。真是放松。特别是喜来乐与王太医斗法，给不能叫唤的名为“富贵”的小狗医病一节，令人捧腹。王太医给老佛爷说，乡野郎中喜来乐还是个兽医，建议其给病得叫不出声的小狗“富贵”看病。

当李公公率众到一笑堂时，太医院所有太医也前来看老郎中出丑、受辱。当喜来乐得知“富贵”是一小狗时，知道是王太医在捉弄、羞辱他，且人命关天系于一只小狗。老佛爷的圣旨不敢违抗。不得已，为小狗诊脉，说怀春思春是病源。要让懂医道的男太医们学各种各样的狗叫，以为药引子，方可治好。

李莲英就命令各位太医学狗叫。没办法，群太医不情愿地只好学狗叫。同时，小狗被喜来乐打得吱吱叫。小狗的病治好了。

此事令人深思。人，不要有害人之心。

欲辱他人，反辱自身，就是结局。

人啊！何必呢。

人缘

有人品，才能有人缘，也才能有人情，才能感到活着的美好。

心底无私，才能坦坦荡荡，一身正气。心里无愧，活着舒心，睡得安心。过去如是，现在如是，将来也如是。这是本性，谁也不能改变。这也是品格，必须真诚处世。

朋友乌力吉来。诚实的人交往，总是多一层记挂，感谢友谊。自己做得怎么样呢？要多问一下自己。屈原有天问，忧国又忧民，且属古人，现代人应多反省自己，所谓家事、国事、天下事，事事关己，责任多重，就更应多向自己发问，是谓“己问”。问不是目的，目的是要把事情办得更好，使自己更具人的品质。

有人品，才能有人情，也才能有人缘，才能感到活着的美好。我们应更向人的生活靠近，做人做事时刻听从人性的呼唤。活着，使自己丰盈、饱满、扎实、有味，也给他人带来快慰、激励。这也应是一个大的原则。

小宾弟弟也托人送来节日礼品。多年的兄弟，总是为我想，我能为他们做些什么呢？

人缘，来自人的善良与真诚，来自对他人的善待与爱护，来自好的情商和情操。

人缘是人生重要的社会资源。风和日丽，根深叶茂，满目春光，才是美丽的人生。

朋友，这两个字分量太重。真诚关爱的人，且是互相关爱的人，没有功利，没有私欲，一心为着对方好。这是多么高尚的情感！

要记住朋友的好处，多想朋友的难处。

人啊，披一张真正的人皮不易啊！

理存自然

天理自然存。事实无嘴，但它自会说理。

如果被人批评，说明自己没做好；如果被人责问，说明事情有问题；不论别人对不对，首先应从自己身上找原因，然后再说。

没有说明不了的问题，没有做不好的事。除非本身就不想弄清楚，除非应付的心态在作祟。心，起码应能承载起自己，自己首先应端端正正。

天理自然存，不论是谁都一样。因为事实是客观的。不纠缠，不计较，过去的就让它过去。

江海不择细流故能成其大，泰山不拒细壤故能成其高。心里有江山，肩上才能担当。

绿树鲜花葱茏，怪石风雨平常，一切皆自然。这应该是我们对人对事的正确态度，也是做人应有的风度。

厚德才能载物啊。

不是简单的6个字

2004年1月21日

回家看看，是中国人的优良传统。家的感觉未回时已感到了。再穷、再苦、再远，那也是自己生命发芽的地方。漂泊再长久，那也有根与土地的默契。春节晚9点10分乘263次列车，往内蒙古草原上那个有鹿的地方——包头，我的老家赶去。过年了，回家与父母、亲人团聚总是一件幸福的事。

上午11点10分263次列车驶进包头站。每人手里两个包，走过长长的月台，走到出站口，看到亚华与李轩等候在门口。儿子远远就喊上哥哥了。回家，与兄弟们玩儿，是儿子早已等不及的心愿。

熟悉的身影，熟悉的乡音，熟悉的做派，几年未见的包头、包头人啊。进门，岳父岳母早已把饭做好。吃了一碗黄豆芽、一碗豆角焖面。真是太香了。吃了饭，回我的父母家。家里收拾得还好，有了喜庆的气氛。前阳台上堆得满满的过节的用品。看到这一切，我放心了。母亲，看上去还胖了一些。漂泊在外的母亲，生下5个子女，熬到如今，总算过上了好的生活。一生的不易，换来老年的安康。妻子说，父亲的心态特好，乐观、平和、自然。要我像父亲学习。

男子啊，真该是拿得起、放得下的人。现在想来，拿得起、放得下，不是简单的6个字啊。过了40岁，才体会到其中的深刻。最简单的，也是最深刻的、最难的。能拿得起，已是不易，但有时，放下比拿起更艰难、更沉重、更考验人。

我陪着父母。年过7旬的父亲，面色红润，精神很好。为了子女的成长，他耗费了他所具有的青春和力量。在那块10多亩多涝贫瘠的土地上，耕耘再耕耘，汗水和着泥土，日日、月月、年年，以少得可怜的收获，喂养着他的子女，喂养着他的希望。父亲尽其所能，供养着孩子们上学。虽然大都上了中学，但都未成才，只是比父辈们多了一些识字、认路的知识。孩子们渐长，父亲逐渐地老了，发白、牙掉，宽阔的身体也瘦小下去。扛200斤麻袋的肩头，再也抱不起装满粮食的庞然大物。病，也来了。2002年父亲的手、脚、身上到处都是看了让人害怕的皮肤病。作为儿子，看了心疼。一年多时间，我和妻子，每隔一月，就要早早地到回民区李治的诊所排队、挂号。早晨5点多一直等到7点。挂好号，再陪老父看病取药。每次，父亲总是住上一两天，然后就提着一大包中草药回去了。一年多过去了，病基本好了，给我以些许的安慰。

孩子们一个一个飞走了，只留下守着空巢的父母。热热闹闹的家，变成了冷清的土屋。人生一轮回，阅尽世间事。自从接父母到城里居住，我的心，才算真的踏实下来。儿女啊，都有赡养父母的责任。我和妻子正在尽我们的孝心。看到父母、弟弟妹妹们过得好，我们心里也感到幸福。只是妻子付出的太多了，该多为妻子和儿子想想了。老人们只要健健康康快快乐乐地生活，就是福了。

人到40岁，该明白好多人间的事与理。晚上11点到12点多，我和妻子、儿子一会儿在岳父家，一会儿在我父母家。响炮，转旺火。炭火照得人亮亮的，暖暖的，红红的。虽然天气很冷，看着花炮在天上炸响，看着红灯笼，看着红春联，看着红旺火，吉祥、喜庆向我袭来。我就找到了过年的味儿，心里流过人生的丝丝温暖。

年三十在父母家休息，我们一家三口挤一张床。

伟人风采

2004年2月6日　晴

晚9点多，与妻儿一起看纪录片《邓颖超》。今天是《西花海棠》，介绍邓大姐的为人，对烈士子女、侄子侄女及相关青年人的关心；介绍她如何要求家人、要求自己。有六个字一直跃动在我的心中，一是真心，二是无私，还有就是高尚。人啊，区别太大了。天壤之别就在人心中。

心中装着什么，想着什么，是衡量一个人层次高低的主要标准。

心中有江山，才会为社稷着想；心中有百姓，才能亲民、爱民、为民。心中有别人，才懂得关心、爱护。

如果整天为一己之利，耿耿于怀，为一些小事费尽心机，人的层次、生命的质量怎么会高，眼光怎么能远?

看一个人，既要看他说什么、怎么说，更要看他怎么做。做，是衡量人的本质标准。

人本无贵贱，但人有高下。

为他人、为大多数人着想，是为高。

为自己着想，是为平。

为自己着想，不惜损害他人的利益，是为下。

有些自以为人上人者，因内在的东西不够，也会被人们所不齿。

感觉点滴

2004年2月16日

风里像含着棉絮，丝丝缕缕沾在身上而不知。暖意从肌肤到心却是感觉到了。北京本也没有刺骨的寒。即使最冷的时节，也不像内蒙草原上的风，能掀开厚厚的皮衣，穿过羊绒衫、衬衣、背心，生冷地往肉里钻。

春天伸出小手，抚摸着一切，我们的河流就该欢愉地歌唱。不懂得享受生活，就枉对了生命的馈赠，就是对生命的不敬。

不要用有色眼睛看世界。看到世界都歪的时候，是自己站得颠倒了。

妻子的话，全是真话。酒喝高了，就不是自己了。把别人当做最亲的人，恨不能把心给人家。有过分的嫌疑。

凡事都有个度，把握不住自己，就让人失望。

有礼、有节、有度，少喝酒，少说话，恢复原来的自己。根上是不是把自己当做个人物，抬得过高了。看似抬举别人，实则把自己放得太高，自以为了不起。

一定要摆正心态。多点时间充实自己，修养自己，同时经营自己，管理自己，绝不要放任自己。提高品位，学点知识，长点能力，以备事业之用。男人总该为社会做些什么，最底线，也该为家人、亲人做点贡献，让他们少操点心，多过些舒心的日子。

人，是为别人活着。自己，也不是自己的。要友善待人，也要友善地待自己。真的。

干净、清醒，是一个人做人为官的原则，而且是个大原则。

不该伸手的，不伸；不该张口的，不张。

只有干净，心底才能坦荡。心明，眼才能亮，才能分清是非、高下、远近、大小、正邪，才能保持清醒。

世上没有一个人是真糊涂。

人人心底都有一杆秤，都有一根是非的弦。

决不去做掩耳盗铃的事。心如明镜，既要照亮别人，更要看清自己。

宝藏三篇

2004年2月20日

知识与智慧

心灵中蕴藏着无尽的宝藏。衣食无忧的人，应当更多地关注自己的心灵，关照别人的心灵，使生活变得更美好，使生命变得更富有创造性，使社会变得更友善、更和谐。

挖掘心灵的宝藏，使生命变得更具活力和自信。

人有着吸纳知识、增长智慧的能力。

知识更多地来源于阅读、耳闻与实践。智慧是在知识基础上长出的灵性与创造思维的结晶。

知识是看得见的文字，智慧是看不见的才情与灵光，都能感知到它们的存在。

知识是整个世界和漫长历史的积累，是一个个个体生命瞬间的感悟和穷毕生精力探知世界万物的智力积淀。知识更多地是他人经验的收集，是静态的，可学习、吸收的。

知识已成为生命质量的重要因素，也是社会进步的最重要的推动力。浩如烟海的知识的蔚蓝，激荡出多少文明，站在浪尖上的巨星，成为一个时代，甚至万世景仰的象征。

智慧，则是在知识柴垛上点燃的灵性的火焰，既看清了整体，也照亮了远方，是自身才情、品德、性格综合的河流，是动态的，不可复制的，是人生河上永恒的明亮的灯塔。

智慧，是个体生命应对复杂多变的社会现象的总的态度和高明的方法，是道的流变，人性本质的呈现。观照社会的，是大智慧，专注事件的，成谋略，都是成就事业、缔造有趣人生的重要筹码。

对一个人来说，得到什么样的知识，有什么样的智慧，并藉此形成独特的能力，是人生走向何处的首要条件。

人成功的条件有无数，但知识和智慧无疑是最主要的因素之一。只有把自己的宝藏开发好、利用好，人的一生，才可能熠熠闪光。既温暖自己，又有益于社会。

那，不就是我们孜孜不倦日思夜想追寻的彩梦吗?

情感

亲情带来踏实。相聚，无疑带来欢娱。一家人相处，放松、自然、高兴，其乐融融。

家和亲人是情感最坚实的，是人最初、也是最后的依托。爱情，是那朵两眼偶然相交、心里即刻喷焰、并温暖一生的玫瑰。而友情，是雨中悄然打开的那把花伞。

无论哪一种，都是生命的气韵之源。身心的健康，离不开这种种柔情的眷顾。

情感是人的心灵宝藏中最闪光的部分。情感的产生和丰富，使动物成为人。

情感，虽然看不见，但却可贵地滋养生命。

情感是生命中的空气，有氧的成分越多，生命就越有活力。

情感是多彩的，它给单调的人生化妆、美容、生辉。

情感如盐，给清汤般的生命调味。

有激越情感的生命，如喷薄的太阳，洋溢精神的活力，感染别人，激励别人，是创造希望与梦想的神。

亲情

亲情是最温馨的河流，奔腾着，歌唱着。水对源头的思念，就是一种不由自主的牵挂。那浪花翻卷的江心是母爱，伟岸坚实的岸堤是父爱，与子女们织就了一道人间最亮丽的风景。

亲情更多的是一种对血缘关系的认可和对祖宗的尊重。

家是孕育亲情的巢。

一娘育九子，各个味儿不同。每人都是父母心尖的肉，眼中的花。十指连心痛，子子连着父母的心。

住着同一间屋，吃着同一锅饭，流着同一脉血。血浓，浓不过手足之情。如天然织成的自然彩锦，又被时光和命运的艰辛浸润增重。

锅碗的磕碰就是笑，屋顶的檐雨就是泪。

一盆暖水里泡大，一个环境里熏陶。在父母温暖目光的照耀下，相互跟随着，扶持着，关爱着，逐渐长大成人。

曾享用同一片蓝天，耕耘同一片土地，受惠同一所学校。同一条小路上留下了多少银铃般的欢笑。

你穿过的衣，是我御寒的暖。你说过的话，是我行路的灯。你的目标，就是我的希望。你的事情，就是我的忙碌。

一致的利益，一样的心事。因你喜而喜，因你忧而忧。

天然的信任，割不断的亲情，若同一棵树上开出的花，结出的果，连着根，带着肉，扯着皮。

唇齿相依，无选择，无道理，天然而成就是命。无长幼，无轻重，各有各的可爱，各是各的亲法。无美丑，无对错，都是那样可人，一切又都可原谅。

亲情是人世间最美好的情感之一，是生命最早发芽的温床，也是人生最后的依托。

她滋养着生命的根系，抗击着生活的风雨。

人啊，咋一个亲字了得？

信任是基石

2004年2月24日

信任是基石。它品质的构造是花岗岩。有了它，上面才可以建造华美的巨厦，筑起像三峡大坝一样的水利工程。

巨厦，给人提供了赏心悦目的生活，给人以希望和信心，使人觉得生的美好。

大坝，又挡住了可能暴发的洪水灾害，既把流逝的水能，变成了光明，变成了财富，又贯通了航运，把桀骜不驯的洪峰，变成了利于民众的平安景象。

人不是石，其实人如石。历久的溶化、凝固、碰撞，反而复之，复而反之，铸造了坚硬的品格。

信任是历练后的坚实。无疑无欺，无欺无疑。

一切人间的美好，皆以信任为依托。不然再富丽的建筑，也会轰然坍塌；再美好的愿望，也只能空筑在流沙之上。

对别人的不信任，更多的是对自己的猜疑。首先是自己失去了自信，不信任自己的眼力、自己的判断；其次就是自己私心重，以为全天下人都会负我。

君子坦荡荡，小人常戚戚。君子与小人能否共舞？

人世间，历史上，却常常是小人伤害君子。小人无信，君子守诚，根上难融。

人，总要与人共事。我们做事一定要竭心尽力，不为别的，只为自己做个好人，上不愧天，下不愧心。

没有信任，不可共处，更难以做事。如果以虚假和欺骗为手段来达到目的，这种伤害对正常人是巨大的，对钻营的人可能习以为常，对真诚的人将近于污辱。

为了远大的目标与理想，人确实需要有忍辱负重的胸襟和耐力。无信，就像一个套，看上去小，但小不忍，则乱了方寸，乱了事物正常发展变化的流程和轨道，一乱就会全糟，这是不成熟的表现。

忍是最无奈的哲学，也是最高的品质和境界。有容才能真忍，并有浅浅的一笑。要对得起他人，更对得起自己，就应做得更好。因为只有事实和时间会说真话，会证明一切。忍，是个初浅的层次，更高的层次是无我，那就一切无了所谓，全不在乎，也全都放下了。但我们一般人做不到。好像真能做到的人，也不多。

人啊，你不知，只有装得下丑恶，才更能知道美好，知道人间万事的不对称，你的心才能真正的安定。

距离使人清醒，负重才知能力有限，忍辱才感胸怀狭窄。不是吗？！

逃离了艰险，也就失去了对自己的磨炼。虽然亲历世间的艰难会痛苦，但更利于成长和砥砺。明亮、锋利的刀，都是长久打磨出来的。无刃的刀，只能算是一块镶了手柄的铁。人也需要烧炼、锤炼、锻炼，增加韧性，淬出钢劲。不然，满是荆棘的人生旅程，你凭何开创一条美丽的通道？

不经风雨，怎能见彩虹。山高人为峰，水浊心自清。

追求简单

2004年2月26日

我喜欢自己活得简单。真诚地待人，是态度的简单；不拖泥带水，快速、高效，是做事的简单；话说一句能说明问题，不说两句，是语言的简单；一人一事，不东家长、李家短，是求得人际简单……不要把简单的事情复杂化，也不能把复杂的事情简单化。道理是一样的。但即使再复杂的事，也得一件一件分解、立项，简单处理。

简单是为人处世的法则。

简单也是求得心态平和的重要因素。世间是复杂的，世间的复杂是因着矛盾的多样引起的。同时，世间也是一个相互联系的信息系统，事物在相互联系、对立统一中生存。人都是社会的人、历史的人，人与人的联系、运转构成社会关系，人与事物的联系构成社会实践。人的欲望的合理物化产生利益，利益分配与占有的多少，产生复杂。人的自身思维与情感本身也是一个复杂的组成与过程。再加外界因素的影响，人常常处于说不清、理还乱的麻烦状态。

那么人怎样处事，如何生活？最可行的就是化复杂为简单。要有高超的判断力、鉴别力。抓主要矛盾和矛盾的主要方面。分清什么是最重要的、最急切的，什么是影响长远和根本的，什么是无关大局、皮毛的，什么是自己愿意的，什么是自己厌恶的，什么是能想能做的，什么是不能想，更不能做的，什么是为私的，什么是为公的。为别人，为自己，性质不同，高低乃见。急切的事，常常是小事，心中要有重要的事。有目标，有筹划，化复杂为简单。

简单的一个目标，常常是一个复杂的操作过程。复杂的过程，也只能一步一步简单地操作。

心中要有杆秤，千事万事以此为尺度。心中要有一个过滤筛，千人万人，鱼龙混杂，黄金与泥沙俱下，质量轻重，终见分晓。不急不躁，静观其变，真心真情自现。看似复杂，其实简单。因心中有个原则，不受其扰，不因其困。

复杂的思考，顾及了各种可能，是全面；简单的操作，是对大势有清醒判断后的快捷工作。不为情所困，只为理而行。顺乎天意，合乎人心。

复杂的事，有了好的时机，也会变得简单。那是不成熟的条件，趋于成熟。遇复杂化简单，还有个等待时机的要诀。复杂的事，常想常复杂，越想越复杂，不想，即简单。时机来了，再处理，就是化复杂为简单。

简单的心，纯真的心，也是一种生的境界啊。追求简单，就是追求生命质量的纯度。

简单是对复杂生活的提炼，简单是熔尽铅华纷扰后的宁静，简单是惊涛骇浪过后的清澈碧蓝。

真做到简单不简单。

简单是$x+y-z\times w\div A=1$过程后的结局。是勘察、论证、决策、混凝土、铜管、石块、劳动力、技术相加后横在长江上的一条巨坝。

简单是遵从自然、顺应规律的清醒。

追求简单，就是追求生命质量的纯度。简单是遵从自然、顺应规律的清醒。

微笑着生活

2004年3月1日

清晨，我独自走在中南海红墙外的小路上。蓝蓝的天空，浩荡空旷。几朵白云后，一轮美丽的红日，喷薄而出。身旁，风姿扶疏的无叶树枝上，毛绒绒的玉兰花座里，红、白的花瓣已顶破花苞，跃跃欲出，鲜嫩娇贵，充满了力量。

这是三月某一天的开始，其实也是人生的又一次开始。

大地有复苏的一日，人更应有清醒之时。新的生活，没有早晚，开始没有时限，开始永远不迟。只要我们客观地面对现实，深刻地认识生活的真谛，并全面而真实地审视了自己、了解了自己，我们就会有一个公正而乐观的心态。

对过去所赐予的一切，我们要懂得感恩。即使有好多不如意，也不应太在意，不能成为一根刺，让你永远地痛，自己主动拔了，那轻松、愉快就属于你。不要怨天尤人，它除了能打击你的自信，破坏你的情绪以外，没有任何好处。甚至因为语言的不适而伤了他人，恶化生存环境，于己于社会都无益而有碍。更何况，相当多的不如意，正是自己的原因，是自己栽下了结满苦果的树。

要多看看自己的那点能力，能做什么？多想想自己的那点品质、道德，与高尚的为民之心距离多远？多看看自己生活的时日，又做了多少有益的事？小点说，你的吃穿用度，虽不是精贵，但也无忧，而那些每日忙碌的百姓，还为衣食住行而作难；细点想，你真的为社会做了些什么？贡献真的大到足以让社会欠你的程度？没有，一个人的力量太有限了，就算你比神仙聪慧，比大象甚至火车有力量，飞得比“神舟五号”还高，没有别人的协助、支持、实践、落实，说出来的无非是几句话，写在纸上的也只是几个汉字加英文而已。

感谢生活，就是感谢他人。他人为我们想了那么多，做了那么多，给予我们可贵的帮助与支持。

懂得感恩，是我们懂得自己、懂得生活的开始。

微笑着生活，是我们心存感激、充满自信、有能力走出一条向善的人生之路的弥足珍贵的心态。

小节

2004年3月12日

干大事的人应知小节而不拘，更不能刻意为小节而小节，不能因小而失大，你更应关注大节。服务人员应注意小节，想得周全，安排得妥当，于细微处见功夫。

有时小节是一种礼遇，如果代表国家，代表民族，代表组织，事关重大，越细越小，礼仪越周到，效果越好。国事无小事，外事无小事。要求就要严，工作就要细。

多少小节，是人与人的相互尊重。有时是穿一件得体的衣服，有时是一次亲自的真诚探望，有时是一束鲜花，有时是一个问候的电话，情境不同，送去的都是真情与温暖。

多少小节，是出自他人内心真实情感的流露和举动，是以某种形式表达心情，盛开的都是美好和真诚。

如果只是为了满足自己的虚荣，显得与众不同，故意追求，就无价值。因为没有实质内涵、徒有其表的表演就成了闹剧。好的小节看似一种形式，但它内里有丰富多彩的实质。

生活中，不注意小节的人，心里常想着他人，有一颗宽容的心。而斤斤计较的人，心里只有他自己。

小节不是小气。为不为私利，是区别节与气的分水岭。能否舍得利，是大气与小气的晴雨表。大气的人做大事，顾大节，成大业，为社会，取利于该取；小气的人，为小利，注小节，常在针眼儿里舞蹈。如不伤害他人，也应当尊重和宽容。

关注什么样的小节，体现人的素质和品味。小节里有修养，有高低，甚至有千秋。节中有气，气中有节。做个有节的人，大气的人，多美好啊！

自身追求

2004年3月15日

夜12点，读完《宋美龄画传》。106岁的老人，历经三个世纪，人世沧桑尽收眼底。她走了，带走了一段红玫瑰般的记忆。

历史是人民创造的，重要人物在历史上扮演了重要的角色，写下一段不朽的历史。

人活着，就要做人、做事。不管是为社会、为人民，还是为家庭、为自己。把自己塑造成一个什么样的人，至关重要。

科学的思想　不盲动　尊重规律

温暖的心灵　不冷漠　热爱生活

沉默的嘴唇　不乱说　守口如瓶
干净的手脚　不伸手　洁身自好
聪慧的耳目　信息灵　把握形势
明亮的眼睛　是非清　讲求原则
广阔的胸怀　能容　难容之事之人
健康的体魄　生之基　奋斗的本钱
善良的心地　产生美好幸福的土壤
卓越的才能　成就事业的必要条件
贤良的妻子　最爱惜你的人　助手
懂事的孩子　快乐源头　生命延续
稳定的家庭　坚实后盾　生命花园
过硬的本事　安身立命的雄厚资本
勤奋的工作　事业成功的推动器
周到的服务　目标与效果的统一
众多的朋友　生命组成　人生支点
畅通的渠道　人生正确行事的路径
公正的原则　为人处世的不二法宝
高尚的品质　生的快乐的重要依托

整理心情

2004年3月24日

客观地对待事物，平静地对待自己，切不要情绪化。这做到不易。要全面地了解情况，分析、判断，切不可听风就是雨。

人是有情感的，任何人主观的东西永远是多的，况且人大多是自私的，一般人常常是站在自己的角度以自己有限的见识、彩色的眼睛看待问题。唯其如此，做到客观就更为可贵，公正地对人对事就更加重要，也更为人性化。

不然，无助于解决问题，而伤了别人，也更伤了自己。这种痛的代价太大，时间太长，我们承受不了。

要善于整理自己的心情，使其平和、旷达、包容。

人生在世，什么事都可能碰到，什么人都可能相遇。

人，本身就复杂，千奇百怪，啥人都有。高低贵贱，好坏贤愚，大人小人，善恶忠奸，纵是火眼金睛，也难分辨。更何况，人的环境、境遇、心情不同。即使同一人，此为君子，彼为小人，也难道明。

人是不一样的。知其然，只能管好自己。使自己有一颗向善的心，有一双明亮的眼，有一个善于思考的大脑。不盲从，不轻信，不太自私。把主要的精力用于自己安身立命的事业上，做一个对社会或多或少有用的人。至于别的，能做则做，能帮则帮，不能帮，友善待之。不能被乱事的纷扰所纠缠，所困扰。尽力而为，则为度；无力则不为。储备自己，积蓄力量，而后有所追求。是你的，拿着；不是你的，别想、别抢。想收获，就得去耕耘。天上掉下来的只有雪和雨，甚或陨石，从没有掉下来面包或馅饼。充实自己还得靠自己。即使有机遇，无德无才，机遇对你也是难题，也是尴尬。

人生最可悲的，莫过于给了你一个难得的舞台，你却无能为力，演不出精彩的节目，而白白地含泪失掉了人生又一种特别境遇，不能品尝生命的另一种滋味。

整理心情，把心中奓开的羽毛收起来，把愤世嫉俗的怒火压下去，把怨言纷飞的小嘴合起来，静静地坐在椅子上，拿上一面小镜子，从头到脚，从过去到现在，从欲望到收获，好好地照上一遍一遍，又一遍。

首先，你会看到一个不认识的自己，我怎么成了这样？其次，你会看到一个似曾相识的自己，我还有过这样？接下来，你会看到，原来我是这样。如果真是这样，你的心会平下来，气会出得顺畅一些，心地就会和善一些。心平气和，世界才会美好起来，自信就会拥抱你，力量就能焕发出来，头脑就会敏捷起来，自己就会热爱自己。这时，你就知道自己该做什么，怎么做了。

那么，就从现在开始吧，就以现实为基础，踏踏实实地干好你该干的事，做好你想做的事。一天一天，兢兢业业地过去，那么，你曾经希望的一切就离你不远了，我想这就叫追求。

爱你的家人，爱你的朋友，爱你的同事，他们都是你人生路上的依托和帮手。如果你觉得天空太暗，请把蒙着双眼的黑布撕开，那是你自己裹上去的。天空永远是蔚蓝的，太阳就在你心中。你让它亮，它即明；你让它暗，它就阴。

整理好自己的心情，让阳光在你的心里发芽，让梦想成为你生活的动力。有好多好事还等着你呢，可别耽误了后悔。后悔，这病，没药可医的。

人，只能把该做的事做好，做完美，做出浓厚的兴趣。

服务的概念

2004年3月25日

没干过服务工作的人，可能对服务是什么，没有一个明确的概念和界定。

有的人，对权力和地位津津乐道，不惜冒着身家性命去追逐，他们过分地看重了权力里的利益和实现意志的虚荣的满足感。

其实，无论是谁，都是社会的一分子，都处在社会关系之中，既离不开他人为你服务，也离不开你为他人或者说为社会服务。任何工作，深层了看，就是服务。

领导者的服务对象，不是具体的某一人，而是整个社会的人。出政策，出思想，出理论，出法律，是为全体社会人服务。范围广一些，难度高一些，风险也大一些，这是高层次的服务，因为这种服务不周全或脱离现实的经济、社会与人民群众的实际需求和承受力，就会带来不可弥补的巨大损失。

这种服务与每一个人有联系，但又不仅是个体的效应，检验服务好坏的标准，只能是社会的经济、政治、文化的客观结果如何，人民群众普遍的受益程度怎样，同时还要放在一个长一些的历史范畴里来看。人民可以检阅他们，历史可以对此作出判断。这种服务工作责任重大，不是一般人可以胜任的。最高掌权者和各级的地方官皆是这个较高层次服务的工作人员。

你的一举一动牵涉到众多人的利益。你是众多人利益的维护者，促进者，而不是一部分人，甚或个别阶层、个别人的代言人。这种服务不在于忙了多少，而在于对了多少。全局的思维、科学的决策过程是保证你对的多、错的少的首要条件。这种服务，确实需要权力，需要一种强制力。思路有了，决策有了，人、财、物的硬件要跟上，制度、措施、积极性、干劲等软件也要配套。任何事，都是综合因素相互作用产生的结果。

这种服务之所以称为高层次，一是你是群山之峰，地位确实高；二是你如果做不好，苦果不仅是你自己吃，你想吃也吃不了、吃不动，而只能是众人吃。众人不吃，麻烦就不小。地位越高，风险越大，服务质量要求越严。高处知寒，就是责任。

另一极，就是为领导服务。如秘书，如处长、科长，等等。相对于高层次的服务者，秘书就是领导的服务者。我姑且称之为低层次的服务。粗浅地说，对象单一，应该是好服务的，结果也没有上一极的严重。但不管高与低、大与小，性质是一样的，做好也不易。因着领导的层次、性格、性别、阅历、爱好、情趣、地位、处世原则、家境、身体状况、社会关系的不同，各人各样，千差万别。秘书是服务人员，必须无条件地忠诚事业，服从领导，适应工作。同时，要以周到的、高质量的服务，使领导在为人民的服务上倾注精力，为民造福。

大致说来，服务基本分为两大类。一类是政务服务，一类是事务服务。细点说，可归结为：

一是智力服务。围绕领导的中心工作，提建议，出主意，堵纰漏，充当参谋助手。但仅限于建议、提醒而已。

二是信息服务。领导接触面有限，深入基层的机会不多，即使深入基层，得到的多是正面信息，信息缺失多。因此，各种渠道得来的真实信息、重要信息，就有必要告知，不能让领导像掉进水桶里，耳目失聪。当然信息需要筛选，家长里短、制造矛盾的无聊信息，就不应给领导反舌。上、下、左、右、正、反，凡能收集、提供的客观信息都应有，以知全情。

三是文件服务。公文的收、发、运转、登记、督办，是最经常，也是最重要的工作。件件有落实，高效，快捷，特别是保密，事关重大，不可不慎之又慎。至于领导讲话等，以其意愿，提前准备。文稿是施政的重要手段，一定要与地位身份、层次高低相符。既要有高度又要可操作、能遵循。至于内容翔简，文风适度，文理疏密，言其该所言，初审把关，校阅送审，其重要程度，凡秘书皆心知肚明，是谓为政之要，工作必需。

四是协调服务。凡领导主持召开或出席的会议、视察考察的地方、行车路线、安全措施、日程安排、时间、地点、人物，都需要事前联络协调，警车，车队编号，各部门随行人员，文字、摄像、摄影记者皆应事前安排。领导决定、批办、口谕、交办相关部门办理事项，皆需要事前、事中、事后，了解、沟通、督办，直至落实。别人请求会见，领导需要召见的人物，也需要协调确定。此外，还有向上级部门汇报，参加上级部门的会议、培训班等更需要事前联络，做到心中有数。另有各种宴请、聚会等也涉及协调问题，不一而足，都需要周全、准确、细致。不出差错，不产生尴尬。协调、组织是日常工作中，最重要的工作之一，看似简单，做好不易。虽是一个电话，一句话，多跑一步，多看一眼，多问一句，但多了不嫌多，少了怕不行。秘书有时变得婆婆妈妈，实与此有关。

五是心理服务，或情感服务。领导处在矛盾之中，万事纷繁复杂，千人各有性格，畅与阻，直接影响情绪、心境，再加处于不足与外人道的特殊身份，心理的变化，比常人更莫测，更深重，更尖端。调适其心理、情绪，使其心情得到舒展，思维处于理性化，平和而客观地待人处事，关系甚大。既是维护其形象，也是便于其冷静判断、做出正确决断的重要条件。防止感情用事，给大多数人以福祉，是这个层次的人应该具有的责任和品质。工作人员近在咫尺，察言观色，本应当好心理医生。虽说分外，也是分内。

六是事务服务。此种服务，因人而异，或简，或繁，只在当事者的交办。衣、食、住、行，人情礼往，是人皆涉，情理之中。万事皆有度，尽心而做，不可不为。

服务工作是为他人作嫁衣裳。没有无私的奉献精神不行，没有高度的责任心不行，没有固守本分、拒诱抗惑的品质不行。不虚荣，不攀比，做好自己的事，在纷扰中求宁静，在名利中想淡泊，专心致志，兢兢业业，是为功；勤学习，长知识，壮能力，是谓德；不贪，不占，洁身自好，是谓廉；耳濡目染，言传身教，见世面，识大体，知情理，阅尽人间事。

服务也是课堂，毕业生怎样，全在自我修炼。

服务无穷尽，没有人教你怎么做，是好是坏，全是心教你。

做一个敬业的人，做一个明白事理的人，做一个有用于人民的人，就是一个好的服务人。

戏说秘书之一二

2004年7月29日

天底下人间事，三百六十行，有秘书这一行当，社会分工越来越细使然。

看三联书店出版的《胡雪岩》一书，里边有师爷，是专门职业，如当下自由的没有单位的职业演员。没人聘请时，赋闲在家，读书、谋事，修身养性。有哪个太守、知县上任，便从自己的俸银里拿出大半，雇一师爷。此人不仅谙熟历律，当地风土人情、社会关系、民生世事皆在股掌之中。打里照外，出谋划策，协助处理具体事务，把官员从琐事里解脱出来，超然物外，想大事、谋民生、掌航向，社会安定、经济繁荣、民生富裕。师爷一职，确是具体人工作需要而诞生。越看越觉得有点像秘书。

随着时代的推移，世事的演化，公司的经理、有钱的老板，甚至乡长、科长也配一个秘书，提提包、跑跑腿，人前也能显显贵。我曾见过一个芝麻官，架子有西瓜大，口气像烟囱粗，见面不是寒暄、问候，而是指着旁边一人说：“这是我的秘书。”又指着旁边另一人说：“这是我的司机。”他是谁，我还不知道。他说这些是什么意思，我后来才转过味儿来。有个秘书也是炫耀的资本。如果秘书成了资本，他就是资本家。多风光啊！

历史上、人世间，有的秘书是资本，有的秘书是公害，有的秘书是爪牙，有的秘书是挚友，有的秘书是帮手，有的秘书是醇酒……

秘书也是人，有什么样的人，就有什么样的秘书，全在你的考察、选择、管理、教育、培养、使用……

真正的好秘书，是国家和组织的栋梁，是智囊，更是助手，是知心的人，更是只帮忙不添乱的君子，秘书大都是社会的优秀人才，组织选拔，领导看重，群众那一双双雪亮的眼睛盯着，像风口浪尖上长着的花，好多人都在关注着。社会是有知觉的，大浪淘沙也淘金，关键是你有没有色彩，有没有质量和重量。

自己想做个盲目飞扬的柳絮，只会攀缘的藤萝，还是真正的事业的助手，人生的知己，忘年的朋友，全在心的追求。自己挺直厚重，才能扛起双重的担子，一是服务对象的难，一是自己人生的艰。自己宽厚明净，才能收获双份的欢乐和香甜。一是领导为国为民的大乐，一是自己辛勤忙碌的小乐。

做个像样的秘书不易，当个好秘书更难。好的秘书，首先应该是个好人。当然，好人不一定就是好秘书。标准不一，但总该有个概貌，有个轮廓。秘书真要是资本，就应具备一点条件和功能。

品格是金，越历练，越闪光、越厚重。放在那无声，有时无声胜有声，但有用，有价值。成分是由先进的世界观、科学的态度、务实的作风、宽广的胸怀、为民的思想、诚信的原则构成的。忠诚里有责任，勤奋中有事情。

能力是本，像树的根，没有根，长不出绿叶，也开不出鲜花；也像资本，没有资本，也投不了资，更生不出利息，没有市场流通的价值和功用。只有有资本，才可保值增值，增加社会供给，创造社会财富。

能力，不是凭空产生的，既然有了形成能力的环境和要求，这种千载难逢的机遇给了你，你就要学会自我投入。要有动力，一天一天不要虚度，一物一事不要应付，不能让秒针乱转，分针散步。慢慢地投入，产出的倍增效应就会有。时间久了，你就会觉得眼睛亮而宽，心性善而暖，看见繁复的事就看见了简单，听到悦耳的话，身上也不马上发热，逆耳的语，也不会激情四起。脑子里好像增加了东西，肩头上好像还有承担。自自然然而守矩，汗化成了本事，苦酿成了美酒。你坚持了储蓄的原则，处理好了积累和消费的关系，既没做蚀本的买卖，没有悔恨的泪；也没有权力入股的代价，去无本生息地豪夺，不媚不俗而有尊严，坦坦然然而有安定，本本色色而有人性，忠忠诚诚而有品性，勤勤恳恳而有学性，真真实实而有个性。

这时，你就能分清什么是全局的事、什么是局部的事，什么是大事、什么是小事，什么是急切的事、什么是重要的事，什么是好事、什么是坏事，你就有了判断是非的能力，有了政治鉴别力，知道了什么该做该说，什么不该做也不该说。

如果你能从芜杂的动态中看到方向，从零散中看见整体，从纷繁的人与事中找到规律，你就有了信息收集、综合的能力，分析形势的能力，有了预知力。

如果你为了工作，很是有心、认真，善于积累，既有对情况的占有，不仅有资料，还了解现实的复杂性，既掌握了上面政策的要求，又兼顾了底下基层的实际。既有观点、数据，又有对整体形势、状态、存在问题及各方反应、要求的把握，既有对解决方案的多种预设，又能兼顾各方呼吁和承受能力，考虑办法的可行性、经济性，既有平实的语言，又能让他人明白、理解得准确，还能激发别人的干劲。如真的如此，你就如门捷列夫发现了元素周期表，找到了当好秘书最重要的秘密。

如果真给你一个题目，最低层次是懂得如何围绕主题，善于收集资料，既要能找到、找准，还要在庞杂的资料中能分辨、鉴别，去粗取精、去伪存真，然后能够拼装成一盘菜，成为一篇文章。再高明一点，是在此基础上，有所创造，有所发展，延伸了思路，拓展了措施。更高层次，如蓦然回首，伊人却在灯火阑珊处，既要求真、求实、求创造，更要写出个性化。从语势到情感，从表达方式到血脉流动，都熨帖、恰当，适合领导、经理个性。

如果真是这样，你就具备了文稿的读写能力，懂得了写文章的三境界。

如果你还能围绕设定的工作目标，调集各种资源，人、财、物，上、下、左、右，积极地配合，又齐心协力，把一件一件的大事小事干好，干到人人满意，或者大多数人满意，实现了领导的意图，特别是在真伪难辨、庞杂的利益倾向性明显的反映及现象中，能抓住主要矛盾、真矛盾，并善于分析矛盾的构成，找到主要因素，你就有了解决问题的基础。如果利益关系还能处理好，做好关系的平衡，最低限度是不抵触，不引发新的矛盾，上下平衡、部门平衡，这既取决于权力的运用，又兼顾利益的分配、资源的多寡、能力的大小，也有情感的力量、人格的魅力。如果真能做到这样，你就有了组织、协调的能力，明白了处理事情的三要害，就学会了治政理家，懂得了社会的三昧。

此外，还有时机选择的能力。目标的实现受主客观环境、条件的制约，有的需高效快捷、马上实施；有的要有大量的长时间的准备，等一等，看一看，急不得，慢不得。

还要有与领导和同事沟通的能力，做事要符合实际，做得有道理；说话要有依据，不可胡言乱语；交往要有分寸，朋友要有，但不可乱交友。如果既有工作又有友谊，你会更加快乐和幸福。还有多种能力，不一而足。

要有谦逊之礼，善于与他人合作共事，创造和营建舒心共事的工作环境。因为你再有本事，也不可能把所有事干完干好，主要的还是调动方方面面去干事，因为目标是一致的，利益是共同的。合作共事，关键要尊重他人人格，既平衡了利益，又平衡了心理。

秘书是领导和权力的服务者，权威从守信而来，但权力不能分享，懂规守矩是第一位的，分寸拿捏得要合适。

合是度，适是舒服。人人舒服，事就干好了，就学会了做人，学会了做秘书。

会干的秘书给领导省了事，不会干的一天给领导生闲事。

大秘书跟大领导，开大会，改大文章，坐大办公桌，见大人物，得大利，责任也大；小秘书跟小领导，开小会，写小稿，坐小办公桌，见小人物，得小利，责任也小；但看上去都是一样，跑跑乱乱，写写算算，待人接物，文件运转，天上地下，国内国外，电话不断，手忙脚乱，见识挺广，自由不多，甚或有病顾不上看。

秘书是国家机器上的螺丝钉，身担着责任，做事说话，不可不慎。位置特殊，管好手口。虽是从属，但也应心怀天下，少计个人得失、嫌仇，只要有益于工作和事业，耐得住寂寞，经得住摔打，抗得住风险，容得下批评、嘲讽。抱定一个目标，人间世事皆平常自然，做人做事为上，关注大局为要，体恤他人冷暖为本，得利于该得，取物于应取。人生境界得以升华，生命质量得以提高，不耻为官，不枉一生，也更不愧对组织、领导信任，及一份关爱之情、厚惠之遇。

不是人人都可当秘书，机遇是个人素质与社会需求及人际关系互动孕育出新的人生及事业的过程和结局。

秘书是为他人作嫁衣裳，但端庄大方时尚的美丽里，有你的心血和彩线，也可能你只缀了一道纽扣，揪了一个多余的线头，也算是贡献，也就是价值。

秘书就是服务，心中有他人，才能服务好。他人的分量越重，自己的分量越轻，工作肯定就会越好。

秘书是领导信任的一个工作人员，是必须完美做好的一个临时职业。因为很少有人一辈子当秘书。人间秘书千百万，当过秘书的万万千，秘书是一个特别群体，像社会运转的润滑剂、光亮剂。

当了秘书其实就是组织选拔你进了干部学院，领导每天手把手教你，言传身教，有的还是博导，如果你学不会，毕不了业，交不出满意的答卷，只能怨自己。干什么事的师傅，培养懂什么事的徒弟。秘书当长了，就成了秘书长。秘书成长得快点，发展得好点，其实也合情理，有益于社会。

秘书的光环是领导的阳光照耀反射到身上的彩虹。因有太阳，你才灿烂。如果你也有点能量，那也只是一颗星星，绕着太阳运行。不要偏离轨道，小心变成流星。如果你能独立地架起一个炉灶，说明你已出道，成为月亮了。

秘书不能当得太短，太短，还不知事，不会服务；也不能太长，太长，就会疲沓，不利于工作。5至6年，是个界限，也是最能出彩的最佳时光。

秘书都有一个标签，贴在脸上，像一个烙印，注释着一生。保护好你的品牌，使它成为驰名商标，最底线也是绿色商标。珍爱它、保护它，是你一生的责任。因为懂得感恩，确是高等动物的人一种高尚的情感，是人生的一种美好。

秘书不是专家，但秘书需要有综合的素质，智商、情商都得有点。特别是品德，万事德为先，秘书尤胜。品德好的秘书如绿叶扶花，成为春暖人间的风景。

当个好秘书，不仅要学会自觉，更要学会拒绝；不仅能拿得起，更要放得下；不仅智慧有才，更要憨厚有德；不仅得利，更要懂得放弃；不仅要公心，更要少私欲；不仅严谨，更要宽宏；不仅敬业，更要尽心。

秘书是人，不是神。秘书也有烦恼、苦闷，人间的难事他都有。多些理解，多些关心，多些宽容，也许更利于社会民生。但秘书最好烦自己，不要烦他人。秘书是个职业，也是养家糊口的饭碗，善善良良，勤勤恳恳，兢兢业业，不求有功，但求无过，以无味调百味，过一段香喷喷的人生。

秘书的本质是服务，属于第三产业——服务业。如果服务业发达文明，就能推动第二产业、第一产业的发展，也能增加绿色GDP和提高小康指数，甚至也能为国家强盛、民族振兴、社会和谐，增一点光，添一点绿。虽是微不足道，但也是生的使命，活的责任。

合作共事，关键要尊重他人人格，
既平衡了利益，又平衡了心理。

平常心（二章）

2004年3月31日

人是不一样的

拥有一颗平常心不易。不平常的人，想拥有，更难。

每天，看日起日落，白黑之间是一天。天地之内，是人心。

天，风、雨、云、电多变，各种气象特征相互转化，日、月、星、辰交相辉映。地、山、川、木、土互依，各种动、植物生灭有道。飞禽、走兽、游鱼、树木、花草相生相克，织就一幅绚丽图景。

人是一样的，眼耳鼻舌身，类同，才叫人。都从父母的门里走出，都是其心尖上的肉，眼睛里的花。

人是不一样的，胎怀腹中，人与人的差距，就已存在。

人的生存，必须借助环境，父母家庭，社会关系，是一个人最直接最亲近的世界，也是孕育人成长的花园。但差别从此开始。吃不同，住各异，人有别。有的父母可呼风唤雨，地位高，权势大，财富雄；有的父母呼羊唤猪，勤劳，贫困，一生艰辛。

所幸，人人都有受教育的权利，读书明理，希望人是一样的。即使如此，也有因穷而读不起书、不让读、不喜读，而弃学者。此时，人更不一样了。

再者，生于淮南则为橘，生于淮北则为枳。

同者少，异者众。人世间，纷繁，多彩了。

遗传基因使人不一样，家庭使人不一样，生存环境使人不一样，权力地位使人不一样，财富多寡使人不一样，教育使人不一样，社会使人不一样，分工使人不一样，思想盼望使人不一样，社会关系使人不一样，素质天赋使人不一样。真的不一样啊。

只有知道人是一样的，也知道人是不一样的，才能知道一个客观的存在，真实的世界。这是有一颗平常心的事实基础。

拥有平常心，是遵从自然规律和社会规律的表现。人人都有过幸福美好生活的权利，天赋人权不容剥夺。人人都有思想、欲望，实现它需要条件。争取它，因条件不同，结果不同。有对比，就有差异。竭尽所能，有理想，有追求，奋斗过而有现在，得到了努力的幸福，即应微笑。这是遵从规律、正确看待自己的平常心，是对客观的主观。不要不去奋斗，也不要走入“奋斗”的迷途。不奋斗，世界死水一潭，而非嫦娥不娶，也不是一个有为者的良途，即使登上月球，抱回来的也许也是一块乏味的石头。你所拥有的，不是最好的，但也是美好的，要懂得珍爱它，享用它。生活不仅仅是奋斗，也应有更多的享受体味，即充分利用好自己现有的一切。这是你甚至父辈奋斗的成果，懂得享用，即不是糟蹋，像把省吃俭用积攒的钱，藏起来，被老鼠咬碎。有多少人为了最好而糟蹋了美好，一生像一条疯狗，狂咬狂吠，失去了生的原则。

有一颗平常心，多么不易，因人的欲望和现实永远存在巨大的差异。拥有平常心是热爱生活、善于生活、会生活的表现。

人的眼，总爱往上翘，想看最美的，想用最好的，想当最大的。可他忘了，没有那么多最好。最好的东西，是给最棒的人和最有机遇的人留着的。拿概率来说，是万分之一，十万分之一，千万分之一，亿分之一。不知道自己是分母，只看到分子，不失衡才怪呢。

如果事业上精益求精，争当分子，生活中安于自然，甘为分母，是不是另一种人生境界？

好与不好，全在自己的感觉。幸福与否，都在心态。平常心也就是一种与民类同、与民为乐之心。过普通人的生活，有普通人的乐趣，亦是尊重人类应有的尊严。哪有那么多礼炮、鲜花的位子。知其难有而为之，最多是一种积极的态度、探索的精神，而决不是生活的态度。抛开那些外界戴在你头上的花冠，用一张纸削减了你的权力，其实，与一般人并无二异。是社会和命运给了你那么多的恩惠，使你跟别人不一样，其实我本是民，置换还原，原来不过如此。

平常心即是感恩社会、正确看待自己之心，正确看待世界、看待民众之心。只有你欠社会的，没有社会欠你的。平常心也就是正确对待得失之心。

平常心就是要找到平衡点，这可是生命的支点啊。

生命是有限度的

生命的可贵，在于有时间的限度，是一次性消费。

如何把自己的一生过得有质量、有品位、有益处，是应该思考的重要问题。时光如流水，一眨眼的工夫，去者已去，来者自来。在有限的时间里，善于经营自己，使生命本体焕发自己应有的能量，使其成为一个有重量、有质量、色彩纷呈、光华四射、运行自如的星体，一在造化，二在自己的把握。叶子的方向决定于风，人生的方向取决于心。想什么，盼什么，就是磁场，引力。心要永远向着太阳。

生命的可贵，在于人是有智慧的灵性动物。他可以以劳动换取衣食，以智慧创造价值，拓展人类更美好的生存空间。爱惜生命，就是发掘智慧，以自己的劳动，为自己、为社会创造物质和精神财富。智慧是生命的能源。

生命的可贵，更在于人是有情感的。情感是生命的火焰，智慧凭情感点燃，便绚丽多姿。情感是人生的四季之源，是生命的盐。温情使人感知善良，追求生的美好。邪恶使人懂得社会，憎恨丑陋。事业的激情，温馨的亲情，浪漫的爱情，相知的友情，情，织就生命的富丽和坚实；情，也使人处于困顿和无奈。由情生念，铺展开不同的生存际遇，悲欢离合。

生命的可贵，更在于每个人都需要劳动。本来运动，是生命的形式，而劳动是运动中最有价值的一部分。劳动是生命的需要。劳动创造了生命体，也成就了人。伴随着人的特殊性和劳动内容的细化分工，定向的劳动和创造性的发挥，就有了事业。事业是生命最重要的支点。因为被称为事业的劳动，它创造价值，成为养活生命的资本。由于劳动成果及本人被社会的认可，甚至还繁衍地位、荣誉、权力、知名度以及社会关系和服务等无穷利息。事业是生命尊严的坚实基础。不膨胀的生命体是社会的磐石。富于成果的创新性劳动成为社会重要的推动力。劳动成果的大小，取决于个人能力和社会合作程度的高低，被社会认可越高，生命的支力越强，不仅有用，而且广泛地为民造福。人的能力有大小，劳动的结果，是不一样的。你能干的，别人不一定能干，你干不了的，别人也许能行。

平常心是客观地看待自己、正确地对待别人的一种态度，也是对天赐生命不同禀赋能力的一种敬畏，是对劳动的一种尊重。

我们之所以不平衡，是人生的天平发生了倾斜，是心里的称，只衡量别人，不称称自己。

如果对生命有了科学的认识，对自己有了正确的估价，或许你就会对社会心存感恩。不再怨天尤人，抱怨生活，而是更好地热爱生活，创造新的生活。你就会帮助那些比你更无助的同类，而不是眼睛歪着，一刻不停地盯着那些位高权重、颐指气使的政客，那些香车美女、挥金如土的暴发户，那些投机钻营、逢迎拍马的小人，那些敛财成性、不顾民生的权霸，那些损人利己、巧取豪夺的奸商，那些……

欲望是追求的原动力，不损害他人和社会的欲望是合理的，造福他人的欲望是高尚的。

我们可以追求绝对的美好，那是理想，而面对现实就要遵从事物的客观存在。只能从好的方向引导，决不可赶尽杀绝。多彩的社会是各色各样的人缔造的，一种颜色多可怕呀。社会是复杂的，复杂才是社会，什么都会存在，也应该给以合理的生存空间。千万不能简单地、绝对化地看问题、处理问题。社会的发展是有流程的，不要好心办了错事。不同时期有不同的特征，不一样的地方有它的实情，不同的人有不同的家境、个性。

人生于世，拥有一颗平常心，就是有了一种豁达包容的态度，就是有了对生命本质的深刻体验与领悟，就是达到了人生的另一种平和的境界。

那里有峥嵘的山峰，有湍急的河流，有明媚的春光，物与我在，我与世同，生命此时富于真追求，而对世事的规则及浮华更清醒。在滚滚红尘、欲望四射的人间，爱生活，爱自己，爱这千奇百怪的物与事、人与情，走出一条自己想走的路来。

社会是人与人的相互依存与对立，先要平衡了自己，社会才能平衡。

云南印象（五章）

2004年4月11日

大理印象

大理是美丽的。360万人的白族自治州，给人印象深刻。

大理的美，来自自然之美。苍山的翠，洱海的碧，蝴蝶泉的清，红花绿树间翩翩纷飞的浪漫与香艳，织就了山水之间原生态的瑰丽。

大理的美，来自远久的文化。三塔依山而建，唐风卓然。正塔十二层，雄气弥漫，上与天通息，下与地紧扣。另二塔，身居其左右，虽不雄壮，但端庄秀气，雕精琢细，遥相呼应，却为左膀右臂，擎起一片祥和的蓝天，透着团结互助的天人合一之气。

百变观音，以救世拯苦为责，幻化美妇少女，须眉老者，只为救苦度难，反映世态民心。

大理的美，来自于建筑的独特。古城建筑，大多以二层楼为主。黑瓦、白墙、楼廊互搭。既有汉家风范，又是白族所独有，古朴、典雅、实用。沿小街、小溪而建，缓步如入世外桃源。商业兴盛，人居休闲。繁华中不失古朴，宁静中透着生机。

大理的美，来自农耕田园的奇特。珍贵的坝上土地，黑土肥沃。一畦一畦，金黄的麦苗；一垄一垄，泛黑的蚕豆；一小块一小块，碧绿的稻秧；一片一片，摇曳如细竹的菜籽林，还有挥镰的农人，背篓的少妇，着白色的绸衫裤，佩风花雪月锦的白族金花，远望本已是一幅绝美的图画。

大理的美，更在于这里的人。开明、聪慧的白族人，以耕读持业、立世。“大理好风光，天下共分享”的广告词，便道出了开放的理念、奉献的心态。纯朴的民风，宽阔的胸襟，善于学习的优秀品格，天人合一的处世原则，人俊、饰美、歌甜、爱洁净的白族人，创造了美的生活，也成为美的内容。

大理的美，美在坚实，美在气韵，美在既有实实在在的内容，又有说不出道不明的精神。

丽江之思

丽江，不能用任何形容词附加，如果那样，有画蛇添足之嫌。走进丽江，没有看到滔滔的江水，却看到了别样的美丽。

发端于玉龙雪山的一条清澈见底的小河，从古城中静静地流过。冷冷的雪水中，红鳟鱼一条一条鲜亮如画，逆水而游。河两边皆是二层小楼，青瓦、白墙，飞檐、翘壁，古朴典雅。粗犷中含着精致，土味里透着洋气。

楼的底层，大都做商铺、茶舍、小吃店。不太宽的青石路上，悠闲的人群，显得有点堆砌。

城依山而建，错落有致。一座一座千年古屋，透着现代而又古朴的气息，相依相偎，又自成一体。转一个弯，就是一条青石路，路的两旁，又立着这样的屋。

一条路连着一条路，无数条路就是城的动脉，而小河就是城的静脉。路四通八达，血脉流畅自如，古城就千年不老。那悠闲的人流，就是古城生命的营养。城平视，一片繁华；仰望，却发现城的上面，又是一座城。

夜晚，静谧的氛围笼罩着古城。不远处时隐时现的红灯笼醒着，店铺里亮着，而街面上却似黎明时的天，朦胧中有着清醒，明亮中含着朦胧。不见了，白日的人流，却看见，悠闲的人们，或品茶，或看书，或逛街，或坐在小桥之上发呆……

站在木府城顶，古城就像欲飞的大鸟。青色的木府城，似鸟的首和身。仰头望远，那一间一间青灰的古屋顶，一片连着一片，像鸟的羽毛，整齐地排列在翅上。凭着浩大的双翅的展开，静的古城就有了欲飞的感觉。

城非常干净，像出浴的少女。古城不老，是每一个毛孔，都透着新鲜的气息、新鲜的货物、新鲜的人。每一个细节，都是创新的产物。一方店，看上去，不起眼；走进去，却都有智慧在闪光，雪白的银器，木雕，布衫，小饰品……样样别致。人的灵秀，物化成精美的工艺品……

丽江就像一首绝妙的朦胧诗，感觉到，说不出。就像一方玉，温柔敦厚而又纹理清晰，透着的神韵一下就醉了心境；就像别离多日的妻子，看到她，既充满激情，又自然走进踏实的生活……

让灵魂洗个澡。

生命应该这样活。享受中有创造，平淡中有激情，看似浪费又非常珍惜，好似平常又非常高贵，人与人有了亲近感，人与自然有了血缘关系，人就是自然界的一棵血肉之草，没有了高低，却有了尊严，神圣的生命还原到人本来的意义……

丽江是金沙江的源头。

丽江不是江，是一座千年古城。

版纳点滴

西双版纳，曾是一个神往的地方。

昨天夜间，看大型歌舞诗画《丽水金沙》，高高的椰树林，美丽的傣族姑娘，葫芦丝芦声悠扬，歌舞诗画织就了南国的民族风情。后来才知，版纳的傣，叫水傣，还有两个傣：旱傣、花腰傣。

同一民族，语言不同，文字各异，差异很大。版纳是热的，太热，是热带雨林。来了头一天，晚间即有中暑的表现。版纳雨多。雨，悄没声息，突然就来了，且晚间多一些。树多，各种乔木、灌木应有尽有。植物多，奇花异草，植物王国。水果多。吊脚楼，孔明帽式，木质，只挡雨，不挡风。

罗汉人生

筇竹寺看500罗汉。个个形神皆备，体态各异，实为雕塑珍品。有剥开脸的，有腿无限延伸到海底的，有长臂可上九天揽月的，有悄悄耳语的……

世间百业、人间百相，皆有涉及，惟妙惟肖。超出了常人的境界，就成为神。没有人的欲望和要求的，就是佛。神以人为基点，又不同于常人。常有超乎寻常的法力，做人不可做之事，想人不可想之物。随缘，随心，随天地。融于民众，高于民众。救民于水火，为民众指点迷津。积大德行，有大智慧，发大慈悲，做大善事，以普度众生为己任。就像好领导。

生产花卉的工厂

透明的玻璃大棚，是花的屋。一排一排架起来的土地，是花的床。

电子测检的插头极，插在土里，随时测量温度、湿度、营养的盈缺，并随时通过管道给予补给。

温室里的花，也好看，也壮实。虽未经风雨，但也似彩虹。

花本是观赏的，何必非要经摔打，不符合规律与自然常态。

人啊，爱生活，就是要爱惜人，尊重人的生命本色。

像花儿。不要随意摧残、践踏。

多留些美好，少些丑恶。多好啊！

说话的艺术

2004年4月18日

说与听的辩证

有的人，说了该说的话，得到了尊重与信任，获得了利益。

有的人，说了不该说的话，没有得到理解，却得到了误解，产生了隔阂。该办的事，也没办成。

虽然是同样的话，都是真话，结果却完全不一样。同样的话，看谁说，分量不一样，信任度不一样，起的效力不一样。

有的人，说了白说，说了不如不说。有的人，不说不如说，说得多、勤，比少说好。

一是在于说什么、怎么说，还在于什么时候说，在什么地方说，对着谁说。

更是在于听者。听者是说者的参照系，是对象。说也重要，听更重要。说的是真是假，是善意，还是恶意；是为公，为他人，是为国家社稷考虑，为事业为工作着想，还是为私，为自己；是合理的诉求，还是无中生有；是为自己邀功，陷害他人，还是为他人申诉，主持公道。

说有境界，暗含人品、素质。

听者，更重要，一是要听清楚他说的内容，还要分析、辨别其真假，必要时要做调查核实；要明白说者的意图，要判断分析，冷静思考，切忌听风就下雨。

兼听则明，偏信则昏。要公心公道。

原则问题，要讲法度，不能冤枉好人、纵容坏人，不能把好事办成坏事，把坏事办成好事，有违公理，天理不容。

枝节问题，有什么问题解决什么问题，该解决多少问题，能解决多少问题，看实际，看能力，实事实办。

看法问题，情感问题，无关紧要的问题，从认识、思想的角度切入，化淤消肿，开胸顺气。这也是说话，是听者给说者说话。

语言交流，思想交流，本来就是一个互动的过程，相互影响，相互化解，相互促进。

嘴是人身上最重要的器官。说话是世界上最难的事之一。

话里有金

有的人的话，一诺千金。有的人的话，如过耳的风。

有的人的话，可生杀予夺。有的人的话，温情如春。

话，关乎国家、民族利益者，不可不慎。以民族利益的维护、扩展为最终原则，比如，外交无小事，当然也无小话。

说话涉及他人名誉、利害者，也要思而言，察而言，不可主观臆断，信口开河，即使言者无意，若听者有心，也会给他人带来影响，再加好事者添油加醋，相互贩卖，甜的，也变成酸的，红的，也能描成黑的。纵然你有千张快嘴，万条巧舌，也难辩明。

位高权重，金口玉言者，更不可轻言、乱言。

因为你的话里，有利害，有荣辱，有升迁。

考试

2004年4月23日

今天是儿子期中考试的日子。昨天上午考了语文、物理，一点钟回来，我问儿子，他很有自信，可能答得也不错。

去年9月来京上初二，对他而言，是一次挫折，也是一次考验。全面的不适应，产生低落情绪，也是一种正常的现象。但此种不好的情绪，不可拖得太久，否则对成长、对学业肯定是有危害的。在父母、老师的鼓励、鞭策下，儿子似乎懂得了很多事。今年开学以来，主动学习的劲头更足了，且通过前几次单元测验，数学又考了90多分，且稳定了下来。对自身的信心增强了，也有了笑脸。

但儿子确实有了较大的改变，与过去相比，单纯少了，沉默少语，孤独感增多了。从他写的作文中也可看到儿子心理变化的历程。从《光明》到《老王的故事》到《王新的家》，虽然写得章法不够，但也是他思考的产物。“在学校，谁不拼命，谁就傻；在家中，谁不拼命，谁就笨。”“从此，世界上少了一个幸福的少年，多了一个拼命的苦役……”家住在宾馆，少了温馨，学校生疏，显得冷漠，只有紧张的学习。到处都是他认为的笼子，我看了也倒吸了一口凉气……如何能把学习生活变成一件有兴趣又快乐的事情，还得给以引导。

考试是检查学习效果的重要方式，但考试不是学习的目标。而要从小放任，不学无术，以后接连不断的人生考试，你拿什么去应考？古语云，少壮不努力，老大徒伤悲。我一直认为，人生于世，每一阶段有每一阶段的职责。该读书时，就要把书读好，并培养自己好的品质。该工作时就把工作做好。该教育孩子时，就要想法儿让孩子好。好，既有眼前的好，也要有长远的好。暂时的委屈，换来长久的幸福。两弊相衡取其轻，两利相权取其重。利弊得失要权衡。不权衡行吗？

儿子，但愿你小考中取得好成绩，也能在人生大的考验中获得全胜。祝福我儿。每一次的考试，不可能都是最满意的答卷，但一定是尽自己最大的努力。这就是我们做人的态度。

人要自强

2004年4月27日

梦是自强的动力

人不自强，谁强尔？自强难，但一定要主动充实自己，知难而进，与时俱进。既坚毅，又明理，才可能有所收获，有所创造。

人的自强源自充足的动力，动力不足，干劲就减。

确立一个带点梦想的人生目标，是自强不息的源泉。人生苦短，仿佛一眨眼，金色童年就到了红色的青年，绿色壮年翻个身，就是灰色的老年。愿意不愿意，由天，不由你。

时不我待，是真实的存在。一生怎样过，怎样的境界是你的追求，应该有个期望。有了心理的动因，就不会浑浑噩噩，就有了生的责任。

目标不可过高、过大。假、大、空都是那些玩权术者用来吓唬别人的，不要糊弄自己，要切合自己的实际。也不能过低，一伸手就可实现也不能算是目标。要带点梦想，就是要经过一番艰苦的奋斗，可能换来的满足。

旧的目标实现了，新的目标又产生了，一步一步往前走。再高的楼，也是从地基一层一层往上盖，目标也是一样。

有人说："心中有江山，才可得天下。"每个人的条件不同，心中的"江山"也不同，至于得到的"天下"更是千差万别。

人的自强来自压力，更来自别人对你生命的不尊重和藐视。生命本该一样，其实很不一样。社会的规则和世俗的大众心理，把人分成三六九等。此习俗相沿已久，古今中外概莫能外。这不仅是事实，怕就是客观的规律。人就是在这张网中活着的。

钱的多寡，怕是一个分层的标志。官的大小也该是一个界别。而能力、名望、职业或多或少也多与此有些瓜葛。本来应该是以对社会的贡献来判断生命的价值，但现实常常是以钱权来衡量人的轻重。想来，前者是为泛大众，不具体，后者却讲究实用。理想化的造假运动的泡沫破裂后，人们失缺了信仰的家园，成了精神的流浪者。各种纷呈的意识形态再也拴不住欲望的赤裸，编不成遮羞的花衣。对权、钱的追逐成为时尚。满街怪异的狗对着被他们榨取的同类，不时发出难听的狂吠，投去鄙视的眼神。生命受到亵渎，尊严变成奴婢。人最不可出卖的灵魂，也能光明正大地出卖。一些人还说也合理、合情。但我始终想，在讲究实用的同时，还是应有点理想，有点给人的尊严以维护的东西。发展，难道不是为了使人活得更像一个人？！当人的尊严受到挑战时，那脆弱的心，必然产生正当的防卫，愤怒、抗争，甚至干出意想不到的傻事，危及社会，害人害己，徒留笑柄、悲伤而已。若不想苟且，必要做出选择。

真正有用的，是把生的压力变成动力，发奋图强，以回馈神圣生命的赠予。以实力赢得生的尊严，给社会以回报。虽然社会是世俗的，但毕竟大多数人的心是美好的，存在善的根基。我们活着，难道不是因为割舍不断的亲情、爱情、友情，不是有那么多有形无形的社会责任，那么多对江河山野的依恋，那么多对市井风俗、文化留存的景仰，那么多值得感激的人和事，那么多对现代文明及衣食住行欲望的满足而带来的快感、享受和期盼？

那么多的美好在诱惑着，那么多的追求在等待着，那么多的一切，使我们想活得更好，而不仅仅是权、钱驾驭的奴隶，它们只是一种生的条件或者仅是一种手段工具，但不是生的目标，肯定不是。

当我看到一些人狰狞的面目，一些有钱者跋扈的态度，那些追随者怀着讨一杯羹的心理而变得猥琐的神色，见到那些墙倒众人推的残景，那些游荡街头、褴褛的衣衫里裹着的脏兮兮的生命肉体，我才知道社会的复杂与无情，才知道心存善意的人，活着也不易。那些小人，那些凶残而得势的人，那些仅有人的外表、实为动物的人，使人觉得生命的悲伤、哀痛。人要自强，不然就会沦陷、飘零。

能力是本

人不自强，必遭嘲笑、欺辱。国不自强，必要挨打。民族不自强，必被奴役。人组成了家，家组成了国，家国一理，中外皆然。

自强难，是对自己清醒认识后奋起的积极态度。难自强，就含有悲观的色彩，不自信，无力回天，改变命运乏术，有点自弃之嫌。

自强难，首先难在自己的弱。经济实力不强，权力空泛，智力不高，能力不济，影响力不大，交际力不广……如此这般都存在一定缺失。知其然，及其所以然，就是改变的开始。认识到弱，就有强的可能。如果不甘弱下去，改变的可能性就更大。要对症下药，一项一项地付诸实践，去提高，去努力，去充实。实力慢慢就会有，改变命运的机遇就会向你走来。

有用，才能有机遇；有实力，也就会有机遇。

自强难，还应有一个过程。一口吃不成胖子。奋斗的过程是艰难的，成长的过程需要有一定的时间。难，就是在较长的过程中，看你是不是有毅力，耐得住艰辛；就是在奋斗过程中，遇到失败、挫折，看你还有没有信心。人啊，刚性容易得，韧性不易有。只有渡过难关，才能柳暗花明。

人生的考验，一个接一个，永无止境。经得住考验，可能就是一次新的跨越；经受不住，可能还不如从前。

自强难，还要抗住各种诱惑和干扰。人是有欲望和情感的肉体。要自强，就要有超越别人的卓尔不凡之处。不能人间烟火都想食，神仙的日子还要过。付出与获得相随，失去与得到为伴。吃得苦中苦，方为人上人。话虽不好听，也不科学，但也有一定的道理在其中。

强大比弱小好。但强了，不是霸道、横行。

自自然然地活，活得像个人，活得有点儿价值，创造点什么给人间，留存点什么给儿孙。

人人自强，社会好，国家盛，民族旺，人间暖。

善做小事

2004年5月3日

一个接一个的小事连起来，就是琐事。琐事，不断地冲击一个人，确实使人烦。这是感性的直接反应。但理性地想，又必须把一件一件的小事做好，努力当一个解决琐事问题的高手，才是正道。

这是因为：万事万物皆是由小的“基因”组成。小是绝对的，“一”是永恒的数。

时间再长，离现在再遥远，也是由一秒一分构成。

空间再大，距离再远，也是由一毫一厘叠加。

质量再重，庞然大物，也是一个数一个单位累积而成。

事情再多，也得一件一件、按顺序、一事一事处理。

做琐事有利于磨炼性情。心态要平和，耐力要够。急不得，漏不得，错不得。小事错了，也是错，性质与大事错了一样，只是危害的轻重不同罢了。

生活是由小事组成的。工作，也是由一件件小事构成的。做小事，就是生活。认真地做小事，就是认真地生活。不因其小，而不为；不因其小，而没趣。要愉愉快快地做小事，才能高高兴兴地生活。如果没做就嫌烦，一生就在烦恼中淹着，非发腐不可。

把琐事变成重要的事、高兴的事，是应该有一个正确的态度和非凡的能力的。这要见功夫，功夫深，也是一点一滴、一招一式练就的。

人的一生，变数太大，要做好准备。从知识，到心理，到环境，只要不放弃自己，对自己充满信心，--件小事、一件小事地做好做实，就会充实，就有新的希望。上帝，眷顾那些诚实、善良、心里想着他人的人！

有真本事的人，都是善做小事的人。大本事，也是从小本事里诞生的。小事做好了，才能干大事。

更何况，世上没有那么多的大事要你做。能把小事干好、干出名堂，其实也不错。

忧郁如藤

2004年5月5日

人要保持一个好的精神状态，才能乐观豁达地生活、工作。心理健康是最重要的因素。就像衣服，脏了，就要洗洗；皱了，就要烫烫，使其平展、挺括，焕然一新；破了，就应缝补。现代人，衣旧了，就扔，喜新厌旧，很适合于心理调适。

忧郁是一种病态，是心里不舒畅的表现。外界遇到不如意的事，长久的一点一滴的积累，无法排遣，最终导致情绪低落，疙瘩解不开，神情失缺灵光，闷闷不乐，既不知进，也找不到退。

忧郁，就如缠在心上的藤。时间长了，藤长得旺盛，就会把树缠坏，无法正常生长，危害很大。

忧郁一点也不美。精神细菌有什么美的。

治疗忧郁，只能靠自己。要经常有意识地打扫心理房间。该扔的破玩意儿，扔出去；该忘的烦事，就如做一个梦，再也想不起；把美好的心愿擦亮，把希望的灯打开，把犄角旮旯的旧牵挂，像废旧垃圾一样清扫得干干净净……

脱去自己编织的藤衣，寻找新的日子、新的惊喜。

人，不能一条道走到黑，要走向希望和光明。

多晒一晒美丽的太阳。多呼吸点新鲜的空气。多给生活喷点儿香水。

掸去心里的尘埃

2004年5月6日

心灵，是鲜嫩的花朵；心灵，是明净的窗口；心灵，是碧蓝的海洋；心灵，是洁净的房间。

心灵容不得尘埃，不然就无法呼吸有氧的清风。

心灵不能被蹂躏，不然怎么能开出鲜艳和馨香。

心灵不能被污染，分不清黑白的眼睛，茫然地在满是峰谷的人生路上，如何能走好？

呵护心灵，是维护生的美好和人的尊严。

那些虎狼的凶残，让心痛苦。

那些蛇虫的丑恶，让人悲伤。

那些透明的无耻，让人羞愧。

呵护心灵，保住产生美好的神圣领地，我们就能经受住风浪的考验，种出生的信心、勇气和希望。

掸去心灵的尘埃，让生命灼灼发光。

心里应永远存着，一片淡蓝的梦想和风景。

购物的快感

2004年5月7日

今天晚上，一家人去西单商场。西单正在开展购200元赠200元的活动。

原打算给儿子买些运动衣裤之类，给自己买一双鞋。其实，买不买，我心里也没有非买不可的需求，只是妻子的心愿。

看了卖运动类产品的柜台，如阿迪达斯、耐克，等等，没有中意的。又直奔四楼男鞋专卖。一家一家地看，一双一双地试。我与儿子看上一双鞋，让我一试，既舒服又美观。马上开票，一问是2 350元。啊！？妻子说，苦了半辈子，买。很果断，她今天发了2 500元过节费，底气足。这里兑换赠券，只兑双，不兑单。又买了鞋垫之类，凑足2 400元。

妻和儿子要我把旧鞋脱下，换上新的鞋子。穿着新鞋——“凯撒大帝”，舒服、轻便些，但我也没觉得我有啥变化。儿子手里拿着2 400元的纸，开始猛花。又买了一双795元的鞋，给妻子买了一双700元的女鞋，早半小时，她也舍不得。还剩900元的纸，跑到楼下，给儿子买了一双耐克。买的时候，儿子一个劲儿地让我和他妈妈拿主意。明明他想要，但数额这么大，这么贵，他还是第一次遇着，以前总是给他买百八十元的东西。小孩子不能太奢侈了，他也从未有买高档东西的想法。

手里拿着券，像烂纸，如果是钱，我们也许什么都不买。

花2 400元的钱，买鞋，整整转了3个多小时。

花2 400元的券，买鞋，不到半小时全部搞定。

我想，做生意是有很大的学问，买200元赠200元，先买的东西，像是白给，后买的东西，又像是不花钱，是扔烂纸，其实是打折，5折。

一面是心理诱惑，一面是真实的便宜。而顾客又确实得了实惠，2 400元买回4双非常实用的鞋。

我们全家，每人脚上穿了一双新鞋，手里提着3双旧鞋、一双新鞋，高高兴兴地回家去。一路上还有兴奋的劲儿，说个不停。

花了2 400元，换回4双新鞋，还有一家人的快乐。值。

站在树枝上的感觉

2004年5月11日

多少年前，我曾写过一首诗，其中有“四周到处是房子，而我没有家”一句。诗歌的浪漫是在审美体验中得到的。如果作为生活体验，人无论如何很难浪漫起来。

那是20年前，我刚从包头师专毕业分配到家乡土默特右旗萨拉齐古镇，当中学语文教师，住学校单身宿舍时的感受。

一天在同学家，外面正下着雨，我们几个人正在他的家里，谈工作、谈生活。看着外面的雨，看着他的家，我突然有一种冲动，像是有了灵感，说要写一首诗，同学拿来纸、笔，我就写下了《雨地里的孩子》。我说这首诗肯定能发表。后来寄出去，不仅发表，还被《诗选刊》选上，加了几句评语，好不高兴。

那时，是个浪漫的年龄，20岁，虽穷，但活得像诗一样，过着一无所有的浪漫。

今年是20年后，在首都北京落户，但没有安家，住了一年半的宾馆。豪华有余，但找不着家的感觉。空空地、虚虚地度日。

此时，是个不惑的年岁，40岁，浮华掠过，走向真实。不老不少，生的重托与生的尴尬共融。过着什么都有的沉重。安家立业，家的分量，在立业之后看，分外刺眼。

人，如果是鸟多好。站在树枝上的感觉，只有无家的人，才能知道其中的空落与悲怆。不是浪漫，倒是流浪。人就是怪，连翅膀也不长。不然，我也飞来飞去，像鸟一样，用自己的羽毛织一个家。

男人的风采

2004年5月15日

站在山上的树，葱茏的枝条和叶子织出春的景色。由于有他，整个山坡充满雄性的气概。

一肩扛着苦难，一肩扛着责任，坚硬的爱和关怀，是献给孩子和妻子的。心底的温情，在脸上是一片的沉默。

永远的跋涉者，向着既定的目标。坚实的脚步把大地踩出一个一个坑儿。汗儿用来浇灌生命的根须。呼出的气息成为风，卷起一堆一堆的春色和秋景。

别人能欢乐，才是他真正的快乐。

男人就是把无数的难事，装在心里，像种在土里的种子，别人看不见，摸不着，默默地在那里生根、发芽，长出灿烂的微笑与绿色。

他从不用有色的眼睛、阴暗的心理去看世界，他的心里永远有一颗太阳。

飘来的阴云是天空的羽毛，一阵风就吹走了。他的心总是一个晴朗天。

沉默的石头里有刚健的天空。

能默默地处理难事的人，才是男人。

人生立世，全靠自己。自己是一棵树，长得枝繁叶茂，人们都说，看，那是一片风景。有的走到树下采一片叶子，有的想来乘乘凉。多好啊，你宽容地接纳那些善良的目光，那些冒汗的身体。

如果你枝枯叶落，残败不堪，孤独地，站在冷风中，遭受命运的煎熬，人们就会连眼也不眨一下。心好的，摇摇头，发出一声叹息。甚至，有的人手拿斧头，向你走来，要把你砍伐，当柴烧。

不要生在空幻中，要走向真实，才能找到自己。

生命需要梦想，但梦不能当做现实过。

做一棵长满本事和善良、根深叶茂、彩花满枝的大树，这是天地生人的努力目标。

每个男人的心里都有一块金子。那是他生的资本，快乐、幸福的基地。这就是与生俱来的爱。爱自己的亲人，爱生命的历程，爱丰盈生命的事业。

妻子和儿子是我生命最重要的组成部分。他们是我心里的金子。但有些事，我们也缺乏交流，不愿的背后，是不能。走了半生，我愿你们高高兴兴、健健康康的，活得有滋有味。

苦和难，都留给我吧。我是颜色，就想让你们多彩。你们放光，就是我的幸福。

因为你们是我心里的金子。

人生九句真言

2004年5月11日

心里装满阳光和友善
脸上就盛开鲜丽的花朵

要想不把郁闷带给别人
就得成为能够化解烦恼的佛

该舍弃的微笑着真心放弃
该承受的欣然承受独自扛起

心里装不下事，怎能干事
别人不能忍的

你得学会大度而诚心忍让
不要将鸡毛蒜皮，搞成人间悲剧

人是强大的，面临突降的灾难
反而有了面对现实的清醒
心里反而出奇地平静

该来的总会来，不论是好是坏
命运的流程没法抗拒
要向好的方面努力争取

有病就医，遇到什么问题
尽快解决什么问题
就是积极向上负责的人生

只有经历过太多的梦幻
人才能清醒地找到自己

不要在无意与混沌中
泯灭了良知，削弱进取心理
在无聊中毁掉美好的前途

人不能就盯着眼下嘴下这点小利
诱惑越大越要远离

烦恼是智慧的土壤
要善于从烦恼中反思
总结自己，就成为智慧

人生如常，烦恼不要自寻
昨天已经过去
明天还未来临
要把现在的事情做好

人应有适应环境、融合新境
攻克困境的智慧与韧劲
知性才能同居，适应它、改变它
走向光明之境

没有思想的语言，越华丽
越是苍白无力让人难以记忆
有思想有哲理的语言，再平实
也是开启人智慧的金钥匙

处世越久，回味越浓

语言与做人紧紧连在一起
什么样的人说什么样的话

怕人遗忘的常常忘记
不求记忆的总是想起

点点滴滴，日积月累，就是博大精深
眼勤、耳勤、手勤，就是桥，就是方法

创造的一切都是给别人的
生了病是自己的

人生不可能都精彩
闪光的时段是有限的
平俗却是长久的

空话不如空气
空气中有大量的氧气
供呼吸之需，生成多种营养物质

滋养生命活体

给别人讲空话，无异给别人毒素
慢慢浸害那些健康的生命
无聊的人，多讲空话
充实的人，就像智慧的石头

谁教我们做人？是现实的生活
成功加重了生命的砝码
失败挫折使人明白了道理

疾病教会人爱惜身体
痛苦使人懂得快乐的可贵

到处都是彩色的道路
就走自己内心最美的那一条

懂得爱惜，才能显出珍贵
懂得危险，才能转危为安
懂得爱，才能被人爱

懂得道理，才能生活明白
懂得花朵的美丽
是绿叶相衬，树干相托
皎洁的月光，是因为空气的清新

死是沉寂的
痛苦的绝望，是黑色的花
人们来看，是最后的别
人生的终点是一个空

生的重要，是因生的有意义
无价值的生，只能算是活着

经历的愈多，生命的铁愈重
锻造出活的方式越多、强度也高

繁花满枝的人，也有叶黄枝枯的一日
默默无闻的树，也有硕果累累的一天

当自己心里渴望放纵的时候
丑态和洋相就会出现

当自己不把自己当回事的时候
就没有人把你当回事了

自己不打开自己的嘴巴，谁也打不开
让别人替自己保密永远不可能

要学会经营自己，更要学会爱护自己
自己的言行是种子。好的言行，长出善果
不好的言行，长出恶果

做一个聪明的人，也做一个诚实的人
过分的聪明就是滑，过分的诚实就是傻

世界因果在，没有无因的果
自己即因，万事为果。全在自己的思想
心中想啥，即产生啥。养好自己的心

只要我们自己不被困难吓倒
日子再难，咬咬牙就会过去

人，总是这样

一个满身伤痕的旧我走了
又一个容光焕发的新我走来
像昨天无论如何也过去了
今天你挡也挡不住就走来了一样

日子总是新的。希望总是有的
因为太阳总会升起
照亮别人，也照亮自己
她是公正的，伟大的，无私的

人，应该如太阳一样生活
多点光明，多点热情

养生的关键在养心
心平则气顺，心慈则面善
心理平衡，生理康泰，万事皆旺

佛，有化解烦恼的良药：心清静而有为
人，不要去吃刀尖上的蜜

生的体验点滴

2004年7月12日

身体的每一部分，每个微小的器官，感知了世界的存在。

心灵的每一个触角，探测了人生的变化、自己的演化，并把它珍藏在生命的记忆里。

偶遇同类情形或有意无意地在自己的精神世界里悄然打开、翻晒、重演，点点滴滴的感觉、经验、场面，组成了人的精神世界，像无尽的胶片，回放给自己，传送给朋友。

有的是亢奋，有的是美好，也有多少不如意、忧伤与痛苦，都在生命体上曝光，成像。幸福的人生，因有沉重的影子，更显得没有白活。

一切都是陌生的，一切就都是新的。

新的东西，使人畏惧，那是因为我们不了解、不熟悉。

新的东西，使人好奇，那就激起了我们的探求欲，要深入，要弄明白。

要喜新，不要恋旧。新的是现在，如果它好，就融入它；旧的是过去，如果它不好，就让它留在记忆里，如果好，就移植到现实中，发扬光大。

要念旧，但不要盲目从新。天空没有翅膀，而我已飞过。

让我们心存一片美好，那是过去曾拥有的，它滋养我健康地走到现在。现在的空气养育着我，我该懂得感恩，然后，我奔向畅达美丽的明天。

明天的现在，靠我们更好的经营，春的气息就包围自己。

人生如流水，叮叮咚咚地走过，恍惚如昨日。三尺床塌，二两饭食，一身名贵的行头，疯长的年岁。方知权力、金钱全是给别人的，病疾才是留给自己的。

人只有以积极的心态面对一切，才能战胜命运以疾病来对你的考验。

该来的总要来，该去的总要去。人只能自己救自己、爱自己。

思想锈蚀，语言笨拙，就像泉眼被堵塞。那充满灵光滋润的清泉，纵有喷涌的欲望，但却形不成明丽空灵的河江，织不就满篇动人心魄的睿智华章。语言是形式，思想是本源。语言是穿在思想上的衣服。语言的美，源自思想的灵动鲜活。既要求思想的深邃，也要有形式完美，如少女，灵与肉与衣着，和谐相映，共生共丽，品质卓然超群，经久不衰，留给人，生的真谛与完美。

与时间赛跑，就是珍惜生命。每一天都是新的，都能结出新的成果。只要你肯干、肯想，心里沐浴着阳光。

不要患得患失。不要被琐碎纠缠住心灵。凡事，尽了心，尽了力，就有心理的坦然、安定。

不能看人的脸色行事，该怎样做，就怎样做。做人要有原则。只要做得合公理、有道理、符实际，人就会认可、理解。人心是公的，人人一样。

不要去刻意迎合他人。凡事，一迎合，就会失去理性，以他人好恶为准，就会失缺公正，不辨是非，就离小人一步之遥了。

我爱慕人性的美好，像生命需要空气一样重要。好的性情像花，绽开的是艳丽，流淌的是清香，像涓涓的清溪，日复一日，把污浊荡涤，把自己奉献给林海的广阔、草原的蔚蓝。

“堵”是一个可怕的字眼。路堵，交通不畅，相互交织，纷争四起，互不相让。心堵，是逆自己的意志而言行，没法吐出心事，硬忍，造成情绪紊乱，免疫力下降，疾病生焉。

堵的结果是乱。疏导最要紧。

品尝生命的滋味。幼时，生命就像刚出土的嫩芽，双手举着毛茸茸的奶香气，两瓣鹅黄的脸，稚气溢溢，看着这个新奇的世界。满眼的美好，满心的愉悦。

天真的生命，尝到的都是香甜和温暖。因为那是在母亲的怀里。

走过了，多少山头，才知道，每一峰，都有奇特之处。

人老了，就应更快乐，他们为子女们付出了一生的心血，再无能力去创造什么，只能创造祥和与美满。

人各有优点。我们应像蜜蜂，多采撷那些好的、善的东西，以作为我们生命的营养。

见贤思齐，不能仅停留在口头上、心里头，而应点点滴滴地去做、去实践。日积月累，才有正果。

给自己鼓劲儿

2004年7月19日

从元月一日始，到今日，利用早饭和午休的间隙时间，思考人生，日复一日，拉拉杂杂，写下了一本文字。

真的替自己高兴。因为这是自己战胜自己的证据。原以为再不会有过去的创造结晶。一切的果，都有其合理的因。敬业的品质，是我们做人的原则，世上从来没有永远免费的午餐。我只能把因做好，甚至想做得最好。

时间能培育新的希望，无聊也能耗损人的精力和毅志。多些思索，就多些智慧。多些勤奋，就多些希望。要对自己永远充满信心。

我给你鼓把劲儿，好好干。金色的秋天，来源于春的耕、夏的锄。付出的是汗水，收获的是粮食，还有明天。

环境预报（五章）

2004年6月30日

北戴河看海

8点40分从北京站出发，11点08分抵北戴河。

人已四十，第一次来北戴河。

10万人的北戴河，却是人人皆知的游览胜地。

大连的海滩多石子，卵石铺地，硌脚。青岛的海滩多潮汐，因第一次观海，潮悄悄涨时，我却不知，放在岸边台阶上的一双白色的新凉鞋，有一只开小差，化作船，游走了，害得我光着脚回到宿舍，那是1989年。立陶宛的海滩，在夕阳下，细细的白沙，红红的落日，这是2003年，忍着身体的痛，看海。

海，真好啊，那样的博大，那样的蔚蓝，那样的莫测，那样的有那么多有用的物质，那样的潮起潮落、浪花席卷，那样的平静泰然，美如处子。

一根针，把海穿透，没声没响地落了底；一只船，载着红帆和辎重，向着目标远行。她既能托得起重任，又不忍污浊，也不计小痛，不言不语，轻轻地淹没，就是回答。

海是标准。人们以海平面来衡量高下。海拔越高，四季盛景集于一峰。但越高，氧气越少，人就越难以呼吸。越高，就离太阳越近，天空就愈蓝愈纯，愈清愈美。自然界，看上去越温暖的地方，也许正是更寒冷的所在。

在高处居住的人，多是耐力强大的人。无论雪山、冰川、高原、河谷、凄风、苦雨、紫外线，他都能自如地适应、驾驭，他具有可以为自己供氧、供血、抵风、挡雨的能量。唯此，他才能享有别人看不到的独特瑰丽的天地风景。

缺氧现象，其实也存在于生活的方方面面。人啊，不能老是好高骛远，没有特殊本事，最好生活在低一点、平一点、水丰、人茂的地方，这里好出气，易生存，多养分。找一个适宜自己生存的位置也不易啊！

海是博大的。她以她的蔚蓝和宁静，给人梦想；以她的丰腴，养育万物；也以她的浪花制造风景。当然，她也制造骇人的海啸。

海是鲜活的。白日，游船，飞鸟，脱了面具的人，赤裸如初，在太阳下温柔的水里，编织着生的欢乐图。海在笑，夜来临，人散，鸟飞，鱼游。不平处，峰谷间，海在生气怒吼，卷起千堆雪，也曾卷走地上花、人间笑。风平浪静后，一片祥和景色。

日落月升，潮起潮落。吐故纳新，净化自己。又一片辽阔的碧蓝，帆影，船行，繁衍着世代不变的梦想。

看岸边，那美丽的别墅群，一座连着一座。人去楼在，改朝换代，不知谁主沉浮？不变的是景，易变的是人。今夜为李筑，明朝已王姓。

一片海，映照不出同样的脸。变，是历史的，也是自然的规律。变，则活；不变，则静，了无生机。求变，则是求生。变中才能求平衡、求发展。

有的人，看海，看到海纳百川，滋养万物的品格；有的人，看海，只看到海里的美味和贝壳里长出的珍珠。

海是平的。人有高下，人心不平。

环境

北戴河的空气里，满是清新与湿润，就像少女眼中噙着微笑的泪、激动的雾。

适于人的，有自然的环境，有人文环境，还应有情感环境。由大而小，逐渐趋于具体、直接。一个人能否生存得好，很大程度上取决于处理好与这三个环境的关系。

认识它、适应它、改造它、引导它。相互适应，达到和谐。

自然环境，天、地、海三者。有山，有水，有风。地形多变，造就景色各异。平原、高原、盆地，花草树木杂生。荒漠、沙漠、戈壁，热浪滚涌，炙人肌肤；两三千米之上的高原，天碧云白，疏朗之气动，但氧缺乏，人呼吸难以为继，宜于神仙居住。江、河、湖泊、海，以小为大，风姿有别，万物之源，人与动物须臾不可离。空气、风二者同源，威力不同，效用不同。复杂的环境，繁衍着复杂的事物。物物事事，都有一条生命的链式反应。看似单一、纯净，实则皆有联系，又互为因果。有限里蕴藏无限，无限里生长着有限。一中居万物，万物归原主。

大地如母，承载着一切，默默无语，任其生灭。人文、情感与此类同，皆相互依存而生，相互竞争而繁荣。

人生之境界，心如地，胸似海，承载万物，方为大人。

天下第一关

山海关，号称天下第一关。
背依燕山，面朝渤海，一夫当道，
梦想万夫莫开？

世事多变，该开的照样开，该挡的也没挡住。

空空的洞门，像一只眼，更像一个问号，
令参观者深思。

国力不强，永被打。再高隘，也无益。

虎囚铁笼，无雄风，也无威。
孔雀无翎，不如鸡，少美丽。
国不富强，难为国，必被欺。
人无精神，不如泥，肉一堆。

长精神、长志气的，是自己要强大。
坚实，巍峨，平和如山。

北戴河——北京专列意象

7月2日（下午3:00—3:15一段）

收割过的麦地，一群白山羊、牧羊人；杨树林、小桥、村庄、储油罐、绿色玉米地，装货车站、吊车、村庄、两个圆形加油站、柳树围着的农田，过铁路立交桥、水塔、废旧汽车场、一列客车擦肩而过，冷库、施工的吊车，正在施工的厂房，杨树林带、画着花边的带除尘的大烟囱、发电厂、电视塔、城镇、绿色火车站、变电所、槐树林、燕京什么中学、东方商品房开发区、铁路桥、河流、有汽车跑的公路、写着“生活就是度假”的广告牌、柳杨混杂的林带，一辆大客车行进、京哈高速公路，高压电线支架、线路、村庄、楼房，10多个施工的大吊车、果园、有水的河流，建筑施工工地，化肥厂，集贸市场、篮球场有人打球，车站储货场、足球场，蓝色隔音墙、城市、交叉路口、小平房，假的椰子树，高的楼群、垃圾场，收破烂的小平房，衣服挂着，玉米地、柳树林、苗圃、吊车、水塔、平房、电视天线、村庄、修铁路的工人，油罐车、木材车……

预报

天气预报真准，说是降水概率60%，晚间即下了一场雨。

风雨人生路，使人糊涂，是辨不清方向，怕雨淋湿；使人清醒，是阳光明媚的日子，不会永远。

气象多变，亦如人生景观，旅途多舛。

人生世事，谁来预报?

学会观察，有敏锐的触角，仍可以从蛛丝马迹中，感知事物运行的趋势，发现苗头。

正如对形势的判断，要对方方面面的情况了然于心，并能从纷繁复杂的局面中找到主要矛盾和客观规律，因势利导，顺乎自然，方能成功。

早预报，早知情，打的就是有准备之仗。

千百年来，世界各地，百战百胜的秘诀就在这里。

上海啊

2004年7月5日

上海的繁华从气息中就可闻到。大气的城市，精明的人。

上海变得越来越开放、美丽。

长江是中国的金腰带。黄浦江把长江和东海连在一起，使上海成为中国与世界交流的平台。美丽的腰带飘起来，再加上舒展开来的彩袖华容，上海就是世界与中国联姻时装饰精美的会客室、豪华雅致的宴会厅、相约一生共同漫步的大花园。

有时感觉她像青春的少女，有时又是韵味无穷的贵妇。其实，上海更像一枚巨型的雕梁画栋的金纽扣。

交通枢纽，四通八达。上海成为经济、贸易、文化的集散地，成为投资、金融、人才、科技的聚集地。

能成事业，有人来；能有钱赚，资金、技术跟着来；能生活得舒适，人们愿意来。

人，是趋利的动物。难道还有人趋害吗？！每个人都想过得好一些，天经地义。

有钱人多，方方面面的需求就相应多起来，消费就旺起来。经济繁荣，人才荟萃，推动社会越来越进步。

过去普遍存在的难点在逐步化解，过去没有遇到的事又碰到了。新的现实，推着改革的车轮转。在解决问题的实践过程中，开放的思维、新的管理方式、超前的意识，就逐渐地形成。人的眼光、办事情的力度、创业的胆识就会高，就与世界同步。知大势、善解难、有见识、会管理、促发展的领导素质就会具备。人才越培养越多，良性循环形成了。

上海，一年一个样儿，一月一个样儿。

上海越变越洋气、越美丽。

大上海，就该有大人物、大气魄、大市场、大作为，起大作用，有大家风范，成为大的风景。

中国确实需要有一批像上海这样的城市，给人希望，给人信心。

欲望与自尊

2004年7月9日

人被刀枪所杀伤，是有限的，且带有罪恶的名分。杀与被杀，都是多么残忍的事情。

其实，欲望也能杀人，过分的自尊也会杀人。

人靠精神支撑着，情绪是最重要的。好的情绪、积极向上的态度，能有无尽的能量释放，人才会活得生机盎然、坚实挺拔。

欲望是专横跋扈的君王，他可赐给你荣华富贵，也可把你流放到荒无人烟的沙漠。不要被欲望控制，欲壑难填。无尽的欲望是无尽的生的动力，但空幻的竭尽全力也难以达到的深欲，无疑是给生人为地设置了痛苦的陷阱。如果再执迷不悟，刚愎自用，没有条件地盲目攀缘，决心越大，越近于疯狂，摔得会越惨。

欲望满足与否，并不代表什么。因为欲望的满足是一时的、暂时的，而美丽的生命是漫长的。放弃或者不去刻意地非得到不可，给自己让出一块心理的空间，也许是快乐的源头活水，是有价值的。也就是说，任何时候都要自己给自己一条生路，一条能感到幸福的路。千万不要硬逼，既不可逼自己，更不能逼别人。

自尊存在于人的心里。就像山，风雨过后，依旧是山。

看重别人的评说，不是虚荣，便是自信心不强。柔弱细小的叶子的方向，才是由风决定的，但，那也是一时的，根本的是由太阳决定的。

自尊有时也能把人逼上梁山。那不是自尊，是虚荣。真上了梁山，其实就是上了悬崖绝壁，那里没有好汉，只有一个孤零零的自己，迎风而泣，迷失了方向，失去了心里的定力。

切不能被别人的言语左右了你的生活。别人的评说，有时更像风。它卷起的不仅是热忱温暖，有时还有满目的碎纸和有害的灰尘。

走自己的路，一步一步，坚实而且有力。真正的自尊是人格的独立、品质的高洁、事业的成功。

自尊更多地是自己尊重自己的心。

天安门前遇喜雨

2004年7月10日

下午3点，与田儿、轩儿乘出租车奔赴人民大会堂。临出门时，看到天空阴沉沉的，便让他们俩回去，一人取了一把伞带上。原打算，我先上办公室处理一下事务，让小哥俩去天安门广场玩儿。我下来后一起给他们照些相，留个影。我们约好在人民英雄纪念碑旁会面。

4点左右，我夹着公文包，拿着照相机直奔纪念碑。路上，有好多行人，急急地从广场往外走。天空更暗了。给两个孩子拍了两张照片，以人民英雄纪念碑为背景，远远的天安门，朦朦胧胧地看不清楚。

有一滴一滴零星的雨落下来。人们开始奔跑。到处是流动的人头和背影。早有准备、拿着伞的人，依旧在照相、溜达。我们看到天色越来越暗，也在往大会堂方向走。

天空中一道明亮的闪电，紧接着便是震耳的雷声。势头不对，要下大雨了。正要拉着孩子们跑，但已经来不及了。打开伞挡雨，风吹得厉害，伞被吹得翻飞。

顷刻间，雨流如注，铺天盖地的落下来。我们快速地奔跑，边跑边打着伞。伞被风吹着倒过来。雨卷着风，风卷着雨，直往身上浇。我们只好与打着伞的好多人聚在天安门广场西南角岗亭边的一把巨伞下。不一会儿，风雨就把大伞也掀翻了，掉下来，砸在人堆里。伞的功能已不起多大作用，只是一堆陌生人相聚而已。天南海北地说着方言俚话，真是五湖四海因雨聚会。所有的人全身都是湿淋淋的。有的人在雨中奔跑着走了。我们此时已站在台阶上，避开了雨的横风浇灌。但伞上掉下来的水仍往衣服上泼。又有好多人抵不住雨，冒着雨离开了。此时估计半个小时过去了。天安门广场转眼间成了湖泊，风吹雨打中还有看得清的波浪在推移，一波一波地远去。走过来的人，水一下子漫过鞋面，好多皮鞋，早已成了水鞋。

看看天色，并无暂停的迹象，天安门仍旧蒙在烟雨中，隐约可见一个建筑的轮廓。

我们父子三人只好向大会堂跑去。宽阔的大会堂东路，车辆很少，街面早已成了河流，水急速地向南流去。我们跑着，踩起的水花，一溅二丈远。

湿淋淋的三个人到了办公室。脱了衣服才感觉暖和一些。把鞋子立起来，鞋里的水，倒了一遍又一遍。

旱的北京，终于有了一场大雨。据说，当天有好几个立交桥下，公共汽车都被淹了。抛锚的小汽车更多。有了这场雨，庄稼肯定会长得好。

想来，被雨淋的人，都是带伞的人。没有伞的，见势不对，早跑到能避雨的地方了。有伞，不怕淋，其实，被浇了个透。

可见，有准备，不见得有预期的结果。客观情况，比想象的情况复杂得多。生活中被水淹的常是会游泳的。不是因为会游泳被淹，不仅大意，也缺乏畏惧的心理，自大而且自负。

有准备，不见得有预期的结果。客观情况，比想象的情况复杂得多。生活中被水淹的常是会游泳的。

湖光山色侧影

2004年7月17日

爱使人活着有意思

满园春色关不住，一枝红杏出墙来。如果我们心里总是这样，我们就会有更多的健康，更多的热情，更多的力量。

充实自己的心灵，用知识、用友情，用善、用美、用真，更要用爱。

爱是太阳。爱是无价的。爱是我们活得有意思的盐。爱心盈盈，使我们活得更像一个人。金钱累累，没有爱，人就成了装钱的布袋。要从心里爱自己，更要爱别人。

B超断想

不长眼的B超，却透过肌肤，看到了肝、胆、脾、膀胱等内部器官的真相。人类的发明，超过了人类自身的许多天然功能，为铲除疾病开了方便之门。不然，黑洞洞的一片，人，混混沌沌地活着，老去，真有点不明不白。

长眼的人类，因视力有限，只能看到他所能看到的点面，再加视觉错位、近视、远视、散光、晶体混浊，有时却分不清贤愚、好坏，把心涂上了变幻的颜色。只要能为我所用，为了自己一点私利、私心，蒙上了眼睛，瞎说、瞎看、瞎指挥，使真相错了位，颠倒了公理，混淆了是非。

私欲，能使明亮的眼睛看不清，甚至于变成睁眼瞎。

梦是预言

梦　若预言　有时　是正向的

有时　是反向的

最美的梦　是做在你　睡得最沉的时候

用美丽的梦境兑换现实时

才明白

时过境迁

无法签约

永不生效

梦原来是　做在不清醒的时候

而现实　永远是清醒的

只有糊涂的人　没有糊涂的现实

可爱的小花狗

把自己用绳索拴起来，钉在某根柱子上

那就离一条狗不远了

再要加上几句不自量力的狂吠

或者见了别人不是板着脸

就是怒目圆睁

见了某人摇尾乞怜，笑容可掬

这样，如果不是有某种

不可告人的目的和利益

那就是一条真正的家狗了

可惜，世上有些人，真的愿意当狗

不愿堂堂正正做人

人生的品格

没有梦的人生，过于真实，让人生畏，苍白如裸露的山岩，如无神采的呆汉。

无所作为的人生，过于繁碎，让人生烦，无聊如食肉的白蚁，整个生命的功能，就是制造垃圾。

贪得无厌的人生，过于卑俗，让人鄙视。极度的贪欲，蝇头小利必争，无所谓廉耻，恨不得从自己骨髓里榨取出金币来。虽富若金山，实穷如乞丐，貌似尊贵，其实不及辛劳者有泥的脚趾头。

有梦想、有追求的人生，就像百花争艳的春天，生机盎然而真实有为，把美丽给人间，把生命的过程走得扎实。春是春花、夏是夏绿、秋是秋实、冬是冬雪。生命的每一段，都特色鲜明，滋味独特。

有所奉献的人生，才是高贵的人生。思为众人思，智为百姓谋，力为众人出，财为百姓施，集众人之力，为百姓施惠。

有改天换地者，有管理社会者，有育人培才者，有科技创新者，有操作机器者，有耕耘土地者……

写给妻子

我是流浪的阳光
你是温暖的家

多少年了
磕磕碰碰
还是那么新鲜光亮

仿佛　熟悉的故事
一块雕刻过的红木家具

爱情融成了亲情

多少酒后的话
真挚而不断　像温暖的月色
是　阳光发芽的声音　一串
没有打磨的钻石

住了多少店
还是家好

累了　想家
痛了　想家

家是心灵的诊所

我是流浪的春风
你是灿烂的家

生活美丽的颜色

爱的感觉

有时爱是初绽的花朵　有时爱是飘落的花絮
芬芳也好　苦涩也好
都是你拂不去的檐雨

用心的关切是爱　无意的注视是爱
因为心的界域不能设防
久远的忠诚是爱

暖暖的毛衣是爱　娇嗔的责备是爱
欲求冷暖的肥瘦
柔柔的纯情是爱

雪中的梅花是爱　雨里的麦穗是爱
两眼交辉的田亩
只知给予　不知索取
深深的理解是爱

走进爱里不识其爱
站在爱外　才知
唯一的不朽
是爱

海滩边上的老人们

2004年7月30日

北戴河是个美丽的地方。蓝蓝的海如一面镜子，天南海北的人，来这里消暑度假。

太阳下的沙滩，金黄金黄。从海水里出来，躺在上面，周身的温暖、通畅。21日乘公务车来此休假。将近一星期的时光。每天上午9点30、下午3点30到中浴场看海游水。这里是专门辟出的海滩。有换衣的冲浴室，一小间、一小间地并排着。

海滩上，搭着花花绿绿的遮阳棚，有时三五个，有时七八个。棚子下面，有一个塑料小圆桌，五六把塑料座椅，全是白色的。有人一入座，服务员就端一个木制的小托盘，盘子上面，放着两杯冲好的茶水和两块儿消过毒的白色小毛巾。看意思，是给游泳的人准备的。其他人则没有。但工作人员，也可以就座，也可以入海。

棚子上方，是混凝土结构的开放式的看台，身后则是一间棋牌室，放着好多把藤椅。藤椅间，是玻璃面的小矮桌。这是值勤的警卫人员、保健医生、护士及其他工作人员待的地方。有一些老同志也在这里打打扑克、下下棋。

身后，像汽车轮胎一样黑黑的救生圈码放整齐，高高的一摞。一排坐得整整齐齐的穿着游泳小裤头的黄里透黑的青年，都戴着小黄帽，像一条划出的警戒线，是专门护游的武警战士。北戴河的日头太厉害，把一群白嫩的20岁左右的年轻人，活生生全给晒成了非洲色。

看台的下方，用铁架子焊了一个高高的瞭望塔，说是塔，其实并不大，上面仅容一把椅子，有一个士兵端坐上面，手里拿着一个望远镜，监视着平静的海面。海滩旁，用绳索拴着一艘救生艇。

海面用网隔开，划界的浮漂标志很显眼，站在台上看，像承包到户的责任田。

七八十岁的老人们，身体真是好。先后看到的有七八个退下来的老领导。94岁的红军老人王奶奶是其随员给我介绍的，他对我说："你不认识她吗？"他用手指着一位精神很好的瘦小的老太太说。我说："不认识。""她是王老，爬雪山、过草地，参加过二万五千里长征的女红军。""现在仅剩几个人，其他都不能动了，王老还耳聪目明，挺硬朗。"然后他去给老人作了介绍。老人笑笑，我也点头笑笑，我心想这就是跟随毛主席打天下的英雄。他们用生命和鲜血换来了青春的中国，而他们，有的走了，活着的，已进暮年。真该让他们好好地享受生活的快乐。党和人民真不能忘记他们。不然有违天理与人心。

钱老八十多岁了，风采不减当年，一口气游了40多分钟。真是令人钦佩。这些过去电视上看到的人，生活中其实跟我们常人一样。但不一样的是他们的经历，是他们曾在社会中扮演的角色。有的人碌碌无为，有的人辛勤劳顿，有的人日日游手好闲，连消费都拉动不了。

看看这些人杰，有的管理过一省一区，有的见证了中国的某一段峥嵘的历史，有的治理过无数的大江、大河，有的曾手握生杀予夺的权力……而有的人一生都在艰难中讨生活，至今还在贫困中……这是为什么？人的差异真是天上地下。是智力？是时代？是机遇？是勤奋？是……

生不同，人不同；人不同，生不同。

你给社会的越多，社会给你的越优越。

命，一半天定，一半自定。

苦不苦，想想红军二万五，累不累，看看革命老前辈。这是我上学时经常听到的教育我们成长的话。

近距离地看着这些革命前辈，仿佛又在阅读一本本真实的教科书。

生命是一样的。不一样的是生的过程，生的质量。

有的人，为民族而生，为大众而生，为理想而生，为了别人的幸福，流血、流汗，甚至献出生命。

有的人，为自己而生，日日辛苦、操劳，甚至连自己也养不活，喂不饱。

在简单和重复中再生

2004年8月3日—5日

生活的滋味，在于品尝；生命的色彩，在于发现。

大多数人日日都是在简单中重复。简单的重复，很容易导致无聊。因为过程就个体而言并没有产生有意义的结果，很难避免产生无价值的思想，进而生成厌烦的情绪。

如何在简单和重复中再生？那么就从现实出发，想想自己有什么本事，现实能为你提供什么优势。无论在什么情况下，看到优势，才能看到希望，眼前突然出现了一条光明的路。我们一定要充当实现自己理想的促进者，而不是自己的拦路虎，甚至是自我消极情绪的制造者。决不能自己为自己设计、制造一个充满悲情的樊笼，把自己关在里面，整天唉声叹气，愤愤不平，无端地四处冲撞，在心理上碰得鼻青脸肿，还怨天尤人，好像别人欠了你无数的债。

其实，谁也不欠你的，谁也关不住你，除非你自己把自己锁起来。

找优势，首要的是看形势。形势看不明，优势也是劣势。

看形势要看主流和方向。形势看不清，就会被眼前的灰尘蒙住眼睛，被一些琐事缠住心灵，而迷失了自己。优势就是你在总体形势中所处的地位和所拥有的能发挥效用的资源及所具备的条件。

形势是全面的，也是动态的。要看到主流，不要被支流卷走，也不要被枝节问题迷惑。主流是形势的质的规定性，它的方向，就是你的目标。不要逆流而动，那会被淹没。循着方向和自己设定的目标，储存多种能量和资源，充实自己。自己有用，才可用，才能用。至于何时用，就要等待机缘。

时间是最可珍贵的资源。人生漫漫，一天一天组成。中年已过，再也没有青春的浪漫和无知供你挥霍。原以为用之不竭的年岁和时日，在一白一黑之间，仿佛梦一般，漂走了最有意义和鲜艳夺目的一段。激情燃烧的岁月，不知疲倦的身影，充满好奇和真诚的眼睛，所有的过去，想来如一截美味的笋，在欢笑和忙碌的牙齿间，不见了。仍能闻到她的味，但过去的却是再也找不回来影的美丽。最富有的，其实也是最短缺的。有多少个一分一秒啊，走了，就再也找不回来。像洒在大地上的金色阳光，再也捡不起来。时间在生命中是有流量的，是限量供应，即使上帝肯给补贴，也弥合不了成长的亏欠。

控制不了她的流量，那么就提高生命的质量。

生命的质量，第一位的是健康。这团饱含智慧和情感的肉体，就像一个阿拉伯数字1，其后面连缀着无数个0，诸如责任、权力、名誉、地位、金钱、待遇、无数的赞美、无数的批评、复杂的家庭与社会关系，等等，等等，人间创造的一切。如果1出了问题，或者没有了，一切皆合并为0。这是人生命的规律，也是社会运行的铁的法则。

当你病了的时候，才明白，人的身体是世界上最脆弱的东西之一。多少时间，我们都没有认真关爱过自己的身体，我们大都是无度地利用它。累了，休息一会儿，力量又会长出来；饿了，给填充些食物，又奔向远方。哪怕被器物和情感碰破了、扎伤了，甩甩手，或简单包扎一下，嘴里还念念有词“不要紧，没事”，也难怪，过不了几天，伤口愈合，好如当初。

时间缝合了一切。年轻，什么也不在乎；年轻，什么都有可能；年轻，觉得世界就是我们的，有无限的能力成就天大的事。

可，仿佛一眨眼，年轻从脸上飞走了，青春的光彩不再，却多了些许皱纹。回首走过的来路，除了眼前渐长渐高的孩子，仿佛什么也不曾干过。做过的梦，说过的话，走过的路，早已印痕不再，只有一团模糊的印象，如梵高的《向日葵》，充满了盲目的热情和张力，但最终也结不出健硕的籽粒。悔的同时，身体的某个部位，开始让你有感觉，头痛、肚痛、腰腿痛。即使微小的器官出了问题，也是难缠的主。病，使你一下子，清醒了许多。

人，不是机器，决不能长久地满负荷运转，如果资本金不足，过量的透支，是要付利息的，甚至会有高昂的代价和风险。即使是机器也有磨损，还在运行中扣除了折旧费。机器可以报废，扔了了事，人却不能。人是世界上最可宝贵的东西，且生命只有一次。它不像废钢铁，再回炉，冶炼，浇铸，制成新的物件。

要保证只有一次的生命有光彩、有活力、有所创造、有所贡献，不白白成为一个只会吃喝的动物，就要保证身体的绝对健康。要懂得爱惜自己，也要懂得尊重别人爱惜自我的权利。这是对生命的尊重。

要学会自己调理自己。人生不如意事总会有，可能日日遇到，有的是自己造成的，有的是外界强加给你的，无论发生什么，为大局计、长远计、营造工作环境计，只有痛心的沉默。一定要想得开，放得展，想到他们不是恶意的，想到一切都会像过眼的云，“神马都是浮云”，想到如果身体垮了，一切都会更糟，就用自己的善良慢慢地抚慰自己流血的伤口，决不能与别人计较，更不能与自己较劲。总之，该来的总会来，有什么问题解决什么问题。自己解决不了，让那些能解决的去解决。现在解决不了，留待以后解决。自然平和、积极进取就是一种态度。要从心理上抚平自己。

要学会看医生。不明的痛疼，要及时去看医生。这是因为医生是专门医治疾病的人。专业知识和临床实践，使他们比病人自己更了解你病在什么地方、如何医治。权威的力量在于他比一般人在某些领域懂得更多、更深刻、更准确。四十一过，就要定期去做身体的检查，防患于未然，永远是重要的生存原则。

要学会休养，不会休息的人，也不会工作。这是因为休息不好，也工作不好。把绷紧的弦，放松。一则长久紧绷，会失去弹性；二则会绷断。弹性，就是适应性，人的弹性愈大，张力愈大。有张有弛，就是弹性。有弹性，才能造出美好动听的乐章。不然生命就会嘶哑。想看书时，看书；想睡觉时，睡觉。不要强己所难。听命于自然的法则，总比人为的意志对身体和心理更有益。

要学会快乐，不能成为工作的奴隶。以前已经是工作狂，现在应学会如何让自己休闲和快乐。人，决不能过久地生存在没有微笑的日子里。工作时，像个工作的样子，敬业认真；休闲时，有个休息的方式，全面放松。明白这个道理，付出了较大的代价。要吸取教训。不要让别人重蹈覆辙，再受煎熬。

保证了健康，就是把那个阿拉伯数字1，做得坚实、美好。就像做好了一个地基。地基不牢，地动山摇。好的地基是一生的坚固。然后能盖几层是几层，不要凭主观臆断，要看地基的承受力。能加几个0，就加几个0，自然平和，乐在其中。不争，不抢，不怨。乐此一生，尽力而为。不强，不撑，不欺。诚实认真，简单美好。

生活不是简单的重复，而是有质量的轮回。

做一个肠镜给自己看

2004年8月15日

中午1点，开始服蕃泻叶。绿黄色的叶片，很像茶叶，用300毫升开水冲服。当茶饮，慢慢地品。其实这是为明日的肠镜内窥检查作准备。

前一天，已开始禁食瓜果及粗纤维的食物。中午因会议开得较晚，在大会堂用午餐，就吃得少而且没有吃菜。下午5点开始服用蓖麻油。晚上没有吃饭。肚子里叽里咕噜地响。隔了一段，开始泻。直到晚间12点，已泻了四五次。睡了一觉。早5点，起床，又开始服500毫升5%的葡萄糖，10%的葡萄糖盐水。要求20分钟服完。我大约用了10分钟。喝的中间有点恶心，想吐的感觉。但还是忍住了。

9点左右洗了个澡，换上了干净的衣服。9点10分向北大医院住院部的检查室走去。等到11点，换了做检查的蓝色小裤头。便开始做。闪着明亮眼睛的黑管子，从肛门一节、一节推进去。能感到管子在肚内的肠子里蠕动，又热又痛。听见医生说，有一个像黄豆大的息肉。检查，格外地细致。三四个医生配合着在抓这块多出来的息肉。好像是要切片。主查医生说远看像黄豆，近看像蚕豆。她说病的东西怎么都用食品来说呢。又看了一会儿，感到有东西逐渐地从肚子里往出走。检查做完了。大夫又给开了一个“活检”、一个“病理”的交费通知单。去收费处交了85元钱。医生说下个星期三，去门诊预约的地方取化验、检查结果。

儿子从头至尾陪着他爸。让他回，他也不回。真是长大了。令爸欣慰。中午刚做完，妻子也跑回来了。她替我担心。自己的一点小事牵动了这么多人，怕这就是家人才有的举动吧。

你们放心吧，我不会有事的。

我正在往回找健康，健康的身，健康的心，我要平平和和、富富裕裕地陪着你们度过人生这大几十年的美好时光。

有病就看，本身就是健康的表现。

心的花园

2004年8月21日

人的感情是没有界域的。相互的平等对待，尊重各自的人格尊严，是建立情谊的深厚土壤。真诚是人心的桥梁。从隔离走向融合，再生一个新的境界，那是人世间最美好的一种缘分。它能使人更觉得生的快乐和崇高、对社会的热爱、对自己的欣赏。

人活在社会里。人与人和谐相处，相互支持，相互理解、同情，相互缔造着生活的华厦，编织着理想的美景，创造出无数的生的依托——充满智慧灵光的建筑和艺术，千百年绵延不绝；浩如烟海的知识载体，养育一代一代新的生命，使他们站在更高的起点，创造更辉煌的未来。

人活在自己的内心。精神的胞衣裹着跃动的灵魂，高贵与低劣，天天在进行战争。向美、向善、向真，与自己的私欲和卑下较量，一点一滴脱离兽，变得更像人。内心是我最干净、最清纯、最温暖、最风和日丽的私家花园。我在这里沐浴、充电。精神的高洁与追求，使灵魂得以自由舒展。幸福就从这里来。

官道上的人

2004年8月30日

官道上的人，形形色色。世上有什么人，官道上便有什么人。

官场如磁场，引力大，斥排力也大，同性相吸，异性相斥。志同者相聚。志不同，道不同。

再细小的粉末，一旦被官场吸附，就会产生难以割离的情怀。有的留恋权力，有的留恋利益。有的钟情于未竟的事业，有的割不断与百姓的联系。有的以实现自己的意志为满足，有的离开灯光和摄像镜头就发蔫，无精打采。

官，需要舞台，像演员离不开舞台一样重要。区别在于，演员的舞台是凭剧情而搭建的虚华的场景，官的舞台，却是涉及利害的社会与民生，是是非纠葛互生的真实存在。

唯此，选官，用官，不能不慎。

官以民生，官与民须臾不可分离。民为血肉，官为灵魂。灵魂若走私，无非如一缕轻烟，飘散而去，不留痕迹。

只是苦了百姓。

渺小的伟大

2004年9月9日

我喜欢那些敬业的小人物。生活，就是让他们用一根一根纤细的彩线织成了网，织成一幅幅辛酸又快乐的图画。他们像一只只勤快的蜘蛛，在日子的经纬上跑来跑去，直到跑不动为止。

他们有的把自己的一生绣在公家承包给他的三亩贫瘠的土地上。日复一日，耕作养护，倾尽了一生的心血，把田地侍弄成肥沃的泥土。不论丰歉，总把粮食献给世人。

她们有的日日守着一台隆隆的机器，千万个飞梭旋转，一根根丝线织进了她们的青春、健康、梦幻，一匹匹流光的彩布，成为人们御寒的衣服、表演的行头。

她们有的站在三尺讲台，把全部的心思和智慧都用在了如何使那一双双纯真的眼睛更加灵光，使那些可爱的幼苗茁壮成长，使后续的烟火光照世界，为民族争取荣光。

还有好多好多，他们都兢兢业业，尽职尽责，默默地耕耘，静静地燃烧。

大人物，说大话，做大事，成大业。

小人物，说小话，做小事，过小日子。

只要不存心害人，都值得尊重，都很伟大。

人味

2004年9月12日

弟妹冬梅给带来一袋名为神农的小苹果。

这是从遥远的祖国北部北疆城市包头捎来的。包头距北京大约千余里地。经过弟妹长时间的汽车颠簸，于今天带到了北京，拿在了我的手里。

弟妹说，这是岳母大人让她带的。这是故乡的苹果，这也是我从小吃着长大的水果。我最爱吃的东西之一。

弟妹说，这是岳母她们专门从老家土右旗的果园里，一颗一颗挑选的。岳母又千里迢迢让瘦弱的弟妹带着苹果来北京。

这不是一袋苹果。红红的小脸，一个一个透过塑料袋向我问候。

这分明是一份浓浓的亲情。是人心啊。滚烫的人心。

慈爱的岳母，总是把她那份真情执意地送到与她相关或不相关的人手上。她总是牵挂着别人。

我们总以为她是多管闲事。其实，她有一颗善心。

可她活得真有人味儿啊。

人味儿，是人所本应具有的基本气息和光泽，是生命构成的重要元素，既是物质的，也是精神的，是一种能让灵魂开心愉悦的高级味道。

我曾见过花眉俊眼儿的人，但他不孝敬父母；见过有权有势的人，但他欺凌别人；见过腰缠万贯的人，但他不择手段；见过摇尾乞怜的人，没了人的尊严；见过开着奔驰把行人溅成一身污水的人……我在他们做事的时候，没有闻到一点那浓郁的人味儿。难道是我嗅觉不灵吗？他们有的美丽，有的娇贵，有的有钱。他们可能什么都有，但就是缺一点人味儿。我始终不明白，他们是因为没有人味儿，才有了钱、有了权的，还是因为有了权、有了钱，才没有人味儿的。

人味儿，是人内在的品行和素养积淀反应、交融提纯，在动物味儿的基础上进化、升华、又净化、再升华而成的一种人所独有的高级香味，是对人、对事、对物采取的仁爱态度、善意的言行、真情实意的关注关心所表现散发出的精神气体，是心里温泉暖暖地浸泡下自然本真的流露与濯洗和生发的美好情感……

人味儿，是人的本质的标志，区别于植物味儿、动物味儿、矿物味儿、海生物的味道……

有人样儿，强调人的形象、行为，有人味儿，关注人的态度、心地，品味人的灵魂与精神……期盼人活出更高的层次、有更善的情怀……使人人都感到活着的美好与幸福……

在别人眼里，我有没有人味儿，我也不知道。

不过我心里是希望自己动物味儿少点，人味儿多点的。

善良的相遇

2004年9月13日

下午，弟妹与单位的同事逛完了西单商场，只身要到我们住的地方。她第一次来我们这里，从西单到西黄城根北街2号，她不知道怎么走。正好有一位推自行车的老者从她身边过。

“大爷，请问去北京四中怎么走？坐几路车？”她问。

“你要去四中，我天天路过那里，我带你去。”大爷说。

“那打的怎么走？”她问。

“不用，我用自行车带你去，何必破费10元钱呢。”

不由分说，大爷硬让弟妹坐他的自行车。弟妹先是不好意思，连说“不用不用”。但大爷死活不让她花钱打的，说“我天天路过那里，一定把你送到。”弟妹推不过，便坐了上去。弟妹说大爷带着她在汽车的空隙间穿行。她坐在车上，一直担心，别把老人碰了、摔了。走了近20分钟，到了四中门口。

老人说：“到了，这就是四中，我没骗你吧。”

弟妹给我们不好意思地边笑边说：“北京人真好啊！”

我听着她的诉说，忍不住一直在笑。笑着的眼里不由得噙满了幸福而生动的泪。心里说，这不像有些精明到骨髓里的城市人的巧遇。

这是两份善良无邪相遇，才演出了难得的人间正剧。

人本该是这样美好地活着，才对。

不像我们，时时刻刻的设防，平白无故的充满了猜忌、怀疑，甚至敌对。世故当成了智慧，自私当成了洁身自好，把别人的好心当成了驴肝肺。只有自己是对的，只有自己是安全的。处处设防，步步设岗。殊不知，自己早已掉进自掘的陷阱里，纷乱的自身本就是自制恐怖的基地。

善良与真诚相遇，它开出了两朵微笑的花。

善良与无邪相逢，共同走了一段快乐的旅程。

当你伸出手帮助那些善良而无助的人的时候，其实也是又一次培育了自己高尚的灵魂，也会得到一种精神的愉悦，善心的满足。能帮助他人是幸福的。因为你是真心的。

别说世态炎凉，那是做官的人，失去权力磁场，耐不住由热闹走向清冷，那是权力缺失的落寞。权力就像风，它卷起过满天花瓣，又落下一地灰尘。

别说人情淡薄，那是自私者，为袒护自己的薄情，或欲攫取别人无私的关心而找的遁词。

这里都是对别人的要求，而没有你对别人的态度。

那些吃着粗茶淡饭，靠自己的双手养家糊口的百姓，从来就过着自然平和的生活，既无热也无凉，或者既被酷暑烤过，也被寒风冻过，但他们认为生活本是如此，自自然然过着日子，既没有看透生活，也没有抱怨别人。一切都是自己扛起，迎接明天。

做一棵迎风微笑的小树

2004年9月16日

田儿：

我们与老师有个约定：在你们班举行14岁主题活动时，我们要为你写几句寄语。但写什么呢？就祝愿你做一棵迎风微笑的小树吧！

14岁，就成了一棵小树，站到了人生的起跑线，前景瑰丽，但路途漫漫，要一步一步扎扎实实地走。茁壮成长是我们的第一希望。好的身体是一切的载体。要学会科学地生活，积极地锻炼。把根深深地扎在地上，不要被空幻的、有害的诱惑迷醉了双眼。

14岁，是成长中的小树，头要永远向着太阳，用绿色的枝条搭建友爱的桥梁。每一朵花都是美的，每一棵树都是绿的，每一个孩子都是父母的掌上明珠。要学会相互尊重，相互关心。要多看别人身上的优点，并向他学习；多理解别人的难处，并给予帮助。从小就要学会发现，发现美、真、善，是生命的温暖。烦恼时，想想自己的老师，从早到晚，守在你们身旁，恨不得把自己的知识一下子变成你的，就会发现无私；孤寂时，看看你的同学，一个友好的眼神，一个欢迎的班会，就会发现温情与关心……当然生活并不都是甜的，课业的繁重，求知的艰难，必然要你投入更多的精力，减少自由的时间。但迎难而上，设法解决问题的信心和勇气，使你的毅力得到了锻炼，进取心也会增加。每个人都会有缺点，正如再完美的碧玉也有瑕疵一样，要敢于正视自己的缺点，并设法改正它，这正如小树的枝丫需要修剪一样。能容纳别人的缺点，也才能承受生活的重量。做一个真诚的人，就会有一个坦荡的天空。点点滴滴中，培养自己美好的品质。有了这，小树就有了葱茏，人就有了可贵的精神。这是我们的第二点希望。

14岁，是逐渐独立的小树，自己要坚实地立在地上，必须吸纳充足的营养。父母的言语，老师的教诲，都是给你的阳光、雨露，都要真心地接受，而不是虚假地应付。那字字句句都是为你铺着前进的路。每一片叶子都应是探求知识的小手。多一个问号，也许就多一份聪慧。从无知到有知，是一道题、一个公式、一句话、一篇文章、一事一理的积累。多一份好奇，多一点思索，生命就会多一些颜色。求知的黄金季节，应该有知识和能力的收获。学也一天，不学也一天，时间不等你。用知识武装你，是一生的快乐与幸福；用时装包装自己，只能是舞台上一时的表演。学习好是我们的第三点希望。

14岁，是天真烂漫的年岁，我们更希望你在欢笑中成长。这算不算寄语呢？不过，就算爸妈送给你的一份礼物吧。

爸妈

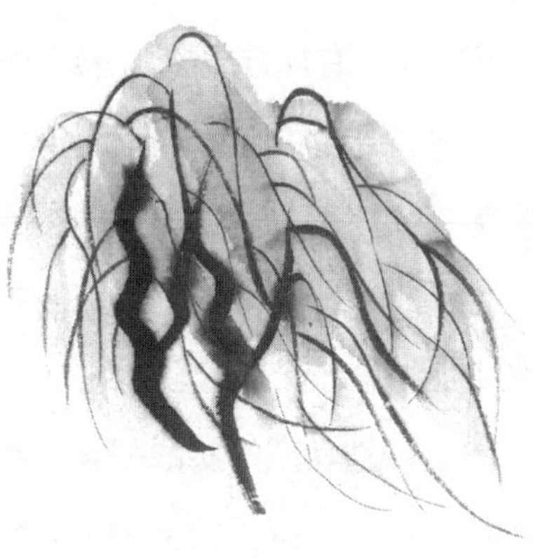

规矩是戒尺

2004年9月20日

社会的秩序，是因为有了规矩。就如河流的奔涌，是引力和岸的作用。决了堤，洪水滔滔，有百害而无一利，损失惨重，殃及生命。有规方成圆，有矩才成方。

规矩，使人间变得平和而美好。

人就是水流，欲望和思想就是推动水流的动力。千奇百怪的人，真像洪水，决不能四处漫流。如果是无序，会危及每个人的切身利益。谁也不愿看到。

规矩，有的是经过长期的实践积累，约定俗成的。有的是权力机关或人物，为维护社会和某些集团的利益而制定并强制执行的。规矩不是凭空而来的，那是多少人走过了、试过了而形成的正确的通道。不在这个航道里走，就可能搁浅、触礁、翻船。或遇风浪的袭击，就找不到救援的飞机、停泊的港湾。因为有限的无线信号、雷达，只覆盖这一地区。即使有卫星的准确监测，也无人给你联络。

大的规矩，如法律、法规、条例，中的规矩如纪律、规定，像过去的三大纪律八项注意，像一些村规民约，像交通规则，也有小的规矩，是几个人或自己给自己定的要求，不一而足。规矩是整个社会群体意志的凝聚，容不得个体的践踏，蹂躏。那是过去多少人泪和血的教训的总结，那是伤和痛的预防和治疗，那是无序中的有序。看似束缚，其实是真正的自由；看似限制，其实是美好的畅游。不要以为金钱多，地位高，权力大，就可为所欲为，践踏民意。更不能为了表现自己的勇猛无畏而破坏规矩，那不是无畏，而是无知；那不是勇敢，是鲁莽。那样，或迟或早，是要付出代价的。规矩里暗含着：自己的行为，不应妨碍、不应损害他人利益的界碑。

说到底，规矩是抑制欲望的一面镜子，如果你打碎它，首先划破的是你自己。如果你压了黄线、闯了红灯，正在侥幸的时候，罚单和扣分也正在给你打印。

社会需要稳定有序的运转。个人必须抑制欲望的膨胀。人的尊严，是天赋人权，不容践踏。欲望膨胀到危及别人的时候，也就是自己燃烧的时候。

因为社会的法则，其忍耐也是有限度的，有些高压电线是不能碰的。

规矩是维护社会公正的刚性戒尺之一。如果你违规行事，一次是侥幸，两次是万幸，三次可能就遭鞭笞。人的自由都是在相对的规矩里活动，是不损害他人的个性的张扬，而不是随心所欲。

人生要想圆满，就要依规；生命要想挺直，就得守矩。因为这是是非的标准、人间的道理、每个人处事的依据。做个规矩的人，有什么不好呢？

游恭王府花园记

2004年10月1日

2004年国庆节这天，我和妻子、儿子一家三口，去游恭王府花园。恭王府花园坐落在北京什刹海西北端。

从北海北门正对面的胡同往里走，经过郭沫若故居，沿着小路往西北走，路上到处都停着游胡同的人力车、来来往往的旅游中巴、大巴。看到吵吵闹闹的游人，招揽生意的小贩，再顺着人流向北，走不了10分钟的路程，就来到了恭王府花园的门口。

初看上去，花园并无特别之处。门亭既不巍峨，也不华贵，很平常的样子。

等购得门票，拿在手上，却给人一种惊喜。门票是一张小小VCD光盘。人未入园，先在心里头感到一种特别。

20元既买了通行证，又获得了花园的音像资料，想得真是周全。人未游园，园已满心满眼皆是。如果有计算机，虚拟的、拍好的园景该是花团锦簇、芬芳四溢地呈现出来了。

可走进花园，却是另外一种景致。花园少花，多山水、建筑。

站在花园土城墙的青石小径上向下望：整个花园层林掩映，绿树葱茏。绿色里不时冒出青砖黄瓦的古典建筑顶部。

整个花园并不大。却玲珑剔透，精巧有致。名为花园却以山、水、林为主，以古典建筑取胜。而花并不多。所以，多静谧，而少浮躁；多人工，而少自然 ；多了几分算计的精到，少了一些古朴的自然。

东以戏园为主，西以荷塘为托。间以九曲回廊，分为两部。

东部戏园周围，移来一座假山，山下有一洞，人可穿行而过。山上立有亭堂。站在山上，向南望，一座二龙戏珠的石雕，很有神韵。传说，有一年周总理游此园，看到此处，说有龙的地方必有皇帝的宝物。终于在石雕底下的洞穴里发现了一个刻在石上的“福”字。此字为康熙御笔，很是珍贵。人们进入洞内，都要伸手摸一摸这内含多才、多子、多寿、多田的“福”字，企盼多福。

西部荷塘，水绿花红，中间一座宽大的亭榭，柱赤，檐绿，顶黄。一片喜气盈盈。绿水中央，几对鸳鸯，悠悠戏水。

看着花园里的一草一木，一山一水，一亭台一楼阁，想昔日和珅苦心经营的私家花园，历经变迁，更名易主，成了恭王府花园。过去私有独享、平民百姓望而生畏的禁地，如今成了世人观光、游览、休闲的去处。

世事变迁，越变越文明，越变越美好。

自然的人

2004年10月4日

做一个自然的人，合乎本性地说话做事，得体而不失礼，是有教养的表现。人，生下来，有好多粗俗的欲望，甚至动物性的本能。因受教，蒙昧得以开化，混沌得以清纯，动物的特征越少，人的表现愈多。因受养，日久天长，人的思维、人情、人性渐长，明天理，懂人伦，由礼仪而约束欲望，由意志而支配行动。

做一个自然人，就是自己愈来愈少地违逆自然的法则，而更懂得遵循客观的规律和走势，因势利导，驾驭现实。充分利用客观的优势，再造新环境，出新财富，造新景观，为天下苍生，也为自己造福。

做一个自然的人，就是越来越多地顺乎大多数人的意志，不损害别人的利益，聚民意，同民心，合天性。聚百川之水，纳众生之力，发挥别人的创造性，调动他人的积极性，做有益于社会也有利于自己的事。不违逆人心天意，广结善缘于人与人之间，顺心情，合人性，求健康而美好。

做一个自然人，就是不违逆自己的意志，随心所至，天地人相合，物与我两忘。得利于该得之处，不强取，不骗取，不豪夺，不无功受禄，不众鸡争虫，免吵吵嚷嚷，求心静神宁，养豁达胸境。多干有益于社会和他人的事，不艾不怨，竭心尽力，诚心实意，以求生之价值，不做酒囊饭袋。

做一个自然人，根本的是要心诚，心公，心里平和。自然人，是人生的一种境界。平平和和，有所作为，既使个性得到张扬，又不损害他人；不柔不弱，不刚不烈；既融于众人，又分明有他自己；既有高尚精神的滋养，又未超凡脱俗成为神仙；七尺血肉之躯，洋溢着生的光辉和灿烂，身体力行着天地之精灵维护自然神奇，维护人的尊严和美好的有益之事迹。

家乡的春

2004年10月14日

当冰雪变成潺潺的流水，鹅卵石织成的小渠，又唱起欢快的歌谣，人们开始脱去厚重的棉衣，石缝间露出小草的笑脸。

那成片成片的杏树，黑色的树干上，干硬的枝条开始泛出生的色韵，像树皮下有血液在流动。眨眼之间，不知

名的小花，若有若无地盛开了，一片连着一片，不细看，就会被忽略掉。原来，开得最早的，是最小的花啊。

各种好看的小鸟，从一棵树，飞到另一棵树上。开始含苞的杏树，虽然仍是光秃秃的，但分明有一团红雾罩着。渐渐地，一场风刮过，满树的蓓蕾乍放。蓝蓝的天很低，很清纯。偶有一朵白云掠过，浅黑的云影，丢在地上，移动着，抚摸大地的肌肤。一群七八岁的孩子，有的穿着花棉袄，圆鼓鼓的，有的穿着夹袄，梳着小辫的，剃着光头的，都兴高采烈地追着云影，踩。追一阵儿，踩一阵儿，便发出银铃般的笑声。嬉戏着，打闹着，便制造出一片的欢乐。满树的杏花，越发的红艳、绚丽。淡淡的香味，飘得很远很远，像风中的红纱巾一样吸引人。

有一次，我站在村后果园北面的山腰向下望，被一片花的海洋惊呆了。红红的花像堆在一起滚动的云；又像铺展在草地上燃烧的火苗，被轻风吹着漫游，浓重而热烈；更若团团粉红的雾，飘浮不定。阳光就如透明的纱，罩在花海上，仿佛千百万艳丽而洋溢着幸福的新娘在嬉闹、欢笑……

真把人眼看花了。这是我的家乡。花海的北面是大青山，前面就是村庄美岱桥。花海就是我小时候经常玩耍的村后的果园。是我人生的后花园。

家乡的秋

2004年10月16日

秋天是一首真正饱满的诗。家乡的秋，给我格外的欢欣与慰藉。秋天，实际上才真正是农人的节日。

我的家乡，在内蒙古土右旗美岱桥村。

村子北面是大青山，岩石铁青，坚硬，是花岗岩，山是阴山山脉的主支。向阳的山坡，少植物，更少乔木，远看光秃秃的，真是青山一座，巍峨挺拔，是村子的天然屏风。但到了秋天，远远看上去，还是披了一层淡黄的轻纱，那绒绒的草，像汗毛一样，似有似无地浮在表面，看可见，割却无。山仿佛是画了秋天的淡妆。顺着山涧的一股清泉，往南走，地势越来越低。那条卵石砌成的小渠一直从山脚延伸到村子里。家乡人管这条小溪叫伏流，因是父辈们在山沟的出口处修坝截流，水从地下潜出而得名。有了这条小溪，呆板的村子一下子就有了灵气。

小渠的左右是荒芜的石头滩。唯小渠两侧，因有水滋养，小草还发着翠绿的青光，看着分外惹眼。天凉了，水看上去也有点瘦，发着冷光。越过村子，走到村南，就是秋的浓妆了。望不到头的玉米地，挤在一起，成熟的色彩金黄一片。间有葱绿的菜地，像翡翠。那是麦收以后种上的白菜、萝卜之类。成片的向日葵，瘦瘦的杆上，举着一个个盆大的头颅，真是金盆银锣，低着头，谦虚地让人可怜，有点发迂。高粱地里绿色的叶子上头，挂着一盏盏暗红的灯笼，连成一片。如果从蓝天俯视，就是举在空中的红地毯，仿佛要让神仙举行迎宾式。可真正的检阅者，是它们的主人，一个个土里土气的农人，手拿一把镰刀，转来转去，像看护自己的宝宝，又像欣赏一幅画。

他们早盼着这一天。可收获的季节到了，他们又舍不得割。再等两天吧。那种喜悦掩也掩不住。坐在田埂，抽着自己卷的炮筒旱烟，看着风吹过后沙沙作响的庄稼，像看一个挺着大肚子、异常骄傲的媳妇。嘴里不由得就哼起了当地的爬山调，曲声翻转跳跃，高亢、嘹亮，像飞在天上的云雀。

又是一场细雨，又是一场风。天一天凉似一天。土路上拉着秸秆、拉着金黄玉米、拉着银色土豆的马车、三轮车、四轮车，一辆连着一辆，平常宽阔的道路，一下子拥堵起来，像赶节似的。唱曲的、甩鞭的、吆喝的声音，此起彼伏。这是最忙的季节，也是农人最充实的日子。

慢慢地，田野瘦下去，村子肥起来。家家的房前、屋后都堆着准备喂牲口的秸秆，屋顶上码放着整整齐齐的玉米，金黄金黄的，像镶在房顶上的皇冠。院子里晾晒着打下的葵花籽、切下的高粱穗，还有谷子、黄豆，一小堆一小堆的。农人们放下铲子，又拿起耙子，手不停地翻晒着这些粮食。

猪儿、羊儿一天一个样。吃了带籽的草和粮食，一天一天长了膘，走路都有些艰难。真的吃饱了就睡，睡醒了就吃，过起了猪的生活。但一旦过起了这种生活，就离变成肉不远了。不知道，它们是幸福，还是不幸。等到地里没有一根绿草、田都用犁翻过的时候，就看得天蓝云淡的空中，一群群排成人字形的大雁，唱着凄婉的歌，向南飞去。院里的粮食都归了仓，村子渐渐地恢复了宁静。

家乡的秋若一幅画。在外漂泊久了，老往我的心上挂。每当浮躁时，我就看看她。看着她，我的心就多了一份踏实，少了一份张狂。

家乡的秋，其实是我人生的一味药。

听安德烈·波切利演唱之体验

2004年10月15日

辽阔的蔚蓝的天空那么高远，晴朗。

清清的没有一丝杂质的泉水，
玲珑剔透，奔涌着从天际而来。

一条白练。
细看，是一条抖动的红绸。
丝绸上流着天国的画，
彩色的，一层一个场景。

金黄的玉米地走也走不完。

葡萄园里挂满了紫色的鲜果。
姑娘和小伙子紧紧地拥在一起，共同看着同一个月亮，
诉说着一段美好的时光。

金属般的声音穿透时空。

身体和心，有电流通过，舒服的痛。
说不出话。
被凝固、被雕塑的感觉。

明朗如日，清朗似水。
沐浴在温暖的香水中，天上是明明的月。

一只风筝，
慢慢，悠悠，在空中上升，突然
急速地飞向高空……

你的声音从那头到脚，把我摸了个遍。

你看不见我，
你看到的是另外一个世界。

你的世界好美，美得让人流泪。

美的声音是这样的，它会在空气中开花，还有香味。

注：晚7点30分，安德烈·波切利，意大利著名盲人音乐家在人民大会堂举行专场音乐会。

抚慰心田的水（五章）

2004年10月17日

让芬芳的思想沁润心间

有绿绿的草地铺展开来，会唱歌的小鸟，飞起，落下，歪着头用红色的喙一下一下静静地梳理羽毛。

白色的蝴蝶、成群的小蜜蜂带着乐器，欢快地舞蹈着，忙碌着，幸福得像起飞、跳跃的小飞机。

睡醒的花朵，在露水和晨韵中伴着升起的太阳，伸了个懒腰，水灵灵的脸，就一朵一朵在草野上盛开、微笑。

狂野的、安静的、张扬的，大的如巴掌，小的似米粒，在红红而温暖的阳光里，几乎同时灿烂起来。

清风吹过来，美妙的音乐奏响，微微的，轻轻的，一波一波的绿，由远而近。

天空蓝蓝的，几朵白云，越来越白，像白马群，在天上自由地追。

心净日灿

昨日之日不可留，昨日之日多烦忧。把家的犄角旮旯打扫得干干净净。把四壁洗刷得纯净洁白。把那些岁月的尘埃冲刷掉，让过去痛苦的眼泪蒸发，不要酿成心酸和疾病。

给新整理的房间，摆上新的桌椅，桌子上铺新的台布，放上一盆盛开的鲜花。把玻璃擦得干干净净，让阳光自由地出入，永远陪伴着。

把窗子打开，把门打开，让清新的空气流动，心情新鲜、明丽。把床被整理得干净整齐，让困顿的身体可以自由地躺卧。

或者翻看一本智者的书，与智慧交，深得益滋；或者一本娱乐的画，与快乐交，身心快乐。

时间丰盈了生命。生命使时间有了意义和价值。

把岗位职责内的事，一件一件做好，尽力做得完美一些。使做变得有意义。

结果是最好的评判。一个一个结果，使人生变得充实，像秋日的苹果树。

看尽人世斑斓，才知，什么是好，什么是不好。什么是令人景仰的，什么是令人不齿的。

爱那些善和真，并努力践行，是快乐的源泉。

照着我们的历程的，不仅有太阳，还有自己的心灵。

梦

昨天晚上，北京的天气，灰蒙蒙的。像是雾，又似烟，视线模糊。

本来也看不透的人生、社会，变得更加神秘。

一夜做了好多梦。只记得，自己在故乡的环境里，站在一栋木制的楼上，突然间，发生了地震。四面的房屋，坍塌，断裂，只有自己爬着的屋子没有倒。转身看到倒了的一半，心惊肉跳的。不知怎么从高高的楼顶走到平地上的。

睁眼看，天还未亮，妻子也在睡着，一切都没有发生。

只是头，有点沉，有点痛。

这是一场噩梦。

梦的奥妙，在于看不透，猜不着。其实，一切如果都看明白了，都不会有多大意思。

梦，可以朦胧，生活都装不了糊涂。装不了糊涂，又要糊涂时，就是折磨人。越聪明，越敏感，受的折磨越重。人，都是被自己折磨坏的。

郑板桥说，难得糊涂。其实，做人难，做个糊涂的好人难上加难，因为他装糊涂的时候，反而最清醒。装什么，装。

人啊，自自然然地活着，正正常常地做事，愉愉快快地交往，多好啊。

热爱现实

此时灿烂的阳光，从落地玻璃窗照进来，把自己的一双脚照得暖暖的。仿佛整个身心也温暖起来。

这是10月22日中午12点45分。我坐在皇城宾馆579房间，一家人临时的寓所。在沙发上，把日记本摊开放在腿上，做着每天的笔记。看着简陋的家，想着生活的意义和方式。

来京两年了。过去，有好多事情忙也忙不完。每天晚间加班加点，出于工作的需要，出于自愿。当时的一切，经历着，觉得累点，但很充实。那时的一切，我热爱。

现在，工作变得简单，但也有好多值得付出，也正好休养自己，整理一下身心，思考一下人生，此时，我更爱。

热爱现实，就是热爱生命和生活。怪怨现实，有什么好处呢？对谁又有益呢？除了造成自己不好的心情，耽误事情外，没有任何价值。

热爱现实，就会发现新的亮点，产生新的希望和追求。不如意的事，就会变得无所谓。因为我们有好的东西，更值得关注。

热爱现实，就会有另一种心情。看到蓝蓝的天，觉得这是自然的恩赐，使我们的感官愉悦；看到丰盛的菜肴，使我们觉得生活的充裕，而想到农人的不易，觉得粮食千万不要浪费，不然真是有罪；坐在豪华的轿车上，看到行人匆匆的脚步，想到同样也匆忙的自己，并无多大的贡献，而得到一切，更需要努力……换一种眼光，我们看到了另一种真实的景象。

换一种心情，得到的是另一个自己。

热爱现实，把现实变得更加美好。我们应学会感谢生活和命运的恩赐。其实，我们很渺小，能力也很有限，为社会做的事也并不多。

热爱现实，要学会欣然接受，更要学会真诚奉献与回报，即使别的没有，也要把生的信念和好的情绪传导给别人。

减去10%

昨天晚上，又一整夜难以入睡。想人世间所发生的一切，想自己遇到的一些难以理解的人和事。人格是最具影响力的。要想有用的事，要做有益的事。

生命的根，掌握在自己手中，自己有力量，别人就撞不倒，谁也伤不了你。只有自己才能把自己打垮。

困难到处都是，有的可以解决，有的暂时无能为力，只好放一放，等待时机成熟。等待有时也许是最好的办法，在我们无力做这一切的时候。

要学会高高兴兴地在困难中生活，还要活出真的高兴来，少给他人增添不必要的麻烦。放开心胸，排出郁闷，微笑着面对自己、面对生活，除了不如意外，生活中还有好多美好的和值得追求的事情。艰难使我们更加坚强而富有韧性，因为我们充满希望和追求。

不如意事仅占10%，为了那90%，我们也要信心十足地去努力。寻找点快乐，找点开心。不要伤了自己的身体。

新的一天，是从新的心情开始的。用那些好的人和事，用那些值得感恩、值得骄傲的事，慰藉自己的心灵。真诚地感谢生活给予我们的一切。人世间好人、好事还是多数，我们也要努力做个好人，多办一些好事，使我们有信心、有希望地生活。

花开数朵也飘香

——我的2004年笔记综述

2005年1月2日

2004年1月1日，我有幸参加全国政协举办的新春茶话会，地点在政协礼堂，各族各界代表人士200多人出席。近距离地看到许多熟悉的面孔，也看到许多名人。锦涛总书记讲了话，其中决不允许任何人以任何方式把台湾从中国分割出去，掷地有声。一年来，陈水扁大选获胜，“台独”呼声弥高，令国人担忧。12月全国人大启动《反分裂国家法》审议程序。依靠法律反“台独”是重要的武器，顺乎民心，符合中华民族根本利益。觉得党中央真是智慧，有识有胆，又平易近人。以事实说话，以办法服人，治国有方。

3月份，自治区党委通过考核、考察，任命我为自治区政府办公厅助理巡视员，并在全区作公示。对一个人来说，在其政治生命中，这是一件大事，值得高兴的事。进入副厅级，说明自己已是党的中级干部。级别长了，责任就该大了。但不知怎的，我没有激动。自然的生，自然的长，才是人生的态度。上不愧党，下不愧民，真正是做人的高境界。向那些中国的脊梁们致敬。

7月份，我们赴四川开展农业政策调研，就今年中央出台的支农政策的落实情况看个究竟。四川是农业大省，也是农耕文化最发达的地方。减免农业税、粮食直补、购买大型农机具给予补贴的政策，落实得还是不错的。虽是走马观花，但也能感到地方各级对农业的重视。说起来，表情和心里都有痛感，四川的粮食产量也在下滑。种粮无效益，谁还种？今年有所变化。但化肥、水、电等的价格也随之升高，会不会让利于民的实惠，又被农资差价给夺走？12月底，我的一位朋友来京，也是内蒙古一个市的书记，也是产粮地区。他说，年底农畜产品价格猛涨，小麦一块多一斤，葵花籽将近两元钱，从来没有这么高过。农民今年是没问题了。过去说农民收入增加，可能是虚的，今年肯定是实的。粮价在那儿放着。农民真苦，农民真难。自己就是农民的一分子，感同身受。开天辟地，有史以来，农民第一次今年不交皇粮国税，国家还反哺农业倒给钱，无论多少，真是农民的福祉。一方面说明国家国力增强了，有了一定的财力，另一方面也说明农业确是到了危机时刻，是该给予高度重视的时候了。亲民为民，就是要为民办一些实事。农民是中国最广大、也是最有耐韧力的一个群体，只要不饿肚子，吃饱穿暖，就是社会稳定的基石。但历史上的地震、海啸、推翻政权，又都是农民。以史为鉴，可知兴替。全面实现小康，最难的是农民。综合扶农，国家大有希望。

说到自己，来京两年，经历也不易，一是就怕出问题，精神压力过大，身体好多部位都出现毛病，总是看病吃药，透支太大。要想法舒缓自己，放松情绪。二是争取了两年的房子，还未有着落。宾馆再好，不是家，永远是在值班的感觉。不多说了，只有自己克服困难，少给组织增添麻烦。

11月，我们出访克罗地亚、塞浦路斯、意大利，并在巴基斯坦出席了第五届亚洲议会和平协会会议。中巴友谊，真是不简单，巴基斯坦对华人的友谊友好，从老百姓的眼里都能感觉到。走在哪儿，都是友好的笑脸。上至总理，下至平民，他们的热情，使人感觉不到这是一个潜伏着恐怖危机的国度。愿真主，赐福给他们，愿和平、富裕，永驻人间。

要是有一朵盛开的莲花

我总是一个人　望着天空
天上没有云

如果有一棵树多好
树上站着两只喜鹊
穿着崭新的礼服　优雅地说话

如果有一座城多好
四面的街市　红火热闹　行人很多

雕花的门扉　一袭拖地的红裙
卷出现代婀娜的火焰
树下的椅子上　燃起轻柔的歌唱

天上没有云
我总是一个人　望着天空

天　空的　像蓝色的玻璃
透明若清清的湖水
哪怕有一朵盛开的莲花也好啊

朋友

是雨中，悄然打开的伞
是跌跤时，突然伸出的手
是烦闷时，真心倾诉的对象

是一眨眼的神光中，心里来电
云飞雾去，天晴日丽
是一想起就点亮一堆温暖
是语言多余的那个人

是情感中浸泡，时间里晾晒，心里面结晶
是生命的河上一起撒下的盐块

看到他　就看到走过的一段人生
就像看到赤裸裸的自己
清纯而平常，平常中，有了慰藉和收获

是一个课堂里读书，从小长大的兄弟

新是什么样

2005年1月5日

新的一年开始了，但我没觉得新在哪儿。政协礼堂又在1号上午举办了新春茶话会。形式与去年一样，没什么可写的。但我坐的桌边像是缺少了一个人。去年他还坐在轮椅上，稀疏的白发，蓝蓝的有神的眼睛，微笑着，身后站着一位女士。我一张桌子、一张桌子望过去，看到一堆名人、政要，还有看似面熟但叫不上名字的脸，洋溢着笑，或正襟危坐，或聊天。但去年的今日，坐在我桌边的他，哪去了，爱泼斯坦，一个外国人，抑或是中国人？他没有出现。

新，到底是什么样？此后几日，仍是写明信片，给远方的、近处的朋友送去新春的祝福，也收到众多朋友的问候。节日可能就是个思念的日子。

但身体仍是不适，有点难受。人到中年，病就不邀自来了。再赶上连生活的问题都解决不了，好大的压力，免疫力肯定低下。这两年仿佛是我人生的淡季，虽然天空晴朗，阳光明媚，梅花朵朵，拥得一片艳羡，混得一片虚名，但内心的感受却有丝丝的凄苦。人生不易啊！

下午，独自乘22路公交车到大会堂上班。天空飘着洁白的雪花。晚上出去时，天安门广场已是厚厚的积雪了。好大的雪啊，一片洁白。走在雪上，感觉很温暖、舒畅。虽是一个人，也并不孤独。

晚上，去内蒙古宾馆看望了巴特兄长。他可真是个好人，也是个真正的男人。做人就应当像他那样，真诚、爱憎分明、敢做敢当，又懂得关心人。不怨不艾，泰然处之，一心想着给别人做事。工作中建立了友谊，想是一辈子的交情了。见到他如沐春风。新的一年，以此开始，就有点新的意思了。

人，总应该脱去旧的枷锁，穿上新的衣服，特别是要有一个新的心理。任何时候都要充满信心，有个目标，有个希望，有一颗包容世界的心，像雪一样纯净美好，像太阳一样永远发光，制造温暖和快乐。

权力法则

2005年1月8日

世上意想不到的事太多，是因为有意想不到的人。合乎政策、规矩，顺乎情理的事，到了一些人那里，就变成了另外一回事。因为他们手里握着权。有些人考虑的是如何利用权力达到自己为所欲为的目的，而不是利用权力维护公正、为需要解决困难的人解决问题。

权力撑着他们的面子，哪怕是错的，他们也习惯于用权力往脸上贴金。

人活在世上，不论是否有权，最重要的是做些有道理的事，说有道理的话。人民是公正的，组织是公正的，时间是公正的。

要有道理，是站得正、立得稳的根基。世上有理，国家有法，政府有政策，人有品德，这些都是说话、做事的依据。

人，要有感情，但不可感情用事。

人，要有人情，但不能为了私情而违背公理。

人，要有权，但决不可玩权。当心把自己玩进去出不来。权，是双刃剑，用不好，或用来谋私利，就会把自己缚住，伤了自己，割得自己遍体鳞伤，而独自痛苦。

权力分着等级，一级制约着一级。它不是一只没拴链条的公狗疯狗，可任意乱跑、咬人。如果你没有看管好权力，放出去乱咬人，你自己也就离被咬伤不远了。

权力看似当官人自己的，但它却是大众的、组织的。如果把权力据为己有，就等于在自己家里豢养着一条疯狗。最危险的还是你自己。

好像是一位领导同志说，党员干部要在任何时候都信赖组织、依靠组织，按组织程序办事，组织才是最大的靠山。真对。

不要迷恋权力，更不要玩弄权力，也不能乱用权力。要管好权、用好权，以为众人谋利益。管权、用权，其实是管好自己的欲望，用好自己的心思。权力要公用，切不可私用，权力要在允许的范围内用，切不可滥用。

世人都言有权好，不知权大受不了。权力带来了荣耀，同时也带来了烦恼。

权力，并不是孤立的，要加上有道理，乘以为人民，才能运用自如。有权的人，才能体会到管权的幸福。因为这里减去了自己的私欲，除去了害人的恐惧。心安理又得，造福于天下，又赐福给自己。这是权力的积，有时是倍增效应，是幂。这才是用权的真谛。

表面上看，有权的人金口玉言。说了算，批了办，好不令人羡慕、敬仰。其实，最重要的不是这个人怎么样，而是他代表着组织，是组织和其背后广大的人民群众赋予他这样的权力，当然他更承担着维护和发展人民利益的责任。不是他说的话、写的字，就真比别人长出了金，而是他的话合乎法、关乎政、得乎理，力量在法律和政策，根子在代表了人民的意志，维护着人民的利益。这才是有力量的源泉。权力，才显得神奇有光。所以，那些话、那些字，不仅比金重要，它还生长着利息和财富，甚至也生长幸福和快乐，生长经济增长和国家的强大。

为民的权力，把土变成了金。

为私的权力，把金捏成了土。

权力关乎社会民生，关乎民族兴衰，不可不慎。选什么样的人、用什么样的人，是根本啊！因为权，是具体的人在用、在管。

以人为本，可持续发展，最关键的是识人、用人。

感悟生命的短讯

2005年1月11日

一种状态

拨开那些目光织成的网，像抽丝一般，看看亮里到底缠绕着什么。粉红的珠玑是爱，蓝色的萤石是忧，黑色的粉末是悔。但，都在一团发光的雾里，流呀滚呀，迷迷蒙蒙的逼真。

也许什么都没有。剥开彩色的光，一层一层地脱去花衣，也许是一个空。看似什么都有，其实是个无。

看似风光无限，轻风一拂，面纱飘走，即是一个空。

白云在蓝天飞翔，看着，如岛、如浪、如海，自由自在，不争不怒，时有时无。真切中抓不到，虚空中存在着。

人生的好多事，皆如光、如云，瞬间存，一间散，聚散无时，神秘莫测。

心态自然，该来的来，该去的去。

万事由我生，万物无我在。

奈之何！

微笑的花

花的下面是泥土。爱花的人，请不要嫌弃根部的泥土。

花开有期，人旺有时。盛时艳丽、浓妆，芬芳馥郁，织着春景。平时培土、施肥、浇灌，自然平和，无怨无艾，不争不抢，修身养性，广结善缘。

花落叶茂，郁郁葱葱，昂首挺胸，添一抹绿。杆枯叶黄，秋风凉时，叶子下结满了红、黄、橙、绿的累累果实。或被人采摘，或落地成种，都是幸福的。

又是叶绿，又是花开，又是实满。

微笑着耕耘，自然地生存，是简单中的伟大。因为创造本身就是高贵地活着。

爱惜生命，也爱惜过程，付出的辛劳中产生了意义和价值。花开不败，是努力不断的结果。

日日相似，年年不同。质变产生在量变中，产生在孕育中。没有能开一世的花，却有一世要开的花。

香飘不断，美丽不同。全在自己的心境和作为。

先进的标准

寒风习习，草木枯黄，一枝花砰然炸放在枝头。众官儿平庸，有一人敢想敢干，修路、建厂、种草，带领群众创造新的生活。

对比，是一条重要的原则。对比出真知。

先进，是相对于一般、落后而言的一种状态。它有时代表一种苗头，有时预示一种大势，有时是指示一种方向，有时是一个行动，有时也是一种观点，更多的则是行动过程的结果。

先进的，首先是大众的、世界的。无论精神还是物质，总是有益于人民、造福于人民，为人民所渴盼所追求的。先进的东西，之所以是好的，原因就在于植根于群众的真实需要。

先进的，也是科学的、符合事物发展的一般规律。无论理论、观点还是精神，总是揭示了事物的真相，预示了发展的方向，成为导引人们前进的旗帜。

先进的，更是无私的。这里的无私，不是指连个人的衣、食、住、行都不能拥有，这不是无私，而是无知。满足人的基本生活需要是每一个人所必需的，过得好一点，也天经地义。先进的无私，是指他所考虑的追求的东西，是满足社会和大众利益的东西，是有助于推动社会和个人进步、文明的东西。

先进的，是少数的，但是典范的。先进的东西，因其具备了发展、壮大的条件，成为人们追逐的事物，因而它会逐渐地由少变多，进而普及。这是一个渐变的过程。

先进的东西越多，文明的指数越高，社会就会越和谐、美好。

广场上的意识流

看看美好的天，看看那些挺身站着的树，一只花白喜鹊叫着喳喳，从身边飞过。翅膀一展一展的，既有飞，又有滑翔。从一个枝头到另一个枝头，然后落进绿色的松树丛。

一个人，穿得很朴素，站在天安门广场的中央。

望望北边，是雄伟的天安门；望望南边，是雄伟的纪念碑和毛主席纪念堂；望望东边，是雄伟的中国历史博物馆；望望西边，是雄伟的人民大会堂。

他像是掉进恢弘的历史和现实里的小蚂蚱。他四周望，四处都是雄伟的风景。没有一样他熟悉的东西。

他不知道该向哪边走。

突然，又一只花喜鹊，从北向南飞来。

这个他很熟悉，与故乡的一样的花。黑白分明的羽毛，如此和谐统一地织成一只漂亮的鸟。

好惊异，好温暖。黑白怎么就如此和谐统一呢？

他仍站在广场中央，向四周看，不知道从哪边走。

到处都是路时，人真的不知怎么走才好。

心

小小的一颗心，还没有拳头大，怎么就想据天下为己有，恨不得把天底下的好事、美事、有利益、能出名的事，全都揽在自己的怀里呢？

难道是不竭的追求，还是膨胀的心，长出的欲望，会使人发昏，甚至发疯？

人啊，欲望其实就像气球，越吹越大，越大越薄越透明，自己不觉得，别人看得清。那时，离破裂就不远了。

爆破了的欲望，除了撕裂的疼痛，剩下的，也就是一些炸碎的橡胶末。很难看，很伤感，也很后悔的。

欲望，就像娇美的女子，可不是石头，不能随意调戏的。

白居易说：自静其心延寿命，无求于物长精神。人啊，适可而止吧。

心气儿

神河清清，自流心中。白浪翻飞，终归于平。杂音妙乐，琴心自谐。出心之韵，美不胜收。景有其景，势有其势，风是风声，雨是雨形，心中之世，自有其春。改己不改天，顺乎道，天助人，人成器。

天树植心，繁花夭夭。日沐雨浴，艳若少女。风若剪，裁出妙衣舞春景；雪霁天晴，一生苦水酿成琼，柔弱身心煅成铁。温情不变，志向不移，敢为人间添一景。系苍生于胸襟，视饥寒如身受。为人分忧，为国担责，干人间正事，创实实基业。不卑不亢，活一个真男儿。不图名，不谋利，只为心安慰。

看花开花落，知人间冷暖，睹世态炎凉，晓人生真谛。世上所有耀眼的光环，都是心血和汗水凝成。付出的越多，得到的也越多，世间没有无耕种、无代价的收获。

心理问题

2005年1月18日

现代社会竞争激烈，压力倍增，很多人的心理，承受着无尽的郁闷与痛苦。烦躁、压抑、情绪低落，进而造成免疫力下降，疾病丛生。生活、生命质量不高，有的影响家庭和工作。

人，变得越来越不会生活、不会爱护自己了。

社会越前进，生活也会越好，人本该活得越像人。本来物质越充盈，人的情义该越浓厚。但恰恰是物质改善的同时，人的心理经受着前所未有的考验和煎熬。

人多、事多、诱惑多，钱少、物少、位子少，是永远存在的矛盾。这些矛盾，过去也一直存在。

重要的是人的欲望在膨胀。纷繁的诱惑，使人失去了生命的定力和抚慰。人就像匆忙的翅膀，面对无数缀花的枝头，不知道栖身何处。处处是春天，时时是选择，急切而膨胀的胃口，与现实要求的差距，使人不知道自己最需要的是什么。

生存的环境在沙化，真是，我从你身边走过，就像走过一片沙漠。

那蔚蓝的诚实呢？那绿色的欢笑呢？那真诚的情义呢？如果仅留下一堆坚硬的物时，你是高兴，还是发愁，是幸福还是痛苦？更何况多少人为了物的追逐，逐渐拆毁了生命的绿色舷梯，污染了产生美好的心理基地。

孤注一掷的人，你该留心了，人不能丢了江山，又丢了心灵。

物质丰富了，精神稀缺了，生活富有了，文化多元了，选择自主了，丰富多彩的世间，使多少人自我走失和迷失。茫然中，四处奔波、漂流。到处是醉人的灯火，而你找不到回家的路。

人，从没有像现在这样感到幸福又孤独无助。情感的荒漠，到处都是。心理问题就像沙尘暴，每时每刻，在那些锦衣裹着的肉体里出现。

趋利避害，人之性也。

有舍，才有得；有得，也有舍。现实中却是，有的人，一得，再得。有的人，一舍，再舍。得的人，还欲得，舍的人，不想舍，也想得。丰富的资源幻化为稀缺的肉，追啊逐啊的，没了尽头。多少人在喊累，多少人渴望情感的绿洲，多少人渴盼人的真诚友善。可又有多少人真正爱护自己的心灵，更有多少人顾及他人的心灵和感受？

浮华的世间，粗糙的人越来越多，有时走进茫茫人海就像走进茫茫沙漠，几棵红柳，几丛沙打旺，就是暖心的夏季。人不能自己成为自己全天候的朋友，而忽略了他人的心，舍弃了他人的情。

没有了杨柳岸小风缠月，红鲤戏帆，没有了生命奔腾的欢娱，只有简简单单旁若无人的执拗的追逐，生的兴味会寡淡无色。

其实，世间事就是两个字——“相互”。当你只懂得关心自己而无视他人的时候，你也将被他人和生活忽略掉，变成省略号中的一个点，横着像逝去的流水，竖着像流着的眼泪……

特别是当代，社会转型，利益透明，情感解禁，观念更新，新旧矛盾纷呈。每个人都要善于自己调整好自己的心理。竞争越激烈、越无序，越要有抵抗心理压力的柔韧性和强度，要有能把心理毒素转化为生命营养的本事。

个人修养的高度，取决于关顾他人感受的程度。社会越文明，越应关注人的心灵。

无论风沙再狂，无论酸雨扮成黄金雨，无论冷漠举着漂亮的梅花，无论浑浊勾兑生活的甜水，我们也要学会抵挡，学会拒绝，学会清理，学会过滤，学会容忍，学会坚守。

人要有活着的尊严，心灵更容不得玷污。这可是人幸福快乐的源头啊。

个人修养的高度，取决于关顾他人感受的程度。社会越文明，越应关注人的心灵。

反复是磨炼

2005年2月3日

人生有很多反复，形相似，实不同，质更异。

反复是一个深刻的玩笑，开得艳丽而凄楚；反复是一个迷人的幽默，充满了智慧和启迪。反复不是重复，是前进中的朦胧，但脉络在你心中。

当你无力拨动世界的时候，反复就是自己在拨动自己。旋转的风采，就是反复，是反复中执意的对命运的抗争，是不服输的精神，是敢为有为的搏动。

反复，就像汽轮机，积蓄了电能，放出去就是光明。

反复，就像压路机，碾实了就是通途。

反复是在琐碎中，磨炼人；在无尽的纠缠中，认识生活。人，多反复，长阅历；生，多反复，长经验；反复多了，耗年月。

人生苦短，多前进，少反复。

若不得不反复，就像花开，一季一季，看似雷同，实则后花香于前花，艳里更有风骨。

平缓的河流

2005年2月4日

走进中年，人生的河流变得舒缓、宽敞了。有时候，看到那似流非流的清亮的浅水，底下分明就是岸，有泥，有细碎的沙石，也有大块的岩石。草绿绿的，在水下摇曳。不知，有鱼否?

想那激扬文字的青春，若在昨天。觉得世界就是我们的，真是无所不能、无所不敢、无所不想、无所不至。火红的年华，仅燃了一下，烈焰燎伤了自己，只留下一段美丽的记忆的疤痕。爱过，恨过，发奋过，苦熬过，得到过，也见过，四十年就如端起来喝过的一碗白水。曾热气腾腾，逐渐降温，凉凉地喝到肚里，只不过仰了一下脖子，就过去了。过去了，就再也找不回来。

原以为，力量和才华如奔腾不息的彩浪，如随时飘来的云霓，没有越不过的坎，没有翻不过的山。不太明晰的追求和理想，永远站在浪尖上笑，像海市蜃楼，像罩着红纱衣曼舞的靓女。我们不停地奔跑，不止地耕耘，苦就是乐，汗就是浴，力气也是割不尽的草。每双眼睛都漂亮，每张面孔都善良。不谙世事地活，多快乐啊。

但世间事，不以人的意志为转移。富也好，穷也罢，贵也好，贱也罢，有些东西却是一样的，无法逾越，感觉是一样的真切。痛苦、煎熬、无助、失望，巅峰处的冷空、低洼处的饥寒、热闹中的孤清、通途中的变梗，上有父母应眷孝，下有子女该操心，左右还有亲情需关照，生活中还有朋友要酬劳。事业上更要兢兢业业、一砖一瓦不止叠加。生之基，命之根，事为人做，不可怠。快乐生，人为人。

笑看人间千万事，平心静气度一生。

同心圆

2005年2月17日

离你最近的人，也是最亲的人。但因为最了解、最熟悉，常常忽略了她们的感受，甚至无视他们的痛苦与煎熬。

离得最近的人，成了距离最远的人。

最亲近的人，也是受伤害最重的人。

如果你有精力关心远方的人，你就该用心去爱护你身边的人。让她们快乐，是你的福，也是你的责任。

决不要把埋怨和烦恼留给她们，而把欢笑送给虚无缥缈的人。

家里人是你生命的一部分，或者是你生命的灯，是环绕你生命的河流。希望和温暖是她们赐给你的福祉，她们是你生命的依托和光彩。

一同共事的人，日日相守，共处一室，为了共同的目标和责任，相互配合，待在一块儿的时间，占了人生的大半。谁还能如此长久地陪伴你？即使没有真情，也有合作共事的友谊。他们是你事业的帮手，成功的馅饼里，有他们的劳动和智慧。

让她们欢笑，让她们成长，让她们永远带着生活的信心和企盼，走进幸福，是你的心愿，也是你的追求。

让蜡烛去哭泣，让你爱的人来微笑。

知性同居。

生活是现实的，不是想象的。不能把想象当成生活来过。

共同环绕一颗心，但各自是圆，形成自己的生命轨迹。永远是两条旋转的线，一旦交叉或碰撞，时有脾气爆发，硝烟弥漫，火花四射。

不即不离，是同心圆生存的规则。

说近时，远；说远时，却在心里；说不见时，她就站在你身后。

酒

2005年2月13日

酒是有度数的水。喝多了有度数的水，人可能就会失度、没有风度。有时，酒的度数越高，人的尺度越低。如果，酒的度数越高、喝得越多，人越发生动、文明、高雅，一般是酒篓。

酒是有颜色的水。纯净洁白常常使人糊涂，越平常越看不透。白色看上去单调一般，但她繁衍出生命的滋润和温暖。红黄蓝调出生活的私密和浪漫，编织纷繁多彩的雅兴和情调。

酒不会说话，但它能让人说出不该说的话、做出不该做的事。酒是个好东西，只是人好奇怪。有时把握不住自己，就可能放纵自己，其害无穷。万事适可而止，适可即是度。酒有度数，人有尺度，都是衡量、辨别的指标。

酒装在瓶里，清澈透明，文静淑雅，像美少女。但要过量地装在人肚里，就可能丑态百出，甚至野蛮污浊，像丑醉汉。人不是装酒的瓶，装错了，效果不好。

酒是开心的笑，笑得你抿着嘴不能笑。酒是浇愁的水，越浇越是一头雾水。自己湿淋淋如落汤之羊，瓶子干干净净，张着口笑你，不会生活，性情中人一个。

像瓶子一样站直，肚里装着点本事，微笑着迎着太阳前行，才是可爱的人、有意思的人。

人创造了酒。酒也讲义气，懂情谊。你与她保持点儿距离，她就让你多些清醒。你跟她越亲密，她就越诱惑你、溶化你。你越爱她，她让你醉得越彻底。

会喝酒的人，喝出了微笑，喝出了友谊，喝出了关系，喝出了利益；不会喝酒的人，却喝出了不雅，喝出了纷争，喝出了疾病，喝出了后悔。

烟

2005年2月19日

是孤寂的伴侣，是文章出彩时灵感的助燃剂，是飘忽的浪漫，是越来越找不到场所享受的不文明的习惯。

吸进去的是毒，吐出来的是烦，留给自己的是病。
花大价钱买害，又花大价钱治害。经济学家说
是拉动经济，政府官员看重的是税收，烟厂工人
盯的是工资，农民盼的是出售烟叶，纸盒厂
注重烟盒的出售，广告商为的是广告收入，
司机为的是运输费用，烟草公司赚的是
垄断的超额利润，烟店职工要薄利
多销、养家糊口。我为的是一口
满含尼古丁的空气和烟雾。
我出钱买烟，他们卖烟
赚钱。都要生活，而
生活离不开钱。为钱，
就是为生活。
烟啊，你咋把
生活和钱
串通
一
气
！

元宵联想

2005年2月23日

元宵，花灯格外红。垒旺火、挂彩灯、放焰火，是故乡正月十五的必备节目。再加上农民自编自演的踩高跷节目，穿着新衣的姑娘小伙，随着红火一路走、一路看、一路的高兴劲儿。迎来一年的喜气。

可北京的城市太大，没看到一点过节的样子。也许是一切红火都放在公园里了吧。过节与平时一样，平时就是过节，这就是文明吧。

总之，过了十五，新的一年就算真正开始了。

让自己以新的心态、新的作为，创造新的生活，结出新的果实。

新，就从今天开始，把每一天擦亮。

生命的空白，是由一天一天的空白组成的。忽视了每一天，也就是虚度了一生。

有的人一生长寿，活了99年，但却没干什么有意义的事，这种人生状态，只能算是活着。

有的人没活多少年，但却留下了传世的作品、发明、专利，或为他人、为社会做了很多有益的事情，这种人，活出了人生的价值。

活着，活得有梦想，活得有质量，活得有价值，是人生的境界。

有梦想才能有追求，也才能有成功的喜悦。

做一个藏着梦想的人。梦想自有天助。

生活是公平的

2005年3月2日

细细想来，生活是公平的。我们的善，赢得了别人的爱戴和善意。我们的敬业，换来了丰硕的成果。

首先，我们要付出，付出努力、付出心血智慧、付出感情。真心实意地对人对事，单纯而真诚。如果你真是火，像太阳一样永恒地燃烧，就没有融化不了的坚冰。

更何况，如果我们无私，也无交换的、让人回报的狭隘想法和念头，付出本身就是价值，就成了意义。

生活没有对我们不公，只有自己努力不够。

其实，万事成败，贵在长久。某一事，某一时，付出微笑、智力、体力甚至金钱，真心付出，友善地对待他人，是任何人都可以做到的。毛泽东说，做一件好事并不难，难的是天天做好事。

贵在坚持，就有了强迫自己的嫌疑，功利性就比较大。

贵在长久，自愿的成分，出于本心、本性，出于自然的人性化的东西是主流，付出是一种快乐和幸福。

对于自己喜爱的、认为有价值的东西，保持长时间的热情和执著，是我们生命追求所向。什么功名利禄也比不了“我愿意”。

人生短暂，难免有所取舍，爱自己所爱的，做自己应该做的事，并尽最大努力把它做好，就是敬业。

生活没有对我们不公，我们不能愧对了生活。

开会琐思

2005年3月10日

整整一个星期，日程天天都满满的。“两会”召开确是国家政治生活中的大事。忙着开会、忙着审议。这是重要的政治活动，也是必要的政治投入。

政治也是有成本的。要投入资金、投入精力、投入激情、投入时间。必要的投入才能换来预期的产出和利润。

思想统一了，信心增强了，情况明了了，上下同欲才能胜。

政治是要走程序的。只有合法的程序，才有合法的政治结果。人事的安排、法律文本和报告的审议，表决通过，才能变成决策和规定，人们才会认可和遵循。理论和设想，才能变成事实和行动。

先在纸上谈兵，后才有地上的实战。

权威，是会议的决定。核心是人。法律和政策具有至上的绝对的效力与权威。而先进的理论、思想、设想，当然是反映客观事物、世界，总结了实践经验的观点，是主导的灵魂。

做官的不能离开会议。参加会议，听别人讲话；出席会议，给别人讲话；主持会议，要求别人讲话。最后，总结他人讲话，说出自己的话。

重要的会议，一般要佩戴出席证、着正装、刷磁卡。这一是证明身份，二是为了安全保密，也是为了统计人数，表决的必需。时间长，规模大，质量高，特别的会议，还要有简报，有说明，有总结，有部署，有警卫。

会议，是官员的舞台，也是其施政的主要方式之一。人越少的会，越是重要的会。这种会里涉及人的升迁荣辱、涉及社会民生、涉及改革发展，与人的利益紧密关联，调研、咨询、论证，不知多少遍、多少年。人越多的会议，实质是越关键的会议。仿佛新娘出嫁，评头论足，善意的挑剔，是为了更完美、更动人。然后梳妆打扮，举手、按钮、投票、鼓掌，举行典雅而盛大的出场仪式。名正而言顺，从此才能确立她庄严的地位和身份。这个新娘，一般都是人们喜爱和盼望的法规、政策、人。为了她，有多少设计师，呕心沥血；为了她，有多少化妆师，绞尽脑汁；为了她，有多少人呼吁辩论；为了她，有多少人熬白了头、消瘦了身。其实，最后只是几页纸、几行字、一个红印。纸比金贵，字甚钻石，印是根本、名分。

国家、地区、部门、公司、家庭皆同此理，古今中外大同小异。欢迎会、汇报会、发行会、报告会、表彰会、论证会、答辩会、办公会、博览会、运动会、班组会、部门会、片会、三干会、展销会、家长会、班会、民主生活会、国际会……五花八门，涵盖了社会生活的方方面面。

会议有级别，会议有大小，会议有轻重。会议里有地位，会议里有利害，会议里有机遇，会议里有纷争，会议里有输赢，会议里有人心，会议里有微笑，会议里有哭声。

开会，是领导者解决问题的最主要方式，应该成为一门学问，好好研究，以提高会议的质量和效率。

会议里有地位，会议里有利害，
会议里有机遇，会议里有纷争，
会议里有输赢，会议里有人心。

平平淡淡

2005年3月18日

阅尽人间事，方知平淡好。

人对于自己没有经历的事和没有见识的物，总存在一种好奇的心理，甚或是复杂的企盼。

这种心理的需求，更多的是依靠自己的猜想，勾画出一幅美好的图景，填充了不知的空白。

想象，放大或缩小了生活的原貌，甚至走向更不知，但却成为锁在心里的一个结，一直认为就是这样。

想象，满足了好奇，但却膨胀了好奇的心理。

想象，不是本来的实际。它是开花的音乐，它使人闻到，听到，看不到。

其实，人的经历就是财富。不见无识。见多识广，人才知道什么是值得的，什么是无聊的；什么样的生活是幸福的，什么又是糟糕的。

没有完美的人生，只有完美的想象。

平平淡淡，感知众生的美好，不要被自己的欲望，蒙住明亮美丽的双眼。

单单纯纯，懂得爱，化解恨，酸甜苦辣都是人生。不要用自己的好心，搅浑一池清水，甚或是长满爱的春水。

该来的，欢迎；该去的，欢送。

人，本一时间里的过客，每一过程都是天定。

善待他人，也善待自己，就是善待生命。

春来了

2005年3月28日

春来了，带来了温暖。

和煦的风，玉指般轻抚受了严寒折磨的肌肤和心情。

一些沉寂的希望，又渐渐苏醒，吐出绿色，露出了欣喜的笑颜。

那是自然而然萌发的一种愉快的表情，从心里溢出的对生的美好的祝福和享受。

太阳暖暖地照过来，所有的毛孔，都像花苞一样慢慢地、缓缓地张开，吮吸着阳光和清新的空气。

等待着蝴蝶、蜜蜂来闹春，把春的信息传播到远方，把春的甜蜜和芬芳送给寒冬中的朋友。

春来了，荒凉而沉默的土地，开始苏醒。

黄色的胴体开始膨胀，紫气朦胧，经脉呈现，泛出水灵灵的光晕。

静默中满是生机和灵气，既像蕴藏着天大智慧的父亲，又像有无限慈祥的母亲。

滋养着无数生灵和美丽梦幻的沃土，此时，正渴望被人耕耘，也焦急地等待着下种。

她就是要承载繁忙的人群，就是要把那一粒一粒微小的种子，养育成丰收的风景。

春来了，一切又都有了希望。过去都是陈年老账，一笔勾销了。哪怕仅能把一颗种子种下，我们也要去创造新的生活。

春来了，最当紧的要不误农时。

繁忙的人影，此时是最美的旋律，也是最动听的歌声。

自由

2005年3月29日

自由，是多么珍贵的东西。自由是生命的红宝石。

对少有自由、自认为被崇高的事业锁住的人来说，自由更是无价的。

自由就像空气的流动，是自然而然的天性。

如果你非要凝固它，空气就可能变成浊气，腐败自己，也毒害别人。

自由是空中鸟儿的飞翔。没有自由，就如鸟儿折断了翅膀。

自由是花的绽放，美丽和清香，在风姿曼妙的舒展中，给人以赏心悦目的惊喜和快慰。

倘若禁锢它的开放，生命将会窒息，这是人间最大的悲剧，也是莫大的罪孽。

自由是人的天性，也是社会文明的象征。

自由是我们感到生的美好的根源之一，也是生命质量本身最重要的因素。

自由就是自然的呼吸，吐故纳新，畅达有序，热爱生命，追求美好，创造未来。

自由是太阳的光芒，天空中流动的蔚蓝，心灵里喷发的智慧与情感。

失去了思想的自由，比失去肉体的自由更可怕、更有害。

不要一味地去控制他人，也决不能让他人控制，更不能自己缚住自己的心灵。

真的不能让自己和他人禁锢了人生的美好。

因为一切，都是为了人活得更好，而不是其他。

精神的花朵

2005年3月30日

花的精神，是它鲜艳的色彩，浓郁的芬芳，是美丽落尽后，平静地养育果实的香甜，把一枝的丰收奉献给人和动物。

然后经历萧瑟的秋风，寒冷的冬季，脱尽华衣，丢掉绿叶，在一无所有中，默默地把根保住，把生命的种子留下。

日复一日，平静中度过，不忧不艾，不烦不躁，吸食必要的水分和营养，与土地一块儿沉默。

当春天来临的时候，又把一枝的爱和温暖、把满身的香艳和笑脸、把希望和信心、把美丽的歌声呈现在人间。

花的精神，就是在经历了无数的寒冷冰雪之后，把艰难困苦转化为生命的营养与耐力，无怨无悔，心甘情愿又把一腔热血化作最精彩的风景，喷吐在人间，以报答春天给予的机遇，让人们感到美好，看到希望，点燃激情。

永不停止的追求，永不停止的创造，永不停止的奉献，就是永远的美丽。

人的精神，是生命的魂。拥有精神的花朵，人，就是一座巍峨的山峰。雨淋，不腐；风吹，不倒。承载万物，阅尽荣枯，把四季的色彩当做时装发布。

一年又一年，风餐露宿，以万物为子，以百花为女，默默地庇护，静静地滋养。既把春光呈现，又将寒冷抵挡。

酸甜苦辣皆美味，荣辱毁誉如衣衫，素心铁面，菩萨肠。厚德养得万物在，历久生命愈葱茏。

少为英俊男，壮为磐石父，老为慈祥祖。

虽是同一人，时段不同，境界各异，但都应活得有人味儿，有色彩，有作为，像满溢精神的花朵。

看先进问自己

——先进性教育活动杂感

2005年4月6日

脑子是清醒，还是糊涂，理想是否驻进大脑，信念是否在小脑扎根，还是如疯长的头发，密密麻麻，分不清经纬。

是非面前，判断分析，不人云亦云。坚定来自清醒，而不是盲从。信奉的是真理、科学，注重的是实践和事实，而不是某人。

眼睛是明亮，还是黯淡。对大势能否看清，还是一叶障目，不见森林。泱泱人生，主流于何；复杂社会，正道在心。见丑知羞，见善识贵。看清世界，看透社会，看好自己。

看见诱惑，识得陷阱。鲜花、美女、金钱，属于自己的是福，抢掠别人的是害。权力、地位是好，管得住，用得好，能创造价值；滥用、私用，就是豢养着一只疯狗，必被咬伤。千奇百怪的人，长得都差不多，如何识、怎样认，实践才是镜。眼睛不亮时，问实践，看行动。

心理的定力够不够，动力足不足，是否还有梦想，是否还有追求。险峻时能否舍得出，荣誉时可否退得尽。怀揣的是自己的私欲，还是百姓的诉求；记挂的是人间的冷暖饥寒，还是自己的锦衣玉食、升迁荣辱。

脚是否站在该站的地方，在没有路的情况下，能否走出一条自己的路。千万不要站错地方。不要站在悬崖边，舞蹈。千万不要在别人头上作威作福，拿别人的痛苦做自己欢乐的作料。站在别人或巨人的肩上是为了创造和造福，而不是展示丑态、霸态。不要乱踢乱舞，天生一双脚，让你走人间正道。要把脚印留在那些穷、苦的地方，让他们跟着你走富裕、文明的路。穷不生根，路走对了，就走出了希望。其实，走错路，不是脚在捣乱，而是心在作怪。

肩是否能担当，重担压上，能否扛得住。既能扛得起组织和社会交给你为民谋利的重任，纵横捭阖，统领各方，聚天下之物力、财力、人力，为苍生、社稷造福，也能抗得住命运对你的考验，面对莫名的变数、荣辱，面对威、逼、利、诱，挺直腰杆，荷起千斤重负，把人的尊严，凝成人生的欢笑。

铁肩担道义，是需要付出的，并不轻松容易。需要付出心智、力量，更需要付出骨气和坚韧。肩头的辉煌，是我们承载着使命和不朽的责任与良心。

手是否勤奋，能否永葆洁净。万事手来做。动一万次嘴，也无非是带声音的空气的流动，不如动一次手。务实的人，既看说，更看做。要勤于动手，但不乱伸手。手伸得越长越滥，不是权力的延伸和威力，而是作贱自己。得到的可能是蝇头小利，失去的是人的尊贵。乱伸、乱摸，失去的已是很多，乱捞可能就要溺水。法纪无情，伸到水里，没有不湿的，更何况赤裸着不顾一切。人身上，最金贵的有两个物件，一是嘴，二是手。最金贵，也最容易变得不金贵，因为最易动。能理性地管好自己的手，不是件简单的事。这既要水平，也要素质。

嘴是否紧，是否能做到不该说的不说，不该吃的不吃。看似小事，实质上是人最难处理好的大事。俗话说：祸从口出，病从口入。一出一入，事关重大，轻则伤了自己，重则殃及他人、国家。不可不慎。

良言一句三冬暖，恶语伤人六月寒。更不说，职位特殊者涉及国家秘密。管好自己的嘴，一旦失控，祸病齐生。但该说时，却不能沉默。有时，沉默就是纵容，甚或成了帮凶。对那些有损国家、组织、人民利益的言行，对那些无中生有，挑拨离间的带着毒素的浊气，要毫不留情地灭菌，不致让它污染空气。世上有谎言、有恶言、有空言、有秽语，要保持清醒，维护正义和真理，有效地杀灭病毒。纸包不住火，假、大、空、恶的东西，见到事实，就会化为泡影。

要管好人生的闸门，既不要成为不负责任的清谈家，更不要去吃刀尖上的蜜。

五脏六腑运转是否正常，是否形成了通达平和。人食五谷，也食人间烟火。人，不可能逃离尘世，不可能与别人不发生任何关系。人，是社会人。食五谷是为了活命，强身健体。食人间烟火，是为了在社会上生存与发展，实现生命的价值。各种信息，要选择、甄别；各种事情要分辨真伪，有所为，有所不为；各种情感，要懂得珍惜。不可能天下人都爱你，但你要有爱天下人的情怀。最见真，看在繁纷复杂的矛盾冲击下，能否吸收、消化、取舍，吸取营养去其糟粕，排毒养颜，而心气平和。

心中有数，数即原则、尺度。无原则，就可能放纵；无尺度，即乱来。皆是修养不够使然。

气，生五脏。面对种种褒奖、夸耀、责难、批评，能否沉得住气、静得下心。浮云流水，稍纵即逝；万物荣枯，本是自然法则；人心难测，命中注定要给你以痛苦和煎熬，只能沉默以对，强身健体，增强自身抗灾自救的能力。

视丑恶如草芥、粪土，让其化作生长作物的肥料，不使其变成精神的负担。千万不能用别人的过错、恶劣来折磨自己。平和、豁达、宽广，容人所不容之人，敬天下为人之道。

万事出之于人性真善，用心做事，诚心待人。陶冶自己高尚的精神境界，不白活一世，做一个有用于他人、能用于社会的人。因为人生在世，不仅是为吃喝而来。人之为人，要活得像个人，有自尊，有自爱；有亲情，有友情；有事业，有追求；有思想，有文采；能办事，会办事，更要为民办好事。

当回首走过的历程时，不是一条空荡荡的土路，连脚印也被泥沙卷走，而是隔一段有一些值得回味的景致和情缘。人虽是一撇一捺构成，但写正了，写好看，也是需要付出一生功力的。要把人字写大，写充实。

思索的权利

2005年4月21日

活着，并思索着。思索使人有了气韵，有了色彩。这既是一个高雅的命题，又是一个艰巨的任务。每个人都有旺盛的时日，当你觉得燥热的时候，思索就是凉爽的清风；每个人也都有一节悲凉的人生，当你真觉得凉的时候，思索就是生命的体温。

假如一个人一切都要失去的时候，再没有思索，活着也就是一个出气的过程。当一个人为了追求的执著，而奉献自己一切的时候，是看重别人的评说，还是固守自己的诺言，为自己良心的安慰而奔走，这种做法是对还是错，是愚还是聪？如果给你一座看似耀眼、花团锦簇的人间花园，而又空无一人，远离了城市的喧嚣，在孤山老林中，你是面对自然，发现了神奇的奥妙，看到了天地的精神，独坐幽静而恬然，还是无法面对孤寂，而丢弃独享的丰饶，回归熙熙攘攘的社会，品尝平常一般的滋味？

思索是人的本性，是人生的美好。它使人饱满、踏实、光鲜，甚至能自成一个稳定的生态系统，如安静的河流环绕静谧丰润的山峦。

思索是人生存的支柱。特别是在人艰难的生活中，思索是生的信条，追求还未泯灭，欲望之火还在燃烧。

世间的丑陋与美好一同存在。只是人们愿意看到美好，而不愿正视邪恶。因为遭遇的那一切伤痛与他无关。人，只有自己痛了，才能感知。遇事，知人，才知世。只有知世，才能知晓自己。人就是这样一点一点变聪明的，也是一次一次在困境中才走进了灿烂，而思索就是认知事物的钥匙，就是转变命运的催化剂。其实，人与人的差异有好多，但最大的差距是思索。有的人善思，有的人不思。有的人在思中探明了前进的路，有的人被思锁住，走不出自家的院、自编的网。

人生的成败，根本地决定于人思索的方向和深浅，决定于思索的范围与对错。

分化的人性

2005年4月24日

看到晶莹美丽的冰雕，真的叹服自然的造化和人的创造。冰雕的美，在于其完整的美、坦荡的美、和谐的美——无论是结构和造型、色彩和气韵，还是创造者凝结在上面的劳动和智慧，都给人赏心悦目的感受。她的一览无余，是纯洁；她的夺目，是整体的美学；她的品质，是永恒的守望，不变的坚定。

永远不变，才是性格。

看到怒放的花树，也联想到美好。她的美，在于花朵的色彩、形状的搭配有致；在于溢出的清香的环绕与沁脾；在于无叶时，花的孤傲、勇敢，特立独行，无私的奉献；在于有叶时，绿叶扶红的相得益彰，相互映衬。她的叶，她的花，她的干，纯洁而美好。

整体的和谐，永远不变的美丽，使人一想起，便感知到美的温暖。这是瞬间凝固的记忆。

可事实上，美丽的冰雕，在融化。温暖和阳光中，冰消水流，她化成了另一种形态。雕去水存，冰如石块而零乱，美没有了。她在变，变成另一个事物。气韵、色彩也走了，她不在广场上，而到了江河、土地里，欢唱着另外一首歌。彼时的冰，是此时的水。而此时的水，亦不是彼时的冰了。

即使贵如鲜花，身体里的幽香，从花蕊、花瓣间飞出，亦与空气结合，发生了质变。更何况，彼时娇艳欲滴的花朵，遇风、遭雨、日晒，在时间的亲吻与凌辱中，落英缤纷，化为泥土。彼时枝头的温馨与美丽，转眼间成为地上的沉默与凄语。真是彼时枝头娇人花，此时地下无语泥。花与泥，中间到底发生了什么，而改变了一切？在枝头即为花，在地里即为泥。

谁人说得清，谁人看得明？

这真像人生啊！

即像有的人，在此时花团锦簇，而非彼时落寞凄凉；也像同一个人，不同时段的变化多姿。是人性的分裂、蜕变，还是人性本是如此？按理说，变是永恒的，不变才是相对的。但问题是，我们要坚守的一些东西，如永远的纯洁、善良、美好，如花一样的东西，总是或多或少地在变化中缺失，是忠贞不渝地固守或许是空幻的理想、原则更值得，还是在变化中寻找真实的追求更有意义？

总之，人活着该有一些原则，那就是保存住人性中最美好的东西。虽然人是一个复杂的综合体，有向善的一面，也有从恶的可能，即使为善而从恶，也是恶。要变也要变得更好，而不是相反。

人性要分化，可能就是冰变水，花变泥。形态不同，本质不同也。

在于无叶时，花的孤傲、勇敢，特立独行，无私的奉献；在于有叶时，绿叶扶红的相得益彰，相互映衬。

谨防致命的疏忽

2005年4月27日

人，在好多不经意间，在得意时、落寞时，在能伸手帮一把、能张口说一句时，在有钱、富足时，在能用权、在位时，因为无意甚或轻视、或不屑、或厌烦，本该是举手之劳的事，没有做或懒得做，可能就给自己设下了美丽的无辜的陷阱。虽然当时没有显现，但日后，就会有化学、物理、生物反应。

对相对合理的诉求，无论自己的还是别人的，都应给予关注。疏忽，给生命带来了无尽的麻烦或烦恼或后悔。

比如疏忽看病。人食五谷，总有疾患。世上没有无病的人。生了病，科学的态度，是要及时去看医生。无论什么病，要在第一时间到正规的大医院就诊，切不可拖延。

病菌不会因为你的不在乎而自行消逝。不要因为疏忽，不要借口忙，而一拖再拖。不要认为世界离开你就不行了，地球照样转着呢。敬业并不与看病而冲突。看病不要找什么借口。不然小病可能导致大病，能看的最后导致看不了。活着，第一要懂得珍爱自己。生命只有一次，珍爱自己，不仅是对自己负责，也是对别人和社会负责。

又如疏忽真情。人生即是由无数的情组织而成。各种各样的情，滋养着时间和人性，成为人精神的支柱。人生的美好，更多的来自依依情感的慰藉，而不是无限的金钱、权力。金钱虽然也是重要的、必不可少的硬件，但人的存活运转更多的需要情感的滋润。她是人的生命最凸显、最灿烂的元素。但由于疏忽，我们可能把最珍贵的东西，那种真诚的情感，当一般的事物对待，或习以为常，或不屑一顾，丢掉了无数最值得看护的东西，使人生减色不少。少了麻烦，也就少了色彩。少了人情，也就少了朋友。树愈高，而花无色，终是缺憾。

再如忽略机缘。幸运的人，总是能得到好多的机遇，改变了他的人生轨迹和人生境况。这样的事，看似幸运，其实也在情理之中。真正的根源，是自己的素质使然。命定一半，是遇到贵人，相识、相知而后使用。所谓贵人，就是使你的人生发生质变的人，是你一生不能忘怀、应该感恩的人。另一半是自定。幸运在这里等于使用。要使用，你就得有用。有用，要有知识、有才能、有创造、有本事。还要有情义。总之，别人能做的，你也能做；别人做不了，你能做了；既能自己去创造、办事，又能协调、调动别人去把事干好。要有好的品德、高的才华，而又善于为人做事，且能把事办好。如果说，机遇是别人给的利息，那么自己就应该是投入的资本。资本雄厚，才能抗风险。

当然，忽略机缘，不注重提高自己，只是一个方面；另一方面，则是善于与人相处、沟通。人总是在办事的过程中被人认识、了解。相知，才能相信。相信，才能可用。不与人真诚相处，就像钻进洞穴的老虎，再有威力，也只能是望林兴叹，毫无用途。

关注生活中的细节，谨避疏忽，是成大事的一个必备条件。细节是组成生活和生命的元素，就像分子一样，构成物质。重视物质，而不注重分子，就无法了解真相。

从大处着眼，从小处着手，是生活的真谛。

千万不能忽略构成生活的一个个要件，虽然事小，但累积得多了，就是大。小溪汇江河，既有流动的欢畅风景，也会卷起骇人的浪花。善于疏导，是缔造平和的法则。

日子的味道

2005年5月10日

春日花开

温暖中到处都是绽开的笑颜，水灵灵、香喷喷的花蕾，带给我们多少的希望和欢悦。

生的美好，在视觉和嗅觉的满意度增高后，我们感到了万物勃发的无限生机，激励着疲惫的心扉，使我们从慵懒和无奈、无望的情绪中醒来，解开缚着自己的绳索，看到一道道被自己勒紧的盼望，变成血红的枝条，真是触目惊心的痛。

心里沉寂的歌，一个音符、一个音符地苏醒，渐渐地有了曲调，酿成新的旋律，敲击着过去，拍打着翅膀，在白云间，飞翔……

一股股新鲜的热流，像漫流的水，一点一滴地浸润心田，干涸的欲念渐渐潮湿，板结的神经松动舒缓开来，有无数的意念和想法，蝴蝶般，振动着彩色的翅膀……

欲飞又止，止又欲飞。

为什么写不出

看到美丽的三亚，一下子就有了一种冲动，想写点什么，可却迟迟没有动笔。不是懒，也不是没有时间，潜意识里觉得写不出、写不好。

为什么？

前几天，在《新华文摘》上看到兄长以笔名梅岱桥写下的域外手记若干篇，真的很是佩服。同样的地方，都走过，都看过，可我们只是一个看风景的人，看过了，也就什么也没有了。可他却留下了那么多美丽的文字、闪光的思想，这到底是为什么?

这是差距。

如果说人与人有差距的话，这就是不一样的地方。

三亚有碧绿的海水，白色的沙滩，美丽的椰子树，但如何把这种美，由物变成一种完整的意识，再变成文字，应该有一种创造性的构建。

时间、地点、人物、语言、风貌，特别是文化、历史，甚至想象，任何一个要素，都要有透彻的了解把握。没有基础的材料，只是想，怎么会有华章呢?

写不出的背后是不了解、没准备，就如好多事情办不成，是火候不到、功夫不到的结果一样。

人生游戏

冲破一种人生的游戏，也是不容易的，多少人织进了网中，丝丝相连，环环相扣。好多事情，个人是不由自主的。个人难以与群体对抗，个人更不能与社会抗争。虽然你是对的，真理在个人手中，但大前提是，社会只不过是一个虚拟的概念，本身并无思维，也无对错可言，是一个模糊而混沌的存在。真理是相对的存在，而社会是绝对的真实。多数即成了社会的主流，而且社会的意识与判断，决不会与个人拥有的真实相同步。

更何况每个人都只生存在有限的社会空间里。有限的人群，就是一个相对的社会环境，一个小企业，一个小单位，一个局，一个处，一个科，甚至于一个股，这，就是你的天与地。多少人一生就在这里扑腾，喜怒哀乐，生老病死，恩怨情仇，都织在了里面，像一颗未成熟的茧。这里只有相对的真实，而无绝对的真理。你的对错，你的取舍，你的荣辱，恰恰就是在这里酝酿、产生并且开花结果。

如果这里有一些异样的人、平庸的人、不思进取的人，更不用说小人了，如果你不远离，那么，你的生命就要经受无端的煎熬与尴尬。你要么顽强地去守护真洁的孤独，要么违心地去附和变味的生活。当然，如果你有足够的能量，你也可以变成催化剂，引导、改变现有的状况。

可不管哪一种，生活的快乐都会暂时离你远去。即使真如此，你也不要失望，因为社会和时间又是公正的，大多数人都是有良心的，每个人其实都是清醒的。

这时你就更要给生命加点盐，给生活添点彩，给流动的轻风加点重量。如事实上你真的这样做了，且能真的微笑着去生活，这就是有了修养，就是有了生命的硬度、温度、柔软度，有了心灵的宽度，活着的幸福度。

人就该如，攻破蛋壳的鸟，若，咬开蛹茧的蝴蝶，放飞生命的梦想和灿烂。但要记着，这一切都要有一个过程，温度、湿度、养分都得够，最重要的还得耐力和时间够。质变只在三秒间。三生万物嘛。

人啊，你知的，时间孕育了一切，时间也毁掉了一切。能留在时间里的，才是永恒的。

小人物最好是不求生的永恒，但要活得灿烂。

七月

流火的日子，汗也沸腾。把很多的事，放在心上蒸，一片如烟，没有结晶。

留得一个空字，给人禅思。

浴后的生命，鲜如拱破肥土的芽。簇新的世界，涅槃的自己。

遭遇过的一切，都成为再生的养分。

摸一摸沾在心头的盐，痛或不痛，其实是一样的轻。

多少伤口都是自己愈合的。

没有热不过的天，也没有爬不过的山。

即使再高，也有一个限度。

人的高度，最终取决于对待事物的态度。

人如果有了北京七月的热情，不就是一个花红柳绿、生机勃发的季节吗?

而此时所有的生命都精彩，并且和谐地与你一起微笑。

七月是狂热的、奔放的，是生命流动的歌。

七月是最繁华的女子。着一袭红裙，满街地舞，让多少人喘不过气来。

故乡

童年酿成一首歌谣，越贮越浓，像心窖里藏着的酒。只要一打开，芬芳四溢，令人陶醉。

陶，是独自痴迷忘情的陶；醉，是醒着的醉，无缘而醉。

故乡的新娘，戴在指上的钻戒，是用金黄的麦秸编的；头上的花冠，是用鲜嫩的柳枝做的。

故乡的新娘，希望是美的，命是苦的。

因为一代一代的女孩，都做了同一件事，都怀着同一个梦。

种在生命深处的，一颗杏核儿，随着日子的发酵、蒸泡，冲破了坚硬，长出了柔嫩的新芽。破土而出，就是一株摇曳的树。

渐渐地，

满树繁华，馨香无比，

原来是故乡的红杏，在他乡的我身上烂漫。

后又结出圆圆的思念，金黄金黄的酸心。

北戴河

一湾绿水，几缕黄沙，滔天白浪，已不见。

时间，如行进在海上的快艇。去年今日正此时，隔一年，再会面，而我，非昨我。

心似海，越宽越好，越碧越贵。不老苍天如知人，应给我，心有灵，情如水，蓄满一生温柔。

想，亭台楼阁依旧，而主人不再。北戴河，因海而生，因人而名。达官显贵，富贾巨商，人气、财气、尾气，流动如烟雨，打不湿一片绿。人生红花瓣，争奇斗艳，一朵一朵飘在时间的水上，然后收录于典籍，珍藏于书架，等待后人参观。

人间景色幻成海。

观沧海，观不尽涛声中的各色容颜。

人生时有悲喜，难知贫富、贵贱。怀一颗爱人之心，好事怜物之意，以己之力，载万物葱茏。

窗外，蝉声一片，不知，谁是高音？

希望

希望，有时是雾后的一团火。隔着浓重的雾障，我们的肉眼看不到明亮。但我们应该想到，是雾，总有消散的一天。因为雾缺乏坚实的根基，而且是虚弱的飘忽，看似强大，但总归是缥缈的梦魇。

希望，更多的时候，是对生活的一种热爱，对生命的一种依恋。虽然我们受尽了千辛万苦，经历了常人难以忍受的种种磨难，但我们没有被摧垮，反而增长了坚强，对世界的看法，更为豁达和乐观，对人对事更为平和而真

实。这就是缘于对美好生活的渴望、对生命价值的尊重而长出的智慧之花。

希望，在失望之后看，变得更为强烈而耀眼。生生不息的努力，痛苦中挣扎的动力，繁花锦簇中的惊醒，无聊中保持的本色，慵懒中的奋起，一切的一切，都是希望做了生的动力而展开的锦绣华章，使生命放射出夺目的异彩。

有希望，才可能有一切。希望，是生命中一盏红红的灯，照亮了自己，也照亮了别人。

守望生命

2005年7月19日

如果能守住这漫长而空虚的日子，把时间一段一段分割得很精彩，不被冷清和孤寂击倒，人就站到了自己的肩上。或歌或泣，你都是一个智者。

山之魂，不在其伟岸，而在以自然永立。人若如峰，就可挺立一世。

把精神的家园筑在层峦之间，茂盛的林木、怒放的鲜花、活泼的动物、清澈的溪水，自然而丰腴。不求轰轰烈烈，但愿充实饱满。

日月的精华，在闲散的静思中，凝成智慧；岁月的纷扰，在人性的反复历练中，知晓贵贱；红尘滚滚，哪一盏清亮的月，点燃行进退避的灯？

守住了欲望的尺度，也就擦亮了日子的风度。静，源于无求或少求，更不可索。躁，始于念杂而心贪。

懂得了人世，也才能懂得自己。一个想法，是一个希望。人在一个个希望中，走向未来。想法，变成了现实，是快乐，是抚慰。希望，破灭，是折磨，是痛苦。

人生的滋味，就在希望与失望中，在得失进退中，在情仇爱恨中，酿出了多味的酒，晾出了生命的盐。

懂得了自己，才能真正懂得追求。懂得了病灾、祸乱，懂得了死的真谛，才能真正懂得活，懂得活究竟想要什么、怎么活。

活着的意义和幸福，是以病祸与死的不幸，为参照系的。

活着的质量，是在与自己的过去和追求、与别人的对比中提高的。

如果把梦想种在云上，那长出来的只能是疯长的欲望。繁华的风景，鲜嫩而飘忽。如果有一阵风来，那就是破絮如缕，泪雨滂沱。

梦想的胜景，只生长在现实的沃土。扎根现实，构建美好，才能一点一滴实现人生的愿望。

不要做自我陶醉的人，不要做空幻的人，踏踏实实地做一点人该做的事，最好。

闲时找思考玩儿

2005年8月6日

悠闲给人以无聊，更给人沉思。不要抱怨，没有谁欠你的。好多的希望破灭了，是你的想法，离现实的距离太远，找不到抵达的工具和方法。不是他人不帮忙，是客观的种种原因成了道路上无法跨越的障碍。

不要抱怨环境，社会、组织、同事、单位，按照惯性，为你提供了该提供的，没有欠你。好多的目标，没有实现，是你自己不够强大。首先要使自己强大起来，问题才能从根本上解决。关键是自己。不要消沉，不要悲观。要有使之发生变化的动力。要有更好的目标，盯着它，去看，去听，去实践。

不要在日子中，使自己长肉、长病，要让自己长本领、长知识、长能力，更要让自己长品质。品质好，一切才能好。

品质决定人生。

要有大作为，就要有大德。德，为人之魂。有魂在，人才有气韵，有色彩。以己及人，善待他人，爱像你一样的人，爱生养你的国家。爱国家，就要爱人民。爱民就是爱自己。由一己之饱，想一家之饱，及家家之饱。不能只顾自己，而不顾别人。

要有大作为，就要有承载艰难的韧性和胸怀。人生多舛，不可想见的事，不知有多少。小烦小恨，大风大浪，都是考验。纵然日日赋闲，也是难以对付的挑战。其实，最大的困难，是能否真正战胜自己。自己不倒，谁也打不倒，任何事也击不倒。

要容人、容事，更要容自己。不要永远苛求别人，更不要事事苛求自己，与自己过不去。不要损害别人正当的切身利益，不要把人逼到绝处。拳头，该攥时，攥紧；手，该放时，松开。哪怕，抓住的是你的对手，也要放手。没有对手的日子，多寂寞呀。对手，使我们提高了多少自身素质啊。

要有大作为，必要有大本事。本领来源于知识，更来源于实践。大本领，就是要学会利用现有的和将有的资源，去创造，办大事。会用人，会用钱，会用物，会用政策和制度。当然，更应自己能育才，会生财，创新物，施善政。权力，是容器，装进去的是水和粮食，酿出的应是酒；权力，也是笔，要蘸着三原色的颜料，绘出新画、美丽的画，让人观赏，也让它随着时间而升值。

政治也是艺术，政治家也是艺术家。他的画布是社会，布的经纬是人民。因此，不能儿戏。

香港印象点滴

2005年12月11日

昨天早8点30分从皇城宾馆出发赴机场。车到专机坪。

10点，乘CA6156航班赴香港，航程大约3个半小时。

对我来说，这是第一次踏上香港的土地。

并不陌生的国土，相见却是几十年以后。

历史上的香港，是殖民者的乐园。衰弱的国家，无能的统治者，还有无可奈何的国民，眼睁睁看着自己祖先留下的土地，变成了异人统治下的疆域。

屈辱是怎样一种滋味啊。

百年的租界，终于在国力日见强盛的小平手中，回到了祖国的怀抱。

电视中，看到如今香港，碧蓝的维多利亚港湾，鳞次栉比的高楼大厦，繁华的商业街，开放多元的文化环境，特别是繁体中文的铺面、报纸，使人觉得走进现代的古汉语里。

其实，历史上，中华文明一直是领先的。祖先的智慧及创造的文化，也是以雅而大方为主流的。梦幻般的国度，曾缔造多少绝世的灿烂和不朽，开启了多少美丽的天空，滋养了多少人类的文明。彩色的链条世代绵延一直伸展到今天，成为我们每个人心灵的软件，创新的基石。

从机场到海逸饭店的路上，感觉到一些不同：司机是坐在右边驾驶汽车的，快速道也是在右方。语言，中、英文都用。想到飞机上看到的《明报》介绍议会世贸大会的报道，及介绍有关领导同志的内容，确信港地的新闻确有捕风捉影、道听途说、幻化文字的本事。炒作是怎么一回事，才有所感悟。

一上飞机，扩音器里即传出“根据香港法律，飞机上不准吸烟，否则就要投诉”云云。一下子就让我感觉到香港是一个法制的社会。法律也不是万能的，但有法可依，总比随心所欲强得多。更因为自己是个吸烟者，更敏感。

海逸饭店是香港的一个窗口，对我而言。吃饭时看到店员规范的服务、谦逊的笑容、有求必应的态度，就能与昔日的经历显出差距，进步抑或落后，心里就有了底。

到目前为止，站在海逸饭店1837房间内的窗口，看到维多利亚港湾上，游弋的船只和对面的一排排高楼，以及与我打交道的警官及会务人员，这就是我感知香港的全部。

突然，想，小平要是能来香港看看，多好啊！

梦萦香港的老人，却没有亲自看一眼，委实有点遗憾！

年底综览

——2005年的日子

2005年12月31日

一眨眼，又是一年过去了。

花谢花开，又一年。真快啊。

盘点365只碟子里的菜，有味、有色、有香的不多。家常菜过多。亲手烹制、料理的多，亲口尝的不多。太咸的也不多，口味一般的多。

有些日子白过了，有些日子没白过。企盼的东西，不多；得到的东西，更少。

是否企盼的越多，得到的越少？

日子如流水，静流的时候多，有浪花和漩涡的日子也不多。不然日子怎么过。

想一件值得回味的事，想来想去，

还是儿子。

他从实验中学毕业，自己以503分的成绩考入了三十五中。孩子上了高中，是件大事。无论如何，是他自己独立地做了一件事，父母也帮不了忙。

孩子在一天天长大，我们能为他做些什么呢？我们一天天又在做些什么呢？

要多反省自己，检点自己。任何事，只有看清了，明白机理了，才能真正做好、做完美。心才能坦然、安定。

我心即菩萨。心静，而后，业隆事成。

观赏太阳与星光

坐在玫瑰里看天

一

坐在玫瑰里看天
花蕊上满是星星的泪
婷婷的红蜡烛　就那么笑
点亮思念　芬芳了　整整一夜

二

把昨天的心事　折叠成　一枝的花
让春风慢慢地剪　你在树下慢慢地品
唱不出的歌　是心中的泪
唱出去的曲儿　就像走私的风
爬过了一道山坡　又一道山坡

三

坐在高高的台阶　才知
底下都是　冷的雾　向上望望
上边都是　空的天
有一只会唱歌的飞鸟　多好啊

观赏太阳与星光

四

真喜欢那些庄稼　一畦一畦的画
秋天黄　夏天绿
最懂得人心了

皱纹里的事　被岁月　淘成了河
子女　是村边的小河里
飞起的鹤

那双　磨粗的手　是父亲的手
难受的时候
被摸一摸　日子就不痒了

五

坐在玫瑰里看天
白天　天是蓝的
夜晚　天是黑的

新年的一天

2006年1月4日

新的一年开始了。面对新，确实引起我的无限思考。

2006年，该是个不俗的年份。

新的一年，自己又该有何新的变化呢？外因、外界的环境，自己左右不了。自己能做到的又是些什么呢？

首先，要有事做。事，是人找出来的。你看不见它，它就不存在。你不去做它，它永远也不是事。

突然想到，要在原来记笔记、写小文章的基础上，制作一本红色的诗歌卷。这样2006年，就会有一本诗歌、一本日记。

二是思考一下自己安身立命的根本。看起来，工作是男人的根本。因为只有工作，才会有薪水，才能解决维持生命的基本问题。吃、穿、用、行，一切物质的条件，无不都是以经济为基础，而经济则源于你的工作。

工作是哪来的呢？是领导给的，是，但又不全是；是组织给的，是，但不全是；是自己得的，是，又不全是。得一份好的工作，是自己和他人、组织的一种综合结果。

要学会感恩。世上没有无缘无故的爱，更没有无缘无故的恨。记着那些善待你的人，并力图给予回报；善意地对待与你相处做事的人，并给予帮助；容忍那些不懂事的人；宽恕那些有伤于你的人，并学会忘却。

要有热情。不能因看到世事的艰辛和曲折，而熄灭了热情的火焰，那是我们生的希望。有希望才会有追求，有追求才会有你感兴趣的一切。

修养自己是一生的事

2006年1月29日

许多事情是要记在心里的。不是埋藏，而是慢慢让它消化，有益的留下，有害的排出。留、排的取舍，就是修养。有修养的，精致、美艳、高雅，修养少的，粗糙、难看、真实、简陋。

一个人的水平高低，重要的是说话。俗话说：好马出在腿上，好汉出在嘴上。

能说，不如会说；会说，不如说得恰到好处。该说时，说；不该说时，不说。言多必有失。有的失了朋友，有的失了金钱，有的失了江山。

又说，说一万句，顶不上一次的行动。夸夸其谈，误国害民。

空谈家，是纸糊的鼓风机；实干家，是智慧的机器人。

当然，我们希望人间多点智慧、温情，少点怨恨、冰冷，相互友善互助、和谐地生存。

修养自己，是一生的事。重要的是把自己当成一棵名贵的树，自己给自己浇灌、杀虫、松土。自己培养自己是最可靠、也是最有效的方法。不要看轻了自己。把目标定得越高，自己努力的劲头就越大，压力和动力的转化就会越多，成功的可能性就越大。

如果一开始就把自己定位为一棵草，甚至是立不起来的一棵稗草，无论如何也长不成一棵树。

标准高，对自己的要求就得严。严，是修养人性的重要手段。

人的欲望，是无止境的。任何人都不可能满足自己所有的欲望。要按照人生的目标去努力，做好那些值得做的事，并得到生的快乐。人，会遇到各种各样的快乐事，但我们不可能尝遍所有的事，也不可能永久地处在快乐当中。

人，决不可放纵自己的欲望。低俗欲望的满足，可能有一时的快感，但长久的心理折磨，会打消奋进的意志。因为，你是一个正直的、有良知、有智慧、想为社会做一些事情的人，而绝不是庸庸碌碌、混迹于社会中的无聊小人。

除却那些低俗的欲望，像剔去碧玉的瑕疵一样，使自己更纯洁、更美好，逐步走向人生的佳境。

这是自己对自己的要求，也是自己对自己的鼓舞。

好的人生，如花树：该绿时枝繁叶茂；该开花时，鲜艳芬芳；该结果时，朴实而有质量。花谢花开，自自然然。

修养自己，就是充实自己；经营自己，就是使自己变得更强大，对人民和家人更有用。

品德是花香

2006年1月11日

品德好的人，才有好的机遇。品德越好，机遇越多。

品德就像花的香味，看不见，但却感知得到。蜜蜂总是追逐芬芳。

怪味的花，再鲜艳，人们也会避而远之。即使被花的姿容吸引，也只是看上一眼，而避之。

品德，就是人生酿蜜的花粉。

品德的培育，有外界的因素，但主要是自己的态度。自己对世界的认知和理解，影响着你的眼光和心灵，左右着你的言行。而言行的长久积累，是构成品德的重要因子。

以什么为价值，以什么为追求奋斗的目标，使自己的实践有了取舍，言行轨迹有了导向，取舍之间的把握，给品德涂上了色彩。一笔一笔，不成形的东西，渐渐在别人眼里有了样子，渐渐在社会上有了鲜明的个性。是这一个，而不是那一个。

世界观，是品德有味的真正发酵器，而人生观是花蕊。

品德，就是一种味儿。它像是固态的，但又是汽化的。无色而透明，无形而有形。

自己的品德，总是储存在别人的容器里。因为人，总是更相信自己眼睛看到的和耳朵听到的，特别是自己亲身的体验。容器里的东西，是要让舌头尝过、鼻子闻过，才更能知道是什么滋味。一人尝一次，慢慢地，尝的人多了，你的味道就有了特色，有了名分。

如果香气既浓郁又能持久，并且是自然本色，那就离好人不远了。如果既有善心，又有能力，也有色彩，还有真诚，更有追求，你就有可能酿出生命的蜜。

善意而公正的眼光，才能看清世间的真相，认清时代的潮流，进而去推动社会的进步。有了观照社会的情怀，心里装着世间的爱心，才会有企望世间变好变美的动因和能量。

能帮助他人的人，是有德的；能为民众提供帮助的人，能为社会创造福祉的人，才是大德。

穿红衣裙的意大利女子

——听阿玛丽丽·尼泽演唱

2006年1月19日

声音在琴弦上溅起火花
一河的红鲤跃出水面

一只白鹭踩着荷叶刺向蓝天

风把云撕成碎片

太阳着一袭红裙少女一样
金色的头发垂着
泪像落花温柔地飘下来　飘下来

温润的心情像墨滴在宣纸上
威尼斯的湖水流进了中国运河
在上面划桨的是戴着斗笠的女子吗

弯弯曲曲的小河
孤独地伸进辽阔而寂静的草原

一枝黄花在山谷里纵情歌唱

夏季悄悄地从身边走过

这是个不识爱情的季节
所有人都要为欲望买单

潮水退进夜晚
突然　有千万只
彩鸽　从镶着金边的袖口里飞出
把蓝天
剪成一条一条吉祥的哈达

回家过年琐思

2006年2月7日

流浪在外的人，想家。回到家，想流浪在外的日子。

我钟情红红的灯笼，挂在门口和屋里，那种喜庆，给我带来吉祥和温暖的感觉。那持久闪亮的红光，充满希望和生机。远远地看到红红的灯笼，我就有了回家过年的幸福感。抑制不住的激情和急切就会催促我快行。

茫茫的夜晚，四处是黑黑的，容易使人辨不清道路，也看不清方向。夜行者的迷惘、孤寂和与生俱来的潜意识里的恐惧，正在莫名地包围着自己。对于红灯笼的喜爱，正是迎合了当时心里的渴盼。其实，盼的是明亮，是明亮里清晰的路、明确的方向和与你同类的人们的身影、动作、声音，甚至是嘘寒问暖的关心，目光相遇的交流，以及其乐融融的氛围。人，是个群居的情绪化的动物，不能过久地孤独啊。

一个人在外独闯天下，为生命的价值而奔波奋斗的感觉，就像夜里寻找家园的自己。也是茫茫人海，陌生的人与事，一如天边的夜晚，面对的永远是一无所知。有时是，知了，还不如不知。在人世的疆土上，挣一份自己的环境，养一垄属于自己的绿色禾苗，需要付出怎样的艰辛与不屈啊。无知的迷惘，遭遇的尴尬，生活的困顿，生命的屈辱，被割伤的疼痛，孤独中的抑郁，悲愤中的憋闷，挫折中的无助，以及自身难以提高的急躁与无奈，一切的一切，都是自己的错、自己的不足，与社会和他人无关。

其实，社会本是一个客观的存在，并无情感。是有情的人，调动甚至感染了他人，而形成了社会心理。

个人的感觉，对于社会的无情性，实在是微不足道。推己及人，可以知他人、懂社会，反过来却相差太远。

不要无意地放大自己的痛苦，而要有意地缩小自己的欲望。

不要不屈不挠地把彩虹，当做人生的梯子，去攀缘；而要踏踏实实地，站在地上，向着远方的山峰挺进。

放彩炮的心理

2006年2月9日

总想买一挂鞭炮响一响。听听，那炸响的，噼噼啪啪的脆声儿，看看，那红光乱蹦的彩球，仿佛黑黑的夜里，有了一条透明的通道，仿佛人生的孤寂，有了无尽的喜庆和热闹。

从此可能把安静的心，点亮，把长长的积淤的痛，释放，轻轻松松地抖落多年的沉重，精神顿然有了劲头。

希望的花蕾，一枝一枝地绽开了红色的笑脸，生命的深处涌来激昂的歌声，洪大而充满力量。

心情豁然开朗，蓝蓝的心空，清新、明亮，一切如此美好，正是放飞梦想的时刻，正是命运转机的好兆啊。

人不能没有梦想。梦想，是人活着的一种盼望，是一种精神的追求，而不是寄托。

虽然梦想不是理想，但理想绝对是从梦想的云霓中走出的面目清秀的情人。

梦想，就像在冬天，渴盼夏日的田野，长满绿茵茵的庄稼；梦想，是镜中的花，水中的月，虽然看上去空了点，但毕竟是心灵的眼睛在寻找，在追求美好。没有这种不息的渴望，人生就没有了生机，生命就缺乏了灵气。

有梦想，才有收获。梦想是生命的酒精，他能把生活勾兑得有滋有味，有飘香的浓度。虽然梦想不能当日子过、当酒喝，但它却能为日子长精神、消委靡、鼓干劲。

梦想就如燃着的彩炮里，滚动的能炸响的红光，梦想自有神助。

没有这种不息的渴望，人生就没有了生机，生命就缺乏了灵气。

婚姻

2006年2月15日

男人是高粱，女人是水，婚姻就是一个酿酒的过程，家就是容器。

不同的高粱，酒的浓度不一；不同的水，生活的味道有异。

环境不同，气温、湿度、风力、培育的微生物各异。微生物如社会关系，看不清，但暗里造影响，转质变。

婚姻就像酒窖。男人和女人，只要进去，就会被高温蒸煮，发酵。再想复原，已难于登天。高粱已不是原来红红的高粱，水也不是原来清清的水。

没有爱情的婚姻，就像没有温度的冷窖，只有红红的高粱漂在水上面。时间一久，或各自腐烂，味道也不好，或成为带伤的高粱，含泪的水。失败的婚姻，就像冰雹打过的葵花地，多少自信，变得零乱，变得委靡。

发酵，是良性的质变；腐败，是恶性的自败。

抗争中走向统一，矛盾里找到和谐，是婚姻的本质，相互的融合，就再生出幸福。

其实，婚姻是有责任的。看似男人、女人各自的事，但却是社会的事。婚姻大都是筑在情感基础上的家，但也有搭建在利益枝头的巢。

好的婚姻，把高粱和水，酿成了芬芳的酒；完美的婚姻，把酒化成甘甜的蜜。

爱情

2006年2月21日

爱情看上去是一枝红玫瑰，但红玫瑰不是爱情。爱情是人生的琼浆，任何时候啜饮，都有芬芳。

爱情是滋养生命的盐。无论因爱而生情，还是有情而去爱，都是一件美丽而高尚的事情。

爱情是建立在相互欣赏之上的无条件的倾心依恋，是一生无怨无悔无私的奉献和交融。

爱情有时是不顾一切，急风暴雨，滚烫地浇人；有时是雪地梅花，一枝的清新绮丽、妩媚动人。

爱情是两个人亲手编织的花篮，花篮里亮着思念的灯。这盏灯一旦点亮，就会永恒地挂在生命的枝头，伴你远行，为你祝福。

爱情本是无源的水，但爱情的生长却不是无本的木。花开心头，却挂枝头，枝枝叶叶红绿相扶。

长在事业基础上的爱情，既发挥了创造的才能，为社会造福，又使情感有了沃土，深深地扎根，并且柳绿花红，生命变得更加光鲜而厚重。

生长在利益中的爱情，本该是饱满而艳丽的风景，无论如何肥力更足，能满足需要的支付手段更多，养育的花，会更娇更艳，更长久。当爱情笼罩利益的时候，利益就会为爱情服务，成为爱情生长的沃土；当利益左右爱情的时候，爱情就会消瘦、凋零、凄苦、无助。

爱情在变化中展示风姿，在流动中谱写曲调。热烈、欢快也好，委婉、凄绝也罢，都是心的声音和色彩。

爱情是纯真的，但也是世俗的。世俗的人，在培育着纯真的爱情。有点世俗味，更有人情味。

爱情是自私的，但爱情的内核却是无私的。因为“忘我”，爱情才显出伟大的本色。

爱情是无价的宝物，因为她使生命有意义，更高尚，滋养着人的精神，脱离了动物的属性。爱情升华了生命，她使生命有了长久的香味。

为爱情而哭泣的人，令人怜惜；为爱情而流汗的人，令人敬佩；为爱情而洒血的人，令人惋叹也令人景仰。

爱情是绿草地上喷焰的花束，来不及细想，已被点燃，创造了一个浪漫的夏、成熟的秋、祥和的冬。

这是人生的奖赏，并繁衍幸福的春天。拥有爱情是幸福的。爱与被爱都是一份心的美丽、情的高贵。得到一份真爱不易，保持爱的温度更难。一生有爱，就是一世的灿烂。

爱情需要珍惜，爱情更需要维护。爱情在相互尊重里变得温存，爱情在相互对立中变得坚硬，爱情在相互伤害里变得痛苦，爱情在相互理解中变得牢固。爱的基础是无私和感觉。爱的升华是理智和理想。爱的长久是谅解和理解。

爱情需要阳光，爱情更需要滋养。越是美丽的枝头，凝结的心血越多。碧绿的湖面里，奔涌过多少追求的小溪；慈祥的微笑中，又有多少以沫相濡的安慰，激情燃烧的时光，难以割舍的别离和艰难中的互助鼓励。

一生酿着这杯酒，青春醉，老了，仍有浓香回味。

人，总得被爱情，醉一次。

家庭是一亩田

2006年2月24日

家庭是一亩田，夫妻就是田的主人。如果男人为一竖，女人为一横，两个人就被亲密地锁在一起，四边就是围起的墙。两心相交，就变成了一块共同耕耘的土地。前提是，要正，还要直，不越矩。假设一竖躺下，或一横站起，那就是两条铁轨，永远背离也永远相伴；或两条线随意乱转，情况就变得复杂。这是从“田”的字形上的想象，越想越觉得像。

“田”真是一扇明亮的窗户。家是有窗的自己的房子。没有窗的，可能就是碉堡或工事，是战斗用的。家是温馨的港湾，心灵的停靠站，消除紧张和疲惫的温床。家应该是明亮的，洒满了温暖的阳光；家应该是清新的，流动着多氧的空气。

家是一方神圣的领土，容不得外族入侵，否则连绵的战火和硝烟，会在有声和无声中爆发弥漫，使人透不过气来。捍卫主权的男女，在只有爱情、没有真理的战斗中受伤或者倒下。

家是心中的宫殿。时间和自由充当我们的奴仆。爱情就是女王，端坐在玫瑰花的龙椅上，活蹦乱跳，媚态丛生，没有一点威仪。家里没有清规戒律。让灯光为我们洗脚，让音乐为我们按摩，让香喷喷的饭菜，喂饱贪食的婚姻和全家的健康。

家是医治百病的仙医。一切的烦恼，在这里都会蒸发；一身的疲惫，在柔软的床上渐渐变得舒展；看到最亲近的骨肉，本身就是一种愉悦和幸福。这里生长着最柔软的温存，生长着绿色的、红色的希望。心若清清的水，目是暖暖的光。脾气露出更率真的本色，友情在这里得到了同化，生命归于童真和原始，没有了高低贵贱，没有了防范、猜测，喜、怒、哀、乐皆形于色，悲、恐、惊、慌都显于脸，丑态、美姿皆暴于外。人如物，本真皆出，自然甚初。家是自然的，也是自由的；心是开放的，也是平静的。

家是社会的细胞，也是社会的基石。家家美满，社会才美满；家家稳固，社会才和谐。

家是社会的减震器。好多社会的矛盾，是在家里消化掉的。好多社会的不如意，都在家的泪水和欢笑中、在亲友的无私关爱和帮助里得到了平衡。

家承担着社会的责任。既为社会创造着财富，也为社会分担着忧愁，更为社会培育着人才。家是社会的反光镜，人间世事的一切，或多或少地在这里得到显影、曝光和呈现。

家是社会浓缩的景观。

文明的社会，更加关注家庭。有质量的家庭，更多地想着社会。

家家都是一亩田，田田相连是社稷。不管经营得如何，家都是一个坚实的依托。把手当成犁铧共同地去耕耘，用汗和泪灌溉庄稼，用心血为其配方施肥，用爱染绿家园，用蓝天、红日和白云放飞彩色的梦想，让心中的歌永远欢快地唱，让健康永远伴着妻子、儿子和所有的亲人朋友，伴着所有的人。

让我们共同缔造一个个美满的家庭，缔造一个美好的社会。

文明的社会，更加关注家庭。有质量的家庭，更多地想着社会。

春的气息

2006年3月10日

三月的北京，虽还没有褪尽冬的薄衣和色彩，但春的气息，你随处可以闻到。

春的声音，正像彩鸽纷飞。从那一张张笑脸中，洋溢的热情中，一句句美丽的话语里，落下，又盘旋。

三月的北京，春的气息一丝丝地浓起来。

你走在长安街头，虽仍有一丝的凉意，但弥漫进鼻孔的，是带着湿润地气和植物发芽的青草香味，再有温暖的风融合，就是一种撩人的气息，说不出是什么，但丝丝缕缕，不经意地飘来，不经意地飘去，却给人很特别的提示，清清淡淡中沁人心脾。

阳光暖暖地照着，和风徐来，像少女的手，轻轻地摩挲着你的面庞。身上暖起来，御寒的棉衣有点燥热，脱去又有点凉。心底涌出幸福的感觉，那是一种觉得活着很美好的感觉。过去不曾有的希望，一个一个生出来，快速地跳进你的脑海，在你的心里变绿而且迅速地成长。

眼前的一切，你都觉得是那样的美好。那一个一个不同人的行为动作，言谈笑语，陌生的男的、女的、老的、少的，都感觉是那样的亲切，那样的善良，那样的必需，仿佛都是一家人。

不可触摸的网

2006年3月12日

每个人的心中，都有一朵最鲜艳的花，它常常被藏匿在生命最偏僻、最深的某个角落，像被养在冷宫里的嫔妃，花容月貌，不见天日，是一块揭不得的美丽的疤痕。

那是一种生命的痛，生命的神圣，只可软摸，不可硬碰。

生活中的苦，垒成了一朵朵美丽的花。

那是不可更改的过去，是不可触摸的网。每一条经纬都是高压电流，因为它饱含了太多的苦难与伤痛，凝结着无数的难以名状的情感和企盼。

每一条经纬都是由父母养育的亲情，编织成的。都是一个血脉、一个盆儿里、一盘炕上长出的手足亲情，那是一秒一分，一天一天凝结交织在生命中的情义、责任、利益，那是人不可分离的生命组成，这是人生最重要的东西，是无价的宝藏，是养育生命的圣水。

人对于生命的朝圣，就是对父母的爱护与尊敬。父母是人生命的家园，也是精神的圣殿。无论贫富贵贱，都是至高无上的。只可理解，不可践踏。

每一条彩线，都是我们生命成长中，那些善良的好心人编织而成。是人生值得回味的多少无私的扶助，痛苦中的默默陪伴与安慰，情急相求时的真诚不推，是艰难中送去的问候，是往你痛的伤口上涂过药的手。

那是你成功背后珍贵的依托，像树木底下的土地，是成材的营养，是葱茏生命的有机物，也是人生最重要的东西。

人对生命的敬畏，就是对自然规则的尊重，就是对平凡生命发生质变动因的人与事的感恩，是对那些真情真义的珍惜看重，永志不忘，并长成自己更宽厚的善良、芬芳、美丽，施惠他人，感染他人。不能忘却，更不可亵渎。

那不可触摸的网，是每个人生命中最珍贵、最柔软、最怕伤害的灵魂。

大青山上山丹花

父亲

三亩田是一张薄薄的绢
你把自己绣在了上面

春天你是翻土耕种的犁
夏天你是一垄淌汗的绿
秋天你是一车收获的笑
冬天你是冰雪覆盖的曲

你耕田　日子耕耘你
成一块田地

茂盛的儿女是你翠绿的庄稼
你　守护香甜的瓜园一样
守护着郁郁葱葱的希望
喜为其喜　愁为其愁

仿佛儿女是源头　你是水流
流走了壮实　流白了头

老了　你是一张薄薄的绢
儿女画在你绢上头

大青山上山丹花

母亲

你把阳光和我
种到了那盘土炕上

日日用盈盈的目光
给他浇水
企盼　发芽　开花

那盘土炕其实是冷的
你硬是用爱和青春
将整个屋和我的童年　烤得
暖暖和和

一丛葱绿的希望
在荒凉的风雨中生长

你和父亲　都写不出自己的名字
却用那双　皴裂的手
给我挣来满肚子的文字和方程

好多年过去了

我没有开花
但阳光发了芽

温暖的日子里
满眼金色的麦穗

美丽的家

2006年4月26日

总是在看别人的房子，朋友的、亲戚的、同学的、同事的，越看越好，越看越豪华，真的好羡慕，也真的为他们高兴。

随着经济、社会的发展，人们确实都富裕起来了。房子的变化，就是晴雨表。从20世纪80年代自己上大学开始，短短20多年间，身边的变化，细想起来，触目惊心。有时觉得不是真的，变化太大了！

人，总在变化中，常常不觉得。或者是感觉疲惫，或者是目不暇接，习以为常。

多少年总想拥有自己美丽的家，但多少年这都成为自己美丽的梦想，深深地藏在心底。小的时候，住在美岱桥村小小的土屋里，享受着快乐的童年。因全村几千口人，都住着同样的屋子，也觉得挺幸福的，并没有感觉到什么。苦和累，对于农家的孩子，本是天经地义，再平常不过的事，总以为这样的生活是应该的，生活就是这个样子。农村的孩子，对现实的接受是自然的。世上的好多事，都是无从选择的。没有选择，也就没有想法，随遇而安。有些事，别人看着苦，身在其中的人，并没有觉得，他可能正得其乐；有些事，别人看着羡慕，其实，具体人苦不堪言。

没有对比的日子，是自在的日子。井底之蛙也好，空中苍鹰也罢，独自生存在自己的空间里。

有了对比，才知道，世上还有那么多好的住宅，好的东西，还有无数种想也想不到的生活方式。对比，出真知；对比，知高下；对比，明优劣；对比，才知道自己是多么的无能，多么的寒酸。

后来，结婚了。住的仍是土默特右旗一中的家属房，也是土木结构，只不过自己与老岳父一起在水泥里加了点铁锈红颜料，变成一个红红的地面。也算新婚之时，红红亮亮。既无卫生间，也无洗面池。纸糊的窗花，明亮的玻璃，也有一些家的温馨在。做饭是在小院里，用砖土垒了一个灶台，生着火，用鼓风机吹，一顿顿可口的饭菜，在爱妻的精心调制下，香喷喷的，色味俱全。

90年代初，举家迁往呼和浩特。起初借住在岳父的表妹家。妻子一个人带着不到一岁的儿子，刚到时，带了煤油炉，一塑料桶柴油。一星期后，我去看她，柴油所剩无几，只好找同学筹措液化气罐。艰难度日，但有盼头，也不觉得苦。

后来，在桥靠村租了一间平房住。大约过了一年多，才住进爱人单位的平房里。一间半房，仍是土屋。邻居是一个精神有问题的女人，常常拿着手拄的拐杖，敲我们的后窗户，吓得爱人和孩子不敢出声。据说她是被丈夫遗弃的女人，特见不得别人夫妻好。如果两口子亲热地走在一起，被她看见，晚上定有持续一两个小时的谩骂。刚开始不知道，后来明白了，但谁精神上也受不了。其实她也是一个可怜的女人。

两年后，旧房拆迁，我们又没有地方住了，才找我们单位，借住在党委单身楼。单身楼的房子，不足10平方米，除了一张床，别的东西就没有地方放了。只好把衣柜、家具存在办公楼的一间屋子里。每到星期天，一家三口就跑到办公楼的洗手间，开动洗衣机，开始处理一周挂了尘土的衣服。妻子洗衣，我在办公室不是写稿，就是编稿。当时，自己是一本杂志汉文版的主编，同时承担着领导的好多讲话的起草工作。

再后来，单位分房，我分到一个两间屋，外带一个小院。也是土屋。没有暖气。每逢冬日，几间屋子总要架设火炉筒，以扩大取暖面积。一卡车煤，堆在很远的小巷的路口，再用小推车一块一块拉进院子，码好，人也几乎变成了晋剧里的包公，全是黑的。但看着红红的炉火，旺着，生命的热情并未因艰苦而减弱。人，不就是一种会说话会劳动的动物吗?

90年代末，单位最后一次分房，我分到一套52平方米的楼房，俗名叫二室一厅。卧室还不错，够大的，也方正。全是朝阳的，暖暖的、亮亮的。只是卫生间只能容一人，转身尚且有困难。浴室有一浴盆，浴盆边上仅可横站一人，但热水倒是很充足。只是刚拿了钥匙人还未住，热水管崩开，跑水，浇了楼下新婚的邻居，赔了几千元，我只好简单地刮了一下白泥入住。房子烂了点，但毕竟是楼房。每到春节，在狭窄的阳台上挂两个红红的灯笼，用最大瓦数的灯泡，亮亮的、红红的，喜庆一下。真的，一天疲惫，每每在远处，看到我家红红的灯笼，心里就充满了希望，充满了对生活的爱恋。

其实，这期间也有过分房的机遇，一次是从市委调党委的时候，市委正在分房，办公室主任问我分不分。我说，调不走，就分；调走了，怎么能占原单位的房子。更何况，单位没有房子的人挺多。当时好纯洁啊。

在52平方米的楼房里住了两年，因工作关系，我们全家调到北京。本以为很快就能分上房子住。因为异地调动有政策，一套适合自己的房子总该有吧。临走前，妻子把所有的衣服、被子、杂物都装了箱，打包好，仅拿了些夏季的衣物，闯进了北京。我也仅带了两套西服和换洗的衣物。先是我住进了西黄城根北街的宾馆里，楼是挺高级，但房间不通风，住两天还可以，住长了，人憋闷得受不了。

谁也不曾想，这一住，就住了将近四年。

每到节假日、星期天，一家人的主要任务，就是寻找能吃一顿可口饭菜的地方。住地周围的大小饭馆，几乎全都吃遍了。有时几块钱一顿对付，有时几百元一餐，有时就和服务员一起吃。人，总得吃饭吧。更可怕的是那种身在异乡的感觉。工作又紧张，人又没有一个可以放松的地方。住在这里，不方便不说，虽免除了冻困，但心里总觉得是在值班，这种不换班的值班制让人难受。

人生的好多事，常常是锦上添花的多，雪中送炭的少；亦常常是雪上加霜的多，衣单送暖的少。这也许是一种巧合，也许也是上苍对一个人的考验。

日子就这样一天天地过，儿子考学，妻子工作，自身一大堆事务需做得妥帖。本是竭心尽力，又赶上非典爆发，外围环境初来乍到，好多事需要去闯、去试、去亲自协调。疲惫、困顿的身心连一处平静安心的居所也没有，我只能在这种居无定所的漂泊中，默默地做好自己的事。组织的重托，领导的信任，自己的职责，与生疏的环境，确实需要有一个相互磨合、适应的过程。心里着急，有时又没有办法。越乱，越要做得有章法；越烦，越要做得有原则。用自身亲自的行动，使纷乱归于秩序。最重要的支撑，是心怀一颗感恩的心，是没有私心，堂堂正正，光明磊落，尽心尽职，宽厚待人，想做一个好人，一个真正的人。

但恰在此时，多年的超负荷运转造成的身体亏欠，节骨眼上，全都一下子显露出来。自己的精神、心理、身体也不住地出毛病。细想，工作20年，还从未正儿八经休过假。凡事，既能拿得起，也能放得下，才算男人。但服务工作只能拿得起，不能放下。放下，就如同不干工作，绝对不行。拿起，就要做到满意的效果。一天天照常工作，晚上9点后去北大医院打吊针。这也是一生中能数得着的输液。从北大医院到同仁堂医馆，再到北京军区总医院、协和医院、三芝堂医馆，寻医看病。人生，走向另一种辉煌的生活状态；身体，进入查不见病因的病痛期。真是屋漏又逢连阴雨。

没有自己家的日子，省却了无数的做饭、洗衣、打扫、料理，但又背负了多少不知名的责任和重量，甚至无家可顾的酸楚。一步步、一天天不止前行。人啊，只有身边人知道你的忠诚和努力，只有自己明白自己的品行。

美丽的家，在哪里？越是生活得困顿，越是渴盼有一个使身心能够真正放松的私有空间。没想到，为实现这一看上去很正常的愿望，一走就又走了这么长的时间，而且其中一波三折，临到拿钥匙，还付出了一笔巨额的费用。

2003年刚到北京，第一个面对的现实问题就是住房问题。谁知来京的第三天，北京非典全面爆发，我们就临时借住西黄城根北街的一处宾馆。不到两天，通知全面隔离，吃住在单位。我的办公室也加了一张小床，用屏风隔成一个私密空间。人们见了面，只是远远地摆摆手。出门戴着防毒口罩，回家必先洗手。随后就是不停地喝中医的汤药。半年时间，住地附近的平安大道人烟稀少，空旷的马路，一路上都是歇业的餐馆、人流稀少的商店。待在屋里看电视、看书。电视里锦涛、邦国、家宝等亲赴各地视察疫情。卫生部定期通报非典疫情进展情况，“疑似病人”这一名词家喻户晓。突如其来的瘟疫，风一样肆虐。国难当头，谁也不想自己的私事。在医院的一位同学，更是隔三差五提醒应注意什么，确保领导安全是第一位的责任。几个月过去了，疫情初步得到控制。

自己房子的事就又成了问题。此时妻子和儿子已来京，三个人临时挤在我的房间。早晨工作的工作，上学的上学；晚上挤在一起度日。找时任机关事务管理局的局长寻求解决之道，他说还有一套空房，就是为外地来京的人周转而留的，你写申请。抓紧写了住房申请，后又催了两次。我们就开始到外地出差、出国访问。年底再找他，人们说他早已不当局长了，你还找他。又找新任的局长、处长。鉴于单位外调干部只我一人，房子还是有希望的。可再找局长，他说房子不能分给你了，有一老同志要调房，等等吧。调房也是应该的。房源稀缺，谁也无奈。但一家人挤在宾馆实在不是办法，特别是孩子，正面临中考，吃不好、睡不好怎么办？只有再找。最后单位领导说仅我一个无房户，拉家带口，又从外地来，先解决，把周转的房分给我。局长找我谈话，劝我把房子让出来。我心里不同意，没有表态。

2004年底分的房子，别人已入住，而我到2005年还没信儿，而房管处又换了新处长，自己也觉得再找也没有多大意思了。又怕自己变成祥林嫂，一天到晚嘴上挂着同一个内容，索性再不闻不问了。12月底，又一次分房，分给我8号楼一处腾退房，总算有了着落。可两个月过去了，同一批分房单上的同事，已装修入住，而我仍不见钥匙。询问才知，原房主不想退了，管房的领导说房主要点装修费，想想这次一拖，真的就不知何年何月才能有房住，只好答应。中午，便从自己工资折上取了半年的工资交给了原房主同志。他给我开了一张收条，署名、年月日签上。他收了钱，给了我一套钥匙。此时，已是2006年2月，离中国最传统的祥和喜庆的节日——春节，仅剩两天。

但说实在的，我心里还是高兴的。我的主要目的，是要房，不管多么艰难，不管付出多少代价，实现了目标，是值得的。

我真的感谢具体办事的人，感谢他们的奔波费舌、协调操劳。

总算有了一个家。三月份开始装修，房子装修得漂亮、温馨。我曾写过一首诗，大意是说，我要是一只鸟多好，从这个枝头到那个枝头。可人毕竟不是夜宿枝头的小动物，确实需要个家。四年虽短，儿子从初中已升入高中，个子也比我高了许多。人生，其实真是一笔糊涂账。记下这些经历，是要使自己变得清醒还是更糊涂，我也不知。也许是告诉给自己的孩子，要想得到一个自己想要的东西，实现一个追求，必须付出不懈的艰苦的努力，还要有一批贵人相助，才可能成功。这个理，天下可能通用。

总之，看着装修一新的美丽的家，心里确实舒畅了许多。好多病痛也减轻不少。

细想起来，从1986年大学毕业，到2006年，一直没有一个像样的房子，也从未装修过。为了这套美丽的家，整整走了20年的路程。

但我们觉得，自己是幸运的。在北京能拥有这样的房子，实属不易。有多少人还在望房兴叹，还在艰难的路上奔走啊。

真的感谢党和政府的政策，感谢单位的领导，感谢所有同志的支持与同情。

任何一个环节不到位，美丽的家，也许仍是一个梦想。

梦想，自有神助！

美丽的家，我真的爱你。

纪实随笔。此稿断断续续写了三天，本想写成一篇美文，但却成了流水账。写到家，不由自主地想起走过的这一切。

回想五一节

2006年5月9日

2006年的五一节，是自己过的节日。好久了，对于一个身担重责的人来说，感到了休闲度假的舒心与快乐。虽然此次并未休闲，但毕竟七天的时间，是自己掌握着度过的。

七天，其实是很长一段时间，但匆匆间即飞逝了。飞机、越野车、火车，旅途在交通工具的变换中，随着地点的变换，品尝了各种人生的滋味和境况。

4月30日晚6点，从皇城出发，由小宋驾车带着全家三口奔向机场。北京，这个真真实实生活了四年的城市，看似一切熟悉，其实，内心的感知是陌生的。美丽的北京机场，人流如潮，提着旅行箱、旅游袋的乘客，或匆匆奔向检票台，或等待观望。各色人等，让偌大的机场，都显得拥挤。出行坐飞机的人还真是多啊。我直奔检票的地方，检票员说，这是头等舱检票的地方，你的票在后面的检票口。我都忘了自己一家人买的是普通舱。转到后面，检票员打电话询问去包头8点20分的飞机可否检票。票是可以检了，但登机口尚未确定。换了登机牌，通过安检，找了一个休息区，等待。

这一次急着乘机回家，是因为小弟五一节要举办新婚典礼。上午，今年上高一的儿子还在期中考试，妻子也忙。下午，我请了假，全家人一起回一趟老家。一是给弟弟娶亲，二是趁长假去呼市搬家。急着订了晚间的机票，因为明天就是弟弟大喜的日子，好多亲戚朋友全都从四面八方赶来。据家里说，我的大舅、四舅，从千里之外的甘肃张掖已赶到。

飞机来晚了20分钟。登机后，等待跑道又等了一个多小时，将近10点，飞机才起飞。晚11点抵达包头。亚华一家、同学云祥早已等在机场大厅。先回爸妈家看了看来的亲人，后回岳父母家，吃了早已准备好的饭，豆芽、炖猪肉等。岳母还早为我买下了过去爱吃的蚕豆。但现在我的牙已有问题，可这份心意，着实让人感动。

第二天一早，娶亲的车出发。我和妻子向来贺喜的亲戚朋友打招呼叙旧。

几天来，尚飞一直为小弟的事操劳，订车、筹备。作为人生的好弟兄，他在替我履行着兄长的义务。谢谢你。

中午的婚礼庆典还算热闹。录像、唱歌、敬酒。我与知道后赶来的同学在一起，一一敬酒致谢，后又在一起照了相。喝得有些微醉了。弟弟结了婚，父母的心才能真正安顿下来。进入年迈的父母，操劳了一生，总算命中有福，可以享受一下幸福的生活。

下午，去看望了二姑。80岁的老人，耳聪目明，特别是世事洞明，说话滴水不漏，真是一生的精明强干。我家和二姑家，合起来共计有50多口人，真是热闹开心。有的亲戚，我也认不得谁是谁。专门把我的三叔叫来。看到年已70岁的三叔，心里充满了人生无奈的感慨：从小丧母，临近老年找了一个老伴，抱养了一个女儿。老两口一天天把女儿从襁褓中的幼婴抚养成人，并出嫁到邻村，育有一子。也是我的妹妹，虽不曾长相守，但毕竟是三叔的孩子，一个院里、两盘炕上长大。但命苦的孩子，一时想不开，却喝农药自尽了。人的一生，有多少无常啊。短暂的生命如一阵风，刮过了，连点尘土都没带起来。年老的三叔，一生的孤苦伶仃，一个人喂养着自己的生命，孤孤单单、独来独往中，走过了70年的岁月。人生于世，自己奋斗一半，命中注定一半。真是没有办法的事。我把自己的夹克衫、羊绒衫、裤子送给从小在一起生活的三叔。我真的想流泪。又给了三叔三百元钱。尽一点侄子的孝心。

晚间，全家人一起吃了饭，这也是回家后第一次与大舅、四舅坐在一起吃饭。20年前，自己上大学的第一个假期，为了筹学费，向二姑家借了200元钱，收购了200斤黄芪药材，独自一个人去甘肃姥姥家贩卖，200斤真是太重了，背着走累了，坐下就被药材拽倒了，怎么站也站不住，还是路遇的好心人帮忙，才到了张掖。也不知药材卖了没有，总之是大舅给拿了400元钱。这也是有生以来第一次到母亲的娘家、我的外婆家。人生有好多的缺失，从小缺失了多少的情与爱，像雪地里的孩子，裸着脚走，一直走到今天。

父母已近黄昏，自己正当壮年，如午间，多少的责任和义务无形地在肩上。我很想回老家看看，那片贫瘠的生我养我的故土、老院。灵魂里、精神里的盐分，都是产在这里。所以自己才骨是骨、肉是肉，长得都挺像样。走了40多年，生命中最最珍贵的东西，不是少了，而是多了，那就是义和情。穷出孝子，贫产贵人。难道是上苍派我来扶助这些贫苦的家人？虽然我和妻子吃的苦并不比他们少多少，甚至结婚18年，仍在漂泊。古语言：吃尽人间苦，方为人上人。这是谁的名言，谁的经验总结？更何况，我们自成人后，总有认识不认识的贵人相助，也得到了单位领导的赏识重用，我们不怕吃苦，不是说苦尽甜来吗？

3日上午，去呼和浩特的路上，与表弟一行从高速公路驱车走110国道，回到我的故乡美岱桥村。熟悉的山、熟悉的树、熟悉的村落，童年、少年走过的大道小路，一草一石，一树一房，一门一墙，是那样的亲切。从西边的柏油马路向南，新盖的苏卜盖乡政府大楼、文化广场，新建的PVC厂、旺旺集团、变电站，装修一新的美岱桥小学。路边还有装饰墙，把粪堆、杂物、破烂的东西挡在了里边。确实有了天大的变化。

沿着村里的西环路向南，路两边是装饰一新的房舍。黑黑的柏油路面在阳光的照耀下，把暖暖的光反射到路两边的树上。一排排整齐的护道树，绿绿的，充满了生机，摇曳着希望。偶然看到一个似曾相识的面孔，情急中又想不起名字。那是吃同样的水、耕同样的地、干一样的活儿、听一样的戏、同在一个村里的乡亲。

村子南面变成了土路，前面是农田。地是下湿地，无雨旱，有雨涝，并不好耕种。这一带，在我小时，是最早的村落，也是村里最繁华热闹的地方。古旧的戏台，早已破败不堪，只留着四角翘起的檐，还能看出过去的模样。

我做小学、中学生时，这里每到麦收过后，总要唱一台大戏。请的是晋剧团，有时也演二人台。在这里，我知道了王爱爱、水上漂、刘全等被老百姓挂在嘴上的名角儿。有趣的是，自己也曾登此台演过戏。记得是上小学时，流行三句半，我装扮的是四老汉之一。脸上涂了油彩，下颌加了胡子。十岁左右的孩子，前三人，每人说一句话，最后一个说半句，然后“咚”敲一下锣。从后面向前跨一步，走得要像蹒跚的老者，甚是滑稽可笑。戏台对面就是原来的小学，现在也是破烂不堪。孩子们早已搬到新村北面的小二楼里读书去了。

从这个巷口转个弯向北，满眼仍是旧的土屋。这一带是旧村。不到几百米，有一片小树林，叶子绿得单纯。再向北走一段，就是我的家。

家，筑在高处，是两间半土房，一间三叔住，一间是我们过去的住房。后加的半间是我们的厨房，也能住人。西边靠路，是一片菜园子。原来是一块低洼地，一遇下雨，有时上面来水，常常成了水池。小时候，我和父亲搬石头、和泥，垒了一堵石墙，把低洼地圈成了园子。每年春季育苗，然后移栽、浇灌、施肥。西红柿长得像一个个红红的小灯笼，绿绿的黄瓜、长长的豆角、紫红的茄子，应有尽有，茂盛葱茏。还有一畦韭菜，每到春天，早早地顶破土层，先是鹅黄的嫩芽，经过阳光的洗礼，仿佛一夜之间，即成为墨绿墨绿的春。纵看是行，横看是畦。四周荒芜一片，一畦绿茵茵的韭菜，格外抢眼，令人顿生温馨和希望。

可眼前的老院，墙破石乱，树稀田荒，杂草枯枝横陈，唯有门前的老榆树绿叶吐新。枝枝叶叶，艺术地把陈年的老屋罩在一片生机的绿色之中。人不再住的屋子，确少了温馨与烟火的生活味，只有童年的记忆潮水般涌上心头。生活越变越好，但印象却越是久远，近来却越是清晰，不住地闯入心里。人老情长，似乎懂得了多少人间万事的不对称。

这个老院子是爷爷留下来的。这里是我乡村生活的全部积蓄。这里是荒凉的、贫瘠的，但对我的生命来讲，是富裕的。他储藏了我太多的经历和记忆，哺育着我一步步走向成熟的人生。每当不如意或缺乏奋斗劲头的时候，每当心烦意乱、浮躁之日，总会想起故乡，便执意回一趟老家。

走上那石头铺就的乡村路，感受到乱石硌脚的滋味，看到那一棵棵结果不多的杏树，杂草，望着那一排排白灰色的碱土抹就的土房，看着一个个像父亲一样、脸色黑红的邻居，望望天上红红的太阳，看看背后巍峨的大青山，听着鸡鸣狗叫，看着猪跑牛行，一群沾满灰土的羊群，咩咩的叫声，喝着压水井里清凉的冷水，观赏着破院墙里锁着的葱绿的蔬菜和果树，想想村里人，一年一年，一辈一辈，就这样生活着，无怨无悔，真真实实，什么都能忍耐，什么都可以承受，白天黑夜地养育着儿女，生产着岁数，心里便有一种说不出的沧桑与默然，心气便恢复到自然的状态。

精神的快感，心里的平实，使人对生存的现实多了客观的感受，少了主观的奢望，希望和力量便在无形中增长起来，像田里的野草，锄也锄不尽，割也割不完。只有我知道，这是与命运抗衡的神力，从自己精神的最深处涌出，像潜藏在地层中燃烧的岩浆，一直在运动之中，只不过自己也看不见。关键时候，凭借神助，才给自己打气、加油，不致使本是怠惰的生命消沉、无为。

故乡给了我多少物质和精神的滋养啊！只要他在，我就有盼头，有念想，有无尽的快慰和舒畅。

从我家老院跨过东墙，便是福哥家的老宅。他是我的兄长，也是我的邻居。他是有名望的人，也是内蒙古的骄傲。我这40多年的奋斗不息，他给了我无形的力量和无语的鞭策。小的时候，他当记者，我便下决心要做一个像他那样会写文章的新华社记者。当时的课本里曾收录他写的《夜宿车马店》，作为学生的教材。他的为人，他的品质，他的才华和勤奋，都是我做人的榜样。这是从小锲刻进心里的盼望，像铜版画一样深刻。他每次回家，我都跑过去守在他身边，听他说话，回答他对我的询问。20世纪80年代我大学毕业时去找兄长帮忙。在他家，我看到他穿的毛衣，肘部还是破的，因为这跟自己的想象差得太远，所以一直记得这个细节，挥也挥不掉。有时自己穿得好一点就突然想起他毛衣上的洞，像问号问着我。他长在我心里的形象是那么的朴实、真实，有真才实学，又仁义宽厚，像故乡平实而肥沃的土地，又像巍峨而葱茏的大青山。

再后来，我由土右旗调呼市宣传部工作。刚到呼市，三岁半的孩子上幼儿园，还是嫂子帮了忙。我很珍惜兄长的关照，也更看重这份工作，卖力地干，不分昼夜地编材料、写讲话。1993年，我调自治区党委宣传部工作。我拿着上调表，去征求兄长的意见。他说这是好事，送我两句话，“不要好高骛远，要踏踏实实干。”我一直铭记在心，并身体力行。同年，兄长调北京工作。

再后来，因我也于2003年来京，见面的机会多起来。有一次见面，他突然问我：“你回村里没有？”我说我有三四年没有回去了，工作走不开。但村里的人来京，给我介绍了情况，我就简要地给兄长说了说。我猜想他是想家了。趁着这一次回家，无论如何要回一趟老家看看。让儿子把我家和兄长家的老院拍了资料，给他看，也给我自己看。我也老是想家乡到底怎么样了。只是时间太匆忙，开车从西到南至东至北转了一圈，拍了些照片，开发区的工厂也没去，同学也没见，便离开了。

到了呼市，几个同学和家具公司的师傅已等着，搬了些家具，下午便装车。第二天下午又装了一车。晚上在晓蕾的饭店与同学们吃了饭，便坐89次列车全家返京。

五一长假，就在匆匆忙忙中度过了。这是最有意义的一个假日，完成了三个心愿：给弟弟娶亲成家，完成了年迈的父母的心愿；去故乡美岱桥村，完成了自己思乡的心愿；搬家，完成了全家人结束宾馆生活的心愿。人要有美好的心愿，总要兑现。好的东西，自有神助你如愿以偿。

远中看近

2006年6月29日

今天是2006年7月24日。看到上面记下的日期、题目、空白的内容，觉得是一组很遥远的数字。就像电话簿里的好多电话号码一样，好久没有通话了。只剩下一堆数字的符号，并没有多少真止的意义。它所代表的人物，也且去且远。过去是那样熟悉而且知心，有的形影不离。仿佛一夜间，就是一堆陌生的数字，或者是一堆长了尾巴的眼泪，令人黯然神伤。

时间和距离，阻隔了多少美好的情感！

利益和实用，又给人间的纯情裹上了多么透明的皇帝的新衣！

孤独的生命的个体，总能找到他繁华的宫殿，一切都按它自有规律在运行。理性地看待一切，总比情感用事更值得，更长久，也更清醒。

不要强求别人，更不要强求自己。

有过的即是真实的，珍藏它，让它在自己繁花似锦的精神花园里开放，并且永久地芬芳。记忆是美好的，一切的过程，一切的行动，包括虚幻的梦想，都会结出美丽的记忆的果实，挂在心的枝头，金光闪闪。月亮升起，它也升起，提醒我们人之为人的一些道理和真谛。

一切的旧，都随风而去。

一切的新，又随日而生。人和事，纠缠在一起，织着新的情义，编着新的故事。

人生的旅程，究竟是新的起点、新的征程更好，还是与熟悉的老友结伴而行，安静平和的生活更具实意？

茫茫苍天，纵是满天的星斗都化成巧舌之口，也无以回答你的询问。

一切都在自然中生成，一切又都在时间里化去。无论富有还是贫穷，也无论贵贱高低，无论肉食者，抑或糠皮体，总也逃不了人生的无情——慢慢衰老，孤独而糊涂，啰唆而白发，不讲究而无牙，慢慢地走进无尽的回忆，走进美好的琐碎。似乎看透了一切，又似乎什么都不懂，按着自己的意志行事，耐受着别人的责难。一切都斤斤计较，一切又都无所谓。仁慈的上帝，善良的菩萨，心里明白了人生，不争、不气、不灰心，健康快乐地生活着。

人，都是一样的。生活，都是不一样的。

自自然然，本真的活一世，是一件多么幸福而又难以做到的事啊。真的想做一个真的有情人，而不是虚假地应付；做一个真说话、说真话、说了就去办的真人，而不是随声附和、只说不做、只应承、不兑现的浮光掠影；做一个追求真理、公正而有义的人，而不是是非颠倒、黑白不分的势利小人；做一个自食其力，凭自己的力气、能力、力量、脑力、气力、手力吃饭的人，而不全是口力、风力养活的人。总想扎扎实实地站在地上，感知社会、人生的多味和纷彩。红尘滚滚，多少肉体和灵魂汗水淋漓，苦中有乐。市井之中，贩夫走卒，引车卖浆，摆摊易货，出租美容，警察小偷，轮椅上的白发，自行车后清脆的笑声，超市里一个接一个的推车的人头，收款机不停的吱吱声，小卖部里永远亮着的灯泡，永远堵车的街道，遛狗的贵妇或者平民，竹椅上神聊的闲人，天价的字画，古典的琉璃厂，时尚的近于不穿的女郎……美丽的社会人生中，你该怎么活，你到底是什么样?

只能是这一个。特有的性格和做法。

人不能模拟别人。

北戴河的蝉声

2006年8月4日

8月1日，从北京乘T505次列车赴北戴河。又一年的休假开始了。一切都已熟悉，并且都已经程序化。自己住在人大北戴河宾馆的8号楼。

转眼间3天过去了，先是安顿，后是牙痛，原来准备写些东西的想法并未付诸实施。随后，我们去南戴河的荷花园国际景区，去了野生动物园，下午则去海边。乱中有序，没有了心情。

时间一天天过去，细想一下，已是四年。外面蝉声依旧，忽高忽低，忽远忽近，此起彼伏，不知疲倦。生命中他们才是真正的高音。瘦弱的身躯，美丽的歌声，风吹雨淋皆不顾，高低贵贱全不分，只专心致志做着同一件事。

无怨无悔的执著啊。

忽然想到他们吃什么为生？看到柳树上挂着的一只一只蝉蜕，才知他们的生命是如此短暂。但他们却有再生的本领，旧的去了，留下一张空皮，又一个新我而生。就像换了一把琴，接着演奏。

他们有什么欲望？金银财宝皆不爱，权力利益均不沾，美女锦裳更无缘，宝马香车、美酒佳肴都不求，好像只是自由地歌唱，歌唱着自由。从一个枝头，到另一个枝头。也没有谁指挥，高兴了就唱，累了就歇着。也不用专为一些人唱，而是为自己而歌，歌唱绿色和温暖的夏天。等到凄风苦雨、枝叶枯黄、残败之景呈现时，他即绝望。断其琴，隐其身，以示抗议。他不是没有欲望，而是憧憬绝对的美好。慢慢听来，也分不清是因快乐而歌，还是充满了无尽的忧伤。

人间总有不平。绝对的公与美，是没有的。追求绝对的美好，是一种理想和目标。但现实是复杂的，存在的事物皆有其存在的依据。物不是单一的活着，都有依存。依而存，存而依。相互关联而彰显，相互斗争而提高。灭绝是不得已，损失有时不可弥补。对立统一的法则，使我们清醒地看到了现实世界的物象及其背后的底片。

蝉声依旧，阳光依旧。燥热的空气，没有一丝凉爽的风。

突然想，除了蝉鸣，为什么没有听到其他的声音？那些会唱歌的鸟呢？蝴蝶、蜻蜓甚至螳螂呢？麻雀呢？

远处的松枝上，几只花喜鹊喳喳地叫着，黑白相间的翅膀，从这个枝头，一收紧，就到了另一个枝头。

小时候，老人们说，看到喜鹊叫，是吉祥如意的兆头。

蝉声一片，就有些闹了。想听听别的声音。想看看自然疯长的草木。刻意修剪的园艺，总有点不自觉讨好什么的味道。人间啊！

其实，好多自然的物与景、人与事，都在人主观意念的幻化里变了彩，走了味。

北戴河的蝉声，那个闹哇。

日子和甜味

2006年8月8日

人，走在时间里。时间，就像风。

秒秒分分的无意，一白一黑的转化。驻足回首，凝望镜中的面颜，今非昨。仿佛绵绵的细雨潜入夜色，温雅的滋润里，渐渐湿透的衣衫。

人不知，时间是你最忠诚的情侣。拥抱、爱抚、珍惜，她会为你的生命织出绚丽的彩锦，缝制神奇的花衣。一阶一阶送你踏上梦想的峰巅，览尽各种生命的华贵，遍尝生命之旅的丰味。

不可重复也不可复制，她永远是你唯一的新娘，默默地看你，依偎在你身旁。

漠然与浮躁，把本该多彩的生命，漂白成一座繁华的空城。匆忙的脚上，一点点铸成了势利的镣铐。当黑发走白的时候，才蓦然发现，仅仅为了一张嘴，为了一身皮，甚至为了一句华丽、恭维而毫无意义的话，辛苦、操劳了几十年，若一片渐黄的叶子，还在某些枝条上不自觉地舞蹈，并且无知。

多少朵鲜花的媚容，都成了揉碎的笑声。快乐里的呻吟，挤不出含情的热泪。富贵的灯火，发出奢侈的狞笑，金灿灿的一片空白。热情的问候里，都有一张巨额的账单。喊声越大，越像扬起的钓钩。你签下的字，就是盘中餐，是活蹦乱跳的新鲜的海鱼。

衣衫湿透了一件，又湿透了一件。经纬里满是带毒的微尘和花香。扔在那里，皱皱巴巴的，像人的老年，像失意的岁月，像病中的灵魂。

蜜蜂和蝴蝶，一群一伙的，纷飞忙碌。茵茵的绿地，努力成长为昏黄的沙漠。一丛新的不知名的花，很张扬地喷焰。

不知春风者，以为这就是春天。

想一想昨天

2006年8月26日

昨天，公元2006年8月25日，星期五。

天气，北京的天气一早即蒙蒙的发阴，看不到太阳。没有红红的太阳，也就看不到蓝蓝的天空。没有蓝蓝的天空，也就看不到洁白的云彩。空气湿度很大，潮乎乎的，有点黏人。衣服老往人肉上贴，很亲密的样子。傍晚时，有了风，6点30分左右下起了雨。

早7点，妻开车送我到魏公村北大口腔医院，8点前赶到。禹勤在办公楼医政处等待，随后领着我到门诊挂了一个7元钱的专家号，随后乘电梯到9楼的拔牙处。副主任医师王大夫主钳。先是打了一针麻醉药。大约10多分钟，嘴唇、舌尖都开始失去知觉。听得他们说先劈开，后拔。

便有钳子、锤子等工具的打击声，在嘴里冲撞，但也不知道痛。我一直闭着眼，张着嘴，像一条等待上钩的鱼。后来，又听见他们说，还是缝两针吧。医生说，牙歪，容易断。我心里猜想，总是拔牙时，断了，又拔，把牙床弄出了豁口，只好缝，并告知我七天以后拆线。我用上边好牙咬着一块棉球，棉球下面有一块卷好的带药的棉纱。医生给开了诊疗费用单，我咬着牙，到收费窗口交了308元费用。本想回来给大夫说声谢谢的话，但找了半天也没找着。另一个女大夫收了条，我捂着嘴离开了医院。

又坐上妻子停在路对面的车上。开到她的单位，妻上班，我自己咬着空洞的牙床，往大会堂开车，车上拉着自己。

回办公室已是10点左右。整理文件。把《乌兰夫文集》的序言改好，打好去黑龙江检查的日程及讲话。

此时，牙痛得要命。许是麻药劲已过，一口一口带血的口水流个不停。吐又痛得无法吐，只好拿纸巾擦。一小时后，吐掉了沾满血污的棉球。又半小时后，觉得还有东西，伸指进去，又掏出一块卷好的棉纱。牙根下的腮腺也痛，抽得上面的眼、脑都痛。心烦意乱，没法办。只好忍着，倒吸凉气。

不住地擦带血的口水，纸篓里的废纸，潮水般涨起来。

中午，下到地下一层的餐厅吃饭，转了一圈，没有流食，想要几个酸奶充饥也没有，只好到二楼找服务员要。三个酸奶，喝了一个，便痛得不愿喝第二个。早早地在二楼的铺上去睡。正躺着不行，侧身躺着也不行，牙根痛，抽得头和下颌骨更痛。没法睡，只好早早上楼，去办公室。看书。看了两行字，一点心情也没有，更集中不起注意力。后又忍着痛处理了一堆事务。

做完这一切已是下午6点多。师铎来电话，说云才小住在了北大医院第二住院部，也就是我原来住的会议中心的南边。无论如何，我得找个时间去看看他。前些日子还在一起吃饭，我跟他说，有时间查查身体，我给联系，还答应要送他茅台酒，怎么一下子就病倒了？他曾是我的领导，这么多年来，更像我的兄长，一直在关心着我，让我感到人间的真情和美好。

他给了我多少真诚的自然的不求回报的帮助啊！他的所作所为给了我善良的灵魂多少安慰和养分。才小啊，愿你早早地好起来，健健康康的，我们再一起品酒、聊天。土默川上养大的真汉子，都是实实在在的真人。有本事，不畏权贵，敢做敢当。讲义气，重情义。懂得培养人，爱护人才。不小里小气，没意思。想大事，做大事，粗里有细。善实干，要实绩。从来不空话连篇，言之无物，言之无信。看上去，木讷；内心里，透亮。说话，就是做事，以行动和事实，说明一切。在当今这个浮华躁动的虚妄世上，这种品质真是太可贵了。

晚6点后，把一天的事安排停当，便开车去接妻子。一会儿就下起了雨，妻子刚好在雨来时上了车。到家已是7点多，痛得心痒难道，便给妻子提要求，做这饭，做那饭。其实，什么也不能吃。实在太饿了，就吃了几牙西瓜、半碗凉粥。躺在床上终于睡着了。等到醒来，已是第二天，即今天早上7点。

想想昨天，简单的一天。发生了多少事，做了多少事。人，就是这样一天一天走过来的。

想：病痛，才是人的最大杀手。一次一次的病痛，使人对生命有了惊醒。病好了，又忘得一干二净，继续地忙碌、奔波。又病，又治愈。这个过程中，生命在一点一滴地损耗，虽然我们看不见，但它却是慢慢地噬咬着人的健康，甚至掠夺着人的精神的芬芳，使人渐渐地走向衰老。无奈。年轻不再，青春不再，朝气渐萎。慢慢地，对人生有了真切的感知，坦然地看到疾病的后面、衰老的后面，站着那个谁也躲不开的命运之神的最终接纳者——死神。敢于面对死亡的人，才能算是真正活得明白的，也才能明白地活着。知道了人的最终结局，无非是赤条条地来，又赤条条地去，还大地一片洁白和干净，才能把有限的生命过好，做什么事，人怎样活，才是有价值的，才会明白。

时间无限，但生命有限。做一个有益于他人、有益于社会的人，干一些有利于他人、有利于未来的事情，是一件多么快乐的事啊！

积善者有德，有德者积善。

时间，就这样一天天过去。一天一天中，我们做了些什么呢？又能做些什么呢？但，无论做什么，就要把它做好，不要在无聊中，耗费金子般的岁月。

其实，再无聊无助的生活，人，总能找到有兴趣、有价值的东西。做不了大的，就做小的；为不了天下人，就为一部分人；为不了一部分人，就为某几个值得为的人。如果还不行，就为自己高尚的灵魂而忙碌吧。或者说，为了塑造一个自己喜欢的自己而忙碌吧！

人，要是不忙，闲，也会闲出病来。

忙着，证明活着。一定要忙得有意义啊。

又见蓝天

2006年9月5日

北京的天气，说不上的美丽，猜不透的神秘。

喜欢北京，有无数个理由。比如800年的历史。元、明、清的皇帝，留下了大量的皇宫御苑。先贤名人，留下了无数的故事和文化。人民的智慧在封建的王朝里，在内外强盗的洗劫中，还得以保留到如此完整。现在的北京，有多少人，还是在吃皇帝的饭啊。昨天坐出租车回家，便跟司机闲聊，说着说着，就说到了皇帝遗留的饭碗。外地人来北京，多数人是奔着天安门、故宫等而来的。旅游的人，带着鼓鼓的荷包而来，吃、住、行、门票的消费，给北京人打造了多少吃饭的机会。开出租车也是在吃皇帝的饭。司机想了想，说，是啊。我说，你得感谢那些皇帝。

赶走了皇帝，留下了庙宇、花园和文物古迹，才有美丽的北京，才有你流着油的饭碗。他满意地美着，仿佛真的是在感谢皇帝赐予他的美食一样。

喜欢北京的无数个理由里，很重要的一点，是喜欢北京的天气。北京四季分明，该冷的时候冷，该热的时候热，雨水充沛，白雪纷飞，雾气弥漫，霜叶红花，气象的种类，都能感知。

但真正住在北京四年来，印象中很少见到艳阳高照，碧空白云。北京的蓝天哪去了？是被欧洲、美洲、澳洲的金融巨鳄掠走了，还是被哪个富商买了去？在北京这个世界各色奇人巨富云集的名利场，什么想不到的事，都有可能发生。买不走的蓝天，是被现代文明的烟尘、雾气、沙尘、尾气揉得睁不开眼了。

春季里刮了又刮的沙尘天气，2005年大小不等就有十余次。有的说是从蒙古高原一路狂奔而来，就像当年的蒙古铁骑一样，势不可当，没法预防；有的说是北京建设高潮，建筑工地星罗棋布，一遇大风，沙土四处飞扬；有的说周边田野缺雨少雪，水分蒸发，涵养不住沙土。

但说实在的，北京的春天，还是很温和而美丽的。一冬的萧条过后，空气渐暖，万物开始复苏。原来的绿树，如松、冬青等，更绿，慢慢地吐出新叶，碧绿碧绿的，如水洗过一般，欲滴的翠。风吹过来，冷中有暖，很是舒适。沙尘天气，虽有，但不是常在。就像人有小脾气一样，偶然爆发，也不能说就是一个不好的人。

春季的绿，越长越旺。旺到繁茂时，花开了，夏天就来了。北京的街道，真是槐绿花红，再配上古典的建筑，自然天成的美景就有了。古典建筑确是绿色建筑，真正的与自然的景物融为一体，构成了自然的美景。它不像现代的建筑，摩天而立，直戳戳杀向自然的躯体，突显自身的新奇，而把自然撕成碎片。但夏季的北京，风和的时候多，日丽的日子少。且闷人的热，也是难以忍受的，站着站着就是一身的汗。天空似乎永远是灰蒙蒙的，如果用手拧一下空气，恐怕也能攥出水来。蒙蒙中来，蒙蒙中去，满眼的人流、车流。移动的景物，一会儿古典，一会儿是现代的建筑。如果你穿越胡同而行，热中的汗味、腐质味、厨味，各种味道充盈其巷。我有时走着走着，想，这可能就是人间烟火，与高雅的商店林立的王府井步行街相比，简直一个是贵族，一个是贫民。人，就是有意思，有时偶然当了贵族，还老想看看贫民是怎么过的、活的。

夏天的北京，各种生命都呈现出旺盛和热火朝天的景象。就如潮涨潮落的海。用海来比喻，真是太恰当了。在北京，小小的一个湖，甚或是大一点的池塘，就叫海。什刹海、北海。如果能把点上的东西连起来，想，人海、花海、车海、绿海、楼海，甚至光膀子海都有，一点也不过分。一说是海，我就觉得水深，看似小小的、浅浅的，但真的深不见底。但这需要丰富的想象，数字艺术堆积的现实，确实如此。就是不见天空的蓝和洁白的云朵。

细想，灰蒙蒙的天空，北京仍是美丽的。为什么？写到这，才突然感悟，北京的底蕴就是美的。胎美，才是真美。如果再有蓝天、白云，那不就是奇美无比了吗？！因为天空比海大，更比海透明，若美不胜收的背景。天的变化无穷，一切的一切，都是可以用眼看到的，而海则是隐藏的。所以我更喜欢光明的蓝天，透透亮亮。

昨天，公元2006年9月4日，就是这样奇美的一天。坐在回家的出租车上，感觉好像哪里有点不对劲。仍是熟悉的车流，路两旁仍是成荫的绿树，地铁站的房子，公共汽车的站牌，自己被太阳晒得晃眼，眯着眼，才突然看到太阳身后是那碧蓝的天空。原来，是丽日和蓝天给了我舒服中的不自在和舒服中地快乐。蓝蓝的天空，有一朵一朵流动的白云，白云下面还快乐地飞起带笛的鸽群，俯冲翔飞，自由自在。

站在自家阳台的窗口，楼前的花园罩在紫气的艳阳中，树在舞蹈，草在欢笑，绿的更绿，红的更红。健身的人们，生龙活虎。远远的高楼一排排推向远方，近处的平房四合院，隐在阳光中，层次分明，煞是好看。如一幅画，梦幻般的构图、着色。这才想起，蓝天丽日，才是绝对的王者风范，所有精致的小景，只有这个大背景存在，才是锦上添花，罩上了一层金色的瑰丽。连人也不例外。

秋高气爽的时节，才是北京真正黄金季节的开始。天气不冷不热，人们穿着各种色彩的时装，与自然的美景融合在一起，织成了一幅美妙祥和的天图。如果世上真的有神，那么君临天下之时，必定是要把蔚蓝的天幕拉开，乘丽日而来，送给我们如此丰厚的大礼和福分。真的，又见蓝天，有一种少有的幸福的感觉和超脱。物我两忘，原来是一种难以描摹的境界，只有亲临，才能感同身受。

北京的蓝天与内蒙的不同。内蒙的蓝是深蓝，蓝天白云是内蒙的优势资源。但除了蓝天白云，别的就不好比了。北京是什么都有，就缺像秋天这样的天：蓝蓝的天，美丽的日。晚上，没有起床看月，想也是澄明、温柔、清丽的。多少年没有看到过星星了，难道天街也污染了，也有弥漫的浊气和沙尘？不然，小时候看到那一晚晚的明亮的像眼睛一样的星星，怎么都不见了？过去的人，都是与自然玩儿；现在的人，都是与机械玩儿、与网络玩儿、与虚拟玩儿、与名牌玩儿、与名利玩儿、与自己玩儿。

联系起来想，对蓝天的钟情，一是北京确实缺少这样的天气，物以稀为贵；二是有点想家了。因为几十年一直生活在蓝天白云下，蓝天白云丽日的生活早已融进生命中，怎么可能在灰蒙蒙的北京快乐地生活了这么多年呢？

又见蓝天，可能使我从根上想起了家乡。想回到自然美的渴望，兑现了。又使我看到了更美的北京，就像看到洗去浓妆的新娘，清丽、温雅、妩媚。风情万种，原来也该是最自然的表现，不是装的，而是真的。就像人，装的人，使人老觉得别扭，不舒服；不装的人，一看就是真的，虽一次，也一下子自然地就有亲近感、亲切感，赏心悦目，心里踏实，是一种绝妙的享受。

情感，蒙蔽了多少求真的眼睛，欲望又扭曲了多少美好的物像。

当我们用欣赏的目光看某人、某事、某物的时候，肯定就有了爱惜、保护她的心理，就如妻儿的笑脸和笑声，就如北京这蓝蓝的天空。

没看到牡丹的洛阳

2006年9月7日　洛阳

在北京的皇城宾馆住的时候，
我养了三盆花，
其中两盆是洛阳的牡丹花。
牡丹就摆在门口的走廊里，
从楼梯走上来，
一推开走道的门，
就是三盆花。
因走廊长长的而又空无一物，牡丹就格外地醒目，
像没有内容的文章的标题。

在洛阳住了两三天，却没有看到牡丹，

只看到了白马寺，龙门石窟。

那甲天下的雍容华贵的洛阳牡丹呢？

原来最美的东西，都是有时令的啊！

错过了花期，就不会有争奇斗艳的盛典。人生也一样。

思念母亲（十六章）

2006年9月16日　哈尔滨、莫斯科、巴黎、首尔、釜山、北京

2006年9月11日，星期一，晚间6点多，在琉璃厂西街头，接到二妹来的电话，泣不成声地告诉我，妈妈查出晚期重病。晴天霹雳！心里一块巨石压上，傻呆呆的，没了反应。欲哭无泪。本来要与多年未见、今日来京、曾经一个宿舍的大学同学志海快乐地相聚，而我此刻一下子没了心情，没了感觉。

苦命的母亲啊！

无法守在妈妈的身边

母亲，儿子想你。我多么想守在妈妈的身边，听你说话，听你念叨你遇到的生活琐事。陪着你就在家门口的诊

所里输液。然后伴着你坐在简易的餐桌上，吃粗茶淡饭。然后挨着你像小时候一样搂着妈妈睡觉啊。也许伴着你轻微的鼾声，我也能愉快地进入梦乡。回到咱们的老家，那两间半的土屋，你在这一贫如洗的家里，抚育成了5个子女。我们一个个都已长大成人，连最小的弟弟，今年也已娶妻成家。

母亲，这样一个简单的愿望，对儿子来说，实现它可是多么困难啊。过去总听人说，忠孝不可两全。这时，我才知道，忠里含着国家的责任，孝里含着儿女的情感，都是人生最重要的东西。可我们这次更是无法走开，不能脱身。14日，开始我们陪首长到黑龙江牡丹江、哈尔滨视察。17日，我们要出席中俄议会哈尔滨立法机构圆桌会议。然后，我们将与俄联邦委员会主席米罗诺夫一起飞抵俄罗斯参加贝加尔国际论坛。然后赴法国出席中法国有企业改革与农业问题研讨会。然后再率团到韩国访问。9月30日从韩国回京。回来后，我再接您来北京儿子的家。

我来北京四年，妈妈还从未来过儿子这里。因为儿子过去在北京没有住房，自我今年6月份有房后，即想冬天把父母接来，与儿子、儿媳和孙子住一段时间。可时不我待，您怎么连一点时间都不给儿子留啊！

一边是重大的国事活动，容不得儿分身；另一边是生我养我的母亲，处在病危之中。

苦命的妈妈，但愿你有吉星高照，从噩梦中醒来，再多陪伴几年你的儿子啊。母亲。

说给妈妈的心事

母亲，儿子想你。身为儿子，在你最需要的时候，我却在千里之遥的哈尔滨，忙着工作的事。我心如刀绞。妈妈，真的对不起。儿子身有重责，容不得半点疏忽。你知道，儿子是一个敬业的人，组织培养，领导信任，我已全力以赴做到了事无巨细，问心无愧。

母亲，你应该欣慰，你的儿子，对得起组织，对得起同志，对得起朋友和家人。我以做一个诚实的、有智慧、勤劳的人为本。其实，过度的操劳，我的身体也病痛不断。就在离京前两天，我突然感到不舒服，本想去医院查一查，但确实没有时间，随即二妹打来电话，哭着告诉我说，妈妈得了很严重的病。我真是如五雷轰顶，晴天下雪，我呆，我没有反应，到现在我也没法承认它是真的。妈妈，我随即给你打电话，询问，逗你，让你去甘肃的老家看看。我说，等我回来，再接你来北京查病。您声音洪亮，还说医生不跟你说话，不告诉你病情。单纯的妈妈，他能告诉你吗？我笑着跟你说话，可我忍不住把泪水咽到了肚里。

母亲，我出去的这15天，可是多么的漫长啊，对于一个想马上看到病中妈妈的儿子来说，实在是太漫长了。真是度日如年啊。15天，妈妈会发生什么变化。急切的心情，漫长的等待。人生有多少的难如意啊。

我想给你打电话，又怕过度的关切，引起你的猜疑。深层了说，我可能是不敢面对残酷的现实。母亲，你的病情的消息，对儿子确是一个重大的精神打击。人生如梦。本已病痛的身体，这几天更是疼痛难忍。小腹部、胸部憋闷且痛。昨天，我有点忍不住了，便向同坐2号车的首长保健医生咨询了一下，我怕以后半个月的行程支持不了，在国外病倒了，可怎么办？他给了我一些消炎药。今天，胜强又给我拿了一些备用药。真的感谢他的关心，素昧平生，第一次见面就给人家添麻烦，实在是尤佘。世上真是好人多啊。我们真诚地对待每个与我们有关系的人，天也会护佑我们的。

母亲，但愿你回天有术，再多陪你儿子几年。

儿时旧事最缠心

母亲，儿子想你。想，人的一生有多少的际遇不测，似乎一切都是天命。苦命的妈妈，正是十七八岁的妙龄花季，却遭遇了中国历史上人为的灾害，1961、1962年，全国饥饿。你不甘活活被饿死，自己只身一人逃离了故乡，跑到张掖县城，遇到了马洪奎的小老婆，一个能双手开枪的女人，一个被我们称作老姨的妇女，领你到了尚有饭吃的茫茫草原，也就是我的故乡，包头市的土右旗美岱桥村，嫁于善良而老实的农民，我的父亲。18岁时，你生下了你的宝贝儿子，那是1963年腊月十一。那个宝贝儿子，就是从18岁开始四处求学、后远走他乡的我。

母亲，在我很小的时候，只有我的爷爷。从未见过我的姥爷、姥姥等。你说，在很远很远的地方，有你的家。还有两个姥姥、姥爷。你说，你父亲还是大队的书记，挺革命的。你是被郑家过养给没有子女的牛家朋友的。现在我才明白，你老给我们讲这些，也许是你想家了。一人在外，孤苦伶仃地支撑起一家人家。除了一间土屋、一只破旧的红躺柜、几只大瓮外，几乎什么也没有。困苦中你又是多么的孤独啊。怎么能不想自己的亲人呢。记得生了我二妹的时候，你得了一场大病，其实是肺结核。好长时间，你的筷子、饭碗，都与我们分开放。贫困与劳累，使你遭受了多少罪啊。印象中，老实的父亲，赶着毛驴车拉着瘦弱的妈妈去乡里的医院看病。我们早早地站在院门口等着你回家。那时，我大约八九岁。现在想，早时的肺结核，给你一生种下了祸根。

你怕我孤单，一心要为我生一个弟弟。记得生下三妹的时候，你心里不快，一场大出血，差点夺走你的生命。我小的时候，就和同学去5里地以外的大脑包村、车站村买乌鸡白凤丸，来医治你的病。

为了养活你嗷嗷待哺的5个子女，你拼命地劳作。每天去村南的地里挖野菜，割猪草。看到你汗流满面，扛着一大麻袋的猪菜回家，红扑扑的脸上还露出笑容，像是打了一个大胜仗。我知道，那时年轻的妈妈虽累虽苦，你心里还是幸福。你自己生下的5棵小苗苗，正在你的哺育下，茁壮地成长。看着自己的孩子，整天围着你，作为母亲真的充满了希望。5个小太阳在农村的田间地头渐渐地升了起来。妈妈拼命地干活、做饭、到地里忙，养猪、养羊、养鸡。力所能及地打理着家里家外的一切。

我们很小的时候，就帮着父母干活。在我10多岁的时候，父亲给编了一双小箩头，制了一根小扁担。我担着它，在大河槽里捡河柴。一筐一筐，虽不多，但也很有趣。有一次，天下大雨，我还在外，妈妈在河沿上飞奔，一声一声喊着儿子的名字，看到雨里的我，你紧紧搂着你的儿子，生怕我一下子飞走一样，哭得凄惨。

母亲，想到你，逐渐地早已记不起的旧事，突然又一下子回到我的眼前。想到你，那间生我养我的老屋总是抹也抹不去地缠在我的心里。原来，那里储藏了一家人，特别是你作为女主人，在困苦的生活中一起奋斗不止的深刻记忆，也是我和妈妈在一起待得最长久的地方。虽贫，但留给我多少温馨和童年少年的乐趣与幸福啊。

浮世的忧郁

母亲，儿子想你。想到你的病，我仿佛真的看到你肺上的葡萄状的气泡。

人生真的像浮云流水。

明天我们就要乘俄罗斯联邦委员会主席米罗诺夫的专机飞赴俄罗斯伊尔库茨克。

一边是不知病情的母亲，一边是为国事紧张忙碌的儿子。

今天是妻子的体检日。祝她健康，一切都好。她可是我真正的人生伴侣，已陪我走过了18个不平凡的春秋。穷富不离，共同奋斗到今天，她吃的苦、付出的东西也真的太多了。

老婆，对不起，总是有那么多不该有的事，降临到我的头上，凭空给你添了不少的麻烦。

人生真的很无奈。

美丽的风景与凄楚的生命

从莫斯科机场到巴黎后，就于次日飞赴图卢兹，参加中法国有企业和农业问题研讨会。会场设在市政厅。倒是古旧的市政厅值得一看。图卢兹也有2 400多年的历史。各种油画、壁画、雕塑虽算不上精品，但艺术的氛围相当浓郁。会后举行了简单的招待酒会。大使馆邀请我们一行早早地到一家当地餐馆吃了填鸭等土饭。

从图卢兹返回巴黎。住拉斐尔酒店。酒店档次很高，是四星级。古旧、典雅、精致。老牌资本主义国家，积累了自己和外人的财富几百年，一看就能感到富有。

不知什么原因，我老想起八国联军侵略北京。想起圆明园的残垣断壁，想起法国作家雨果的《致巴特雷上尉的信》。说是有两个强盗闯进了中国，抢走国宝，放火烧了东方的梦幻。心里很不是滋味。

想到我可怜的妈妈。想着她孤孤单单凄楚的生命。忍不住心里酸酸的。

看了奥赛博物馆。是由一个旧的废弃的火车站改造的。欧洲人的聪明和艺术的素质都表现在他精湛的雕塑、美轮美奂的油画作品中，表现在他的建筑和对自然的热爱里。看了展览的印象派的作品。印象极深。艺术是极端个性化的东西，天分应该是第一位。技术是天分里创造的。

与真正的艺术接触，灵魂里发生了巨大的震颤。艺术是人为的，但也是天造的。不然人间多么单调、寂寞呀。去了子爵堡，去了枫丹白露，据说是拿破仑的宫殿。1.5米的拿破仑，在位不过8年，却是法国历史上最著名的国王。因其制定了《拿破仑法典》，对法国做了分省的制度安排。意义非同寻常。

在枫丹白露偶遇两尊我国圆明园的石狮子。一只脚下有一只小狮子，是母的；一只脚下抱踩着一个圆球，是公的。威武如狮子的清政府，却跑到法国的皇宫，成了永久的两只看门狮。坚船利炮打碎了腐败的国度，文明向四处漂流、散去。历史又有几多无奈，促使我们现在的人清醒。我在清朝的狮子前留了影。真是屈辱不知何处来。

后乘了一艘能坐几百人的游艇，游了塞纳河。巴黎的精华，全在河的两岸，美丽的巧夺天工的建筑，鳞次栉比，每一处都是风景，每一处都是人间天堂。大气、恢弘，与自然和谐构成了美好的景色。

塞纳河确实是建筑搭成的画廊，人间艺术的盛宴。

牵挂

母亲，儿子想你。此时我已在韩国。昨天晚上9点从巴黎起飞，10个小时的飞行里程。抵达韩国，时间才是韩时下午3点。由于时差的关系，半天的时间没有了。

我从法国到韩国，妈妈从包头到张掖。

都是匆忙的路人。都向着自己的目的地前进。

先给我妻子打个电话。她说累，想让我快点回去。我的妻也不易。

再给妈妈打电话，声音还好。说，再有一个多小时就到老家了。

母亲，你好好看看生你养你的地方，故土难离，亲人倍亲。子女们还能为你做些什么呢？妈妈。

人生真的如此苦短，我们也不知该怎样做。

窗外，韩国人正在唱歌，扩音器把声音放得特大，我听着也是凄楚的。

此时是韩时晚9点。我也两天没好好休息了。肚子仍痛。

梦回故乡

母亲，儿子想你。此时是韩国时间凌晨零点30分。我与中国代表团一行住在韩国首都首尔的新罗饭店1249房间。

昨晚9点写毕前一篇日记，我便睡了。一觉醒来，已是凌晨。睡了三个小时。

其实，人生就像睡觉，浑浑噩噩、朦朦胧胧，突然惊醒，已是另外一种景况。就像今天，并不是昨天。心境变了，其实一切都变了。

仿佛人生就是一个梦。

我真的只做了一个梦，就醒了。梦见自己骑着自行车寻找自己的家。那是好大一座房子，四周有透亮的玻璃窗。我刚把房门打开，接待过客人。我们一行人就去干别的事。好像是会见。突然想起，门还没锁，就骑着车，想去锁门。但左找是高高的墙壁，有高高的台阶，攀缘着长长的藤蔓，上去了，没有门；右找，到处是高高的落地窗，就是找不着门。后来我又一个人在高高的山上，清清的水向山下流去，我站在水里，路在水里很陡，我独自往下小心地走。有小时候的同学来，是张家的女儿，说你要到哪去，怎么一个人。就在水里帮着把我自行车后的东西搬过来。我站在水里，向四周望，水茫茫的一片，但非常的清澈。天色也好，好像很明亮的样子。记得，领导说，姜主任去讲话，还没回来，你去找找。我又骑着车去找，几条小路都找了，也没找到。

此时，我醒了。看了看表，韩时零点30分。我们团里确有外事委的姜恩柱主任。人啊，怎么梦中还在工作啊。

人生真的就像梦一样。

无头无绪，发生了就发生了。很空，无法驾驭，无法预料，无法不想。无法。真的。

想，母亲此时已回到自己的老家。

人生像画了一个圆。18岁的妈妈，在饥荒的年代出走到草原。中间在怀着二妹的时候，领着大妹回过一趟老家。那时我大约七八岁。张家怕妈妈回去不回来，断了香火，由爷爷领着我到大姑家，哄我说是能吃到天鹅肉，还有好多好多的野味，因为我的姑夫是一个猎人。我到了姑姑家，去吃天鹅的肉，妈妈领着妹妹悄悄回到甘肃的老家。

30多年后，妈妈又领着大妹、二妹和我的父亲踏上了故土。此时，妈妈62岁。正在病中，自己也不知。这是自己的子女想让病危的母亲圆一个人生的梦。

我们曾几次谈到，等我换个工作岗位后，有了自己的时间，就抽空领着全家人，到一次甘肃张掖明永乡武家闸村，母亲你的老家，我的外婆家。当然主要是想领妈妈回去。

可天不遂人愿。作为儿子，真的很遗憾，没能陪着妈妈回去。

其实，这一次是妹妹们领着妈妈回去看亲人圆梦的。人生走了一圈，生下了5个子女，子女也都成了家，又生下了子女。妈妈就老了，就病了，子女们为你设想的好多事，还没来得及做，你就病得不给我们太多的时间。

贫困中的日子，妈妈领着我们走过，

日子正好起来了，妈妈却要……

母亲，儿子为你祈祷和祝福，愿老天发善，多留些日子给妈妈，哪怕再有三五年，我们能多待在一起。全家18口人，你最亲的人，守在你的身边，过几天快乐的日子。哪怕3年也好啊。

孤寂的心

母亲，儿子想你。在韩时早上6点30分时，忍不住又给与你在一起的妹妹通了电话。听说你精神很好，睡觉、吃饭都好，我心里宽慰了许多。你要看一下你们牛家的人，一个也没找到，只看了一个你小时候的朋友。她还认得你，还记着30年前你回老家时带的女儿美玲。

这么多年来，其实有好多牵挂，在心里。人，亲情、友情、爱情，什么都不能缺失，相互间其实也不可替代。多少年，我只知道把这个家、把逐渐年迈的父母从贫穷中解脱出来，好度过一个衣食无忧的快乐的晚年。妻子和我，在我们自身也艰难度日的时候，想方设法为你们买房，把你们接到城里去住。我们一家人在北京过着流浪般的生活，看到父母过得幸福，我和妻子确实心里也挺高兴。我的妻她是真正的付出者，她为人善良、要强，但她也是跟着我过着一般人的日子，却省出钱来，为你们活得更好。渐渐地我才知道关心她、爱护她，使她也生活得快乐一些。她也是四十多岁的人了。儿子也十七八岁了。她付出了那么多，也该有所享受。

母亲，客观地说，你真的娶了个好儿媳，她可真是我们家的宝贝。自从有了她，不仅我得到了不断的进步，而且整个家庭也逐渐地好起来。有我们大家不住的奋斗，但更多的是她在帮着我及我们比较贫穷的家庭。我是你们的儿子，天经地义地有责任和义务爱我的亲人，有时甚至是不顾自己条件的无原则的爱。因为我知道你们受过的苦，我的感知，我所亲历的一切，虽然我当时并未觉得苦，甚至现在也不觉得，但站在人生的另一个层面，我希望我的家人生活的好些。我无力拯救世界，拯救像你们一样操劳一生仍在受苦的人，但至少我可以使自己的亲人生活得富裕、快乐。没有你儿媳的真诚和善良，怎么可以做到？她是咱们家的福星。她也是真心地爱着你们。一点一滴的付出，大事小事的操心，跟着我受罪受累，走过了十八个春秋，真的感谢她的爱。

母亲，每一个人的感情世界是一个独特的极具个性化的复杂的天空。我到今天才明白，感情的东西、精神的东西，有时是多么的重要。多少年来，妈妈总是为我们忙里忙外，唠叨、家长里短的反复，可有谁能走进你的心灵，摸一摸你那颗劳累而孤寂的心呢？你点着烟，沉思的模样，突然放大了我的思念。母亲，你那时在想什么呢？是想你儿时的伙伴，想养你的父母？想你养父牛家的人，还是生父郑家的亲？是想你远走他乡的儿子？还是缠在身边永远长不大的幼子、女儿？你想没想到过，有一天突然病了，甚至扔下你的子女永远不再管？妈妈，我真的没想到。这一天仿佛突然来到，我手足无措啊。

可怜的命苦的妈妈。你就好好看一看故乡的山水、房屋，多走一走少时的小路，探望一下久别的亲人。

母亲，本来我们可以让你生活得越来越好，可你却不能让我们好好服侍你，生我养我的母亲啊，我该怎么办？

生命的意义

母亲，儿子想你。想人生真的很短，也很空。

想妈妈生我的时候，其实也是一个大孩子。18岁，是怎样的青春年少而无知快乐啊；明年你的孙子都18岁了，还是一个在父母的溺爱里，什么也不懂的小毛猴儿。

母亲，人能不能自己预测到自己的命运？

人的奋斗，到底是为了什么？子女，真的是人开花结的果。一天天闻着他们的清香，慢慢地长大、成熟，又周而复始，延续着社会的血脉，也创造着物质的和精神的财富，同时也消费着这些财富。

母亲，我知道人不能为痛苦活着，可我难道能高兴快乐吗？想想妈妈，我突然才明白了，生活的意义。

过好每一天，让每一个人过好，不也是我的幸福吗？

在贫困里孕育希望

母亲，儿子想你。想你此时在自己的老家，看着自己的弟弟、侄儿、侄女，快乐地微笑。

想不识字的妈妈，被医生和子女瞒着真实的病情，却不知，使你免受了巨大的精神打击，而仍能快乐地度过这美妙的时光。如果你要有文化，那可怎么办？不识字，也有好处啊。

母亲的微笑，是儿子最大的幸福和快乐。此时妈妈的微笑是多么的珍贵和美丽，在儿女的眼中、心中。

不识字的妈妈，吃尽了没有文化的苦头，决计要培养子女上学、长知识，再不能让子女成为睁眼瞎，立志要培养一个大学生。在贫困如我家、家徒四壁、没有任何积蓄的农家，为一家大小七口人的衣食而忙得天晕地转的父母那里，谈何容易啊！

为了交上几块钱的学费，在我和大妹间，妹妹只好放弃，妹妹也是多么想上学啊。妈妈的心里有多苦。妹妹的心里更苦。

在我上大学前，就很少看到妈妈穿过什么漂亮的衣服，更不用说化妆、打扮了。其实妈妈那时还不到40岁。总感到妈妈在整天地忙碌。为了自己的子女，妈妈真是一生辛苦操劳。贫困的人，有女性的意识，但没有装点女性的资本，好多的愿望也就变成了无望的奢望。甚至也没有想望。她把更多自己的不如意变成了浓浓的母爱，完全倾注在自己的子女身上，风吹雨打，拼命地劳作、再劳作。一年四季，穿着粗布的衣服，40岁看上去有50多岁。但我感觉，那时家里虽穷，妈妈还是快乐的、幸福的。她的子女一个个在她的培养下，出落得健康、美丽，给了她无尽的企盼和心理的满足。

后来，我大学毕业，日子也一天天好起来。妹妹们一个一个出嫁，家里就剩了父母和小弟。每到年节，父母总是盼着自己飞走的子女，像鸟儿一样飞回自己的老巢，共度几天天伦之乐。妈妈把准备好的食物，一一端上来，有时，也高兴地抿一口酒。那种幸福是洋溢在她身上、脸上的。

母亲，等几天，我们又会在北京你儿子的家里相聚，让儿子好好地陪伴你吧。妈妈。

人生如谜

人世间的好多事，谁人能说清，谁人能逆转？

命运仿佛是一道七彩的虹，有时突然在雨后光临，有时却在雪后放晴。

心灵中的结，解了一个，又打上一个。又解，又结出了含香的花。有的，也苦涩的心痛、肚痛。像挂在树枝上的果，风吹不走，雨淋不腐。

血脉相连的人，远隔千里，总是有电波相通。冥冥之中，有一根看不见的红线，把爱、把喜怒哀乐紧紧地拴在一起。总是不由自主地想起，总是虚虚实实地牵挂，像日光的交织，如星辰的辉映。

人有多少的盼望，又有多少的无奈。只是一天一天，慢慢地过；日出日落，黑白地走。

一时微笑，灿若日，若花开；一时又，哭而泣，泪水交加；时有喜庆，又有不快。有倾诉，有无言，有默默地挨过人生的冬。有时，欲赤裸如星；有时，又隐秘而遁。牵挂不尽的真情，挥洒不绝的金银；走也走不完的道，看也看不够的景。食色本性，一日不止，物欲权欲，横流遍地。欲受人尊敬，想让人理解，更有说不出道不完的冤怨、付出、牺牲，有被误解、曲解、不解的苦恼，也有共知、共性、共欢的畅达。

人生解不开多道的谜，活着享不尽喜、怒、哀、乐、悲、恐、惊的险。探索不完的天道，捉摸不透的人间。

久也一生，短也一生。味不同，质相近。

说不尽孰是孰非，抓不住水中皓月。

长留的青山绿水，苦短的人生岁月。区区小利，何值面红耳赤；虚名一个，何至于经营追逐。

自自然然来，坦坦然然去。

万物皆巨，而人如草芥。一日一日飘香愉悦，是为本。多结友，多行善，多思索，多创造，为社稷添一瓦，为家庭长枝绿，为亲朋铺块石。恶雨腥风化晴日，悲苦人生多笑颜。留艺术给后人，造美景为众生。

独享不知味，共食才有馨。

我的假日

9月30日下午，从韩国抵京。只记得卫洲及外事局的领导在机场迎接。

10月2日，准备休息倒时差。可突然小姨子来电话，哭诉孩子有急病，需住院联系医生。急忙与301医院长青通电话。他们一家人晚上赶到，即刻化验、住院。孩子两眼红肿，看着让人心痛。直到晚上1点，等化验结果出来，孩子住了院，才与长青等回家。

第三天，我的父母和妹妹们等一早乘264次列车到京。看到母亲瘦弱、喘气的样子，真是说不出的痛。

妈妈，不管如何，你来到了儿子身旁，你是抱着多大的希望来的啊，妈妈。

14日晚，星期六，父母与儿子住了十几天后，便返回包头。母亲，我真的想你与儿子多住几天，但怎么就让你走，回家去呢?

高兴的妈妈，渐渐有了微笑的妈妈，让我的医生朋友哄得没了心理重负的妈妈，说带点儿药回家也能吃、怕影响儿子工作的妈妈，每顿能吃一碗面的妈妈，为儿媳、三个女儿每人买一块丝绸的妈妈。

在北京站，看到了妈妈

母亲，儿子想你。

当我在北京站看到妈妈黑瘦、疲惫的面容，看到她虚弱不禁的走路的姿态，上气不接下气的喘息，我的心一阵一阵地发痛，忍也忍不住地想哭。

母亲，儿子扶着你的臂腕，慢慢地、小心地走在茫茫的人群中。细致地看着你的装束，白色布帽，是典型的农村妇女用的。细细的头发下，是一种充满渴望而又病态的眼神，那一种神情，直直地闯进我的心灵，刺痛我。

一身酱紫色的西装，里面是红色的羊绒衫，一双黑色的平底皮鞋。妈妈，我挽着你，真的我忍不住地想真真切切地看看我的妈妈，处在重病中的妈妈。

母亲，我们走一段，你就得停下来歇息、咳嗽、长长地喘气。我陪着你，看到你这个样子，真是心如刀绞。我那年轻、健康的妈妈，已是很久远的记忆了，但我一直把这种记忆，当成了现实，以为妈妈永远是这样的。妈妈，儿子对你的关心太少了，眼前病中的妈妈，才是现在我真实的妈妈。妈妈，我也不知道，你这趟北京之行，是一切的希望之源，是人生的总结，还是另一种人生的开始？愿文殊菩萨，保佑我的母亲。

当你坐在小轿车里，不知你在想什么。我一路逗你说话，以分散你一坐车就晕车的注意力。一路上，你竟然没有吐。在小的时候，我就知道你不能坐汽车，有一坐就吐的毛病。可重病中的妈妈，在北京儿媳的汽车里坐着，却没有吐，是你强忍着，还是别的。你还怕坐电梯。在通过恒基物业走道的电动滚梯时，你那种惊恐的神色，把儿子也吓了一跳。我们赶快领着你绕到楼外走。你说上一次，八姐领着你逛商店，她乘滚动的电梯下去了，你却不敢走，晚上就做了一个可怕的噩梦。可回咱们家，还得坐电梯。你心里惴惴的，我一直给你解释。果然，坐在我家的直梯里，你的惊恐的心才释然。

母亲，茫茫人海的北京，你的儿子，领着你，又走进人海的茫茫。小时候，是妈妈，领着我，在田间地头，在老家的院子里玩耍、劳作。长大了，是儿女们再领着妈妈。

见到母亲，真的很高兴。人生也许就是一个相互搀扶的过程。相互搀扶着，才能感到温暖，才踏实。人生其实很寂寞。只因多了情，有了爱，才显得缤纷、多彩，有滋有味。其实，人的欲望，是发展的根源。有欲，才有望。有食欲，就要寻觅吃的，而且希望吃得好、吃得有品位。创造了粮食、植物，喂养了动物，创造了饮食文化。有情欲，才追求异性，并且有了美、丑之别，繁衍了后代，创造了服饰文化等等，才有血脉相连，社会的延续。有礼欲，才懂得天伦、教化，分出亲情、友情、爱情，懂得牵挂、关心、爱惜，甚至背叛、憎恨、离异。有欲时，为达到更好的希望、盼望的目标，人才去奋斗、拼搏。但满足欲、达到望，却是困难重重。因为望的标准，是高于现实的想象，并不是客观的现存，而是要通过努力才能达到。各种自然的、人为的、偶然的、物质和精神的因素，都形成了考验，闯过难关，不是易事。相互的扶持，显得多么的重要和可贵。

母亲，就让子女们帮着你，度过这一人生的难关，再过几年幸福的日子吧。

祝愿奇迹在妈妈身上发生!

寂寞的灵魂

母亲，儿子想你。昨天上午（10月19日，星期四）我一人又去了北大医院。妈妈，我真的有点快撑不住了。静脉曲张、胸疼、小腹痛，持续已一月有余。其间又遇的都是大事，一路马不停蹄，紧紧张张，根本顾不了自己，只好把随身带的药及好心的保健医给的备用药吃些对付。9月30日下午回京，晚上还去了一趟单位，出席了国庆招待会。紧接着外甥来京住院，妈妈你们一行来京。又开十六届六中全会。直到昨天，我实在有点忍不住了，才抽空去了一趟医院。

母亲，我也有点害怕，怕病，怕一下子把自己累倒，那可怎么办啊！我的妻子，那与我陪伴了近20年的妻子，生活才刚刚好起来，那任性而又好强的性格，那付出了无数心血和精力、头发渐白、脸渐消瘦的妻子，她去依靠谁？还有儿子，我的血脉，精神的依托，生命延续的承递者，还在蒙昧状态，虽然他也有自己的思想、情感、痛苦，但毕竟是少不更事。还有兄弟姐妹，还有亲戚朋友等，尤其父亲、母亲，你们都得依靠我啊，我不能病，我好像也没有病倒的理由和权利。其实，妈妈，真正苦的人，是你的儿子。孤身一人，在外拼搏了半生的儿子，什么苦没吃过，什么事没遇过，什么罪没遭过，我如果还算有点风光的话，那都得真诚地付出心血和精神。

我们首先要奉献，要把爱心的种子撒出去，并且一日一日保持这种不计得失的良好心态，心甘情愿地去做好自己的事情。自参加工作的20年，儿子都是这么想、这么做的。20年后，我才想人生的一些事情，想我为什么变成了这样，而不是那样。把40多年梳理一遍，站得远远地看自己，才欣然发现，我身上的自自然然存在的好多东西，也许是天赋的特质，别人没有，或者也有，但没有去做，比如友善地对待任何人，有用的、没用的，高贵的、卑贱的。真的，我看不得穷困的人，看到他们，我潜意识地涌上一股对生命的酸楚，对他们的不如意，有一种莫名的责任和同情。如果只是凭己之力的情况，这么多年来，我总是不由自主地尽力伸出了友谊的帮忙的手臂。如果我拒绝了求助于我的人，我会自己心里不安，老觉得我欠着别人的。

我自己的成长不也是在认识和不认识的人的关心和帮助下，才走到今天的吗？！我亲身感知了人间的善与爱，我又咋能不回报别人，珍惜难得的工作机会和舞台，回报国家和社会呢？！

母亲，小时候，家里虽穷，但凭着你和父亲的劳动，我们活得仍很有自尊，仍很快乐。只不过穿得次些，吃得差点。我们都是靠自己的力量养活了自己，并且在生活并不富裕的情况下，还周济他人，还供养孩子们全都上学。现在想来，我才感觉到，我们活得多么有志气啊！

母亲，你常说，人穷不怕，怕就怕活得没有志气。妈妈，一个认不了几个字的没有文化的母亲，你用自己的实践，诠释着人生该怎么样活，事该怎么做。这不就是人生观、世界观吗？过去认为多么高深的道理，原来就在耳濡目染间。

母亲，参加工作20年后，我坐在人民大会堂三楼我的办公桌前，想我这走过的40多年的历程，特别是工作后

20年的日子。仿佛一眨眼，其实挺漫长。可人的生命与时间比，再长，也是一瞬间。妈妈，你的病，你非常严重的病，是教我明白人生的苦短吗？是教我把有限的生命过得无限、过得有意义、过得有价值吗？

其实，每一个人的生命，都是一个过程。相对于时间，相对于我们的愿望，都很短暂。把过程活得有价值，能为社会留下点什么，特别是能独一无二地留下点什么，确实是生的意义。或者在这一过程中，为社会、为他人，做了一些有意义的事情，使社会变得好一点，使他人活得快乐点，也使自己活得舒心点，才是有价值的，是生命的质量，或是有质量的生命。

母亲，生命在本源上是孤独的、寂寞的。因为，生命体太复杂，没有人能真正、全部走进你的心灵。所谓理解，也是部分的切合，或者碰撞。能有点多情的体贴就算万幸了。

每一个人都一样。人人都是一朵花，样子不同，馨香各异。

寂寞的灵魂，如自己的私家花园。谁都盼望它绚丽多彩，馥郁四溢，谁也只能是他自己秘密花园的守护者，大都只能独享、独有。灵魂里的东西没法分享。

母亲，因我去医院，可能也是病态地想了一些不关联的事。总之，是盼着妈妈好起来。

我们也好好地做一个人。有情、有味、有能力、有意义、有价值地活着，并且长久。

妈妈在我家

母亲，儿子想你。自从你离开我家回到草原钢城包头后，我的家，一下子觉得空了许多，冷清了许多。其实还是我们原来的三个人，儿子、儿媳和你的孙子。原来，我们并未觉得空啊。妈妈来京的十日，是我们家热闹的节日。虽然看到妈妈不由得心痛、担心，但我们的心里，却是慰藉的。毕竟这几天，我天天能与你在一起，能天天看着我的亲人。你们是生我养我的父母和血脉相连的妹妹呀。20多年来，我远走他乡，娶妻生子，安家立业，且愈走愈远，每年都是我们一家回去看父母，与父母小住的机会少。

只记得土右旗的家，母亲是我妻子生了儿子田田时，去住了一段时间。呼市的家，是孙子过12岁生日时去过的。北京的家，是儿子2006年2月份分到的。经过装修于6月份入住，但挥发性气体超标，一直就窗门大开晾着通风。原打算过年时接父母来住一段时间。可没想到妈妈是病重才来儿子家的。我们一家急着让妈妈来，一是看病，二是怕你看不到儿子的家啊。妈妈。你来之前，儿媳早已为你和父亲腾出了孙子田田的房间，并且精心准备了卧具。这间屋里有卫生间，也为方便你们起居。

母亲，在儿子家的这几天，给我带来了痛苦中的安慰。自来儿子家后，妈妈一天天地好起来。每顿能吃一大碗的面条，偶然还吃些水果。脸色也渐渐地有了光泽。一天天，儿女们逗着你开心、微笑，那忧心忡忡的神色，离开了你的面容。或许是来儿子家精神放松了，心理压力让301医院的大夫给解脱了，或许301医院的药物，那每天一粒的昂贵的紫色药片真的在你身上起了作用，抑制了那些不该有的致命的病源。妈妈，刚来时，你老觉得困，看到你静静地躺在床上，那瘦弱的身体正在经受前所未有的折磨，我心里真的很难受。好几次我躺在父母的身边，陪着妈妈睡上一小会儿，儿子近距离地看看自己的母亲，妈妈摸一把已近中年的老儿子，慈爱的母性的天赋，让儿子有多少的温暖，几多的慨然啊。

在儿子家的几天，我们一起照了好多相，有坐在沙发上父母儿子孙子的相，有站在绿树与电视间照的全家福，面前还摆了一盆花35元钱现买的大丽花。六朵紫红的雍容华贵的盛开的鲜花，在绿叶的扶映下格外美丽。这些照片，瞬间变成了永久的美好的回忆。这是多么美好而又珍贵的十日啊。

还有那明亮的阳台。每天早上，爸爸、妈妈和我都要跑到阳台上，吸烟，这真成了我们家的吸烟室。刚吸几口，全家人都跑来劝你少抽点，或者不要抽，大家都是你抽烟的监督员。你笑一笑，就吸两口，然后就把烟掐灭。其实，你的病与吸烟有很大的关系啊。也可能是烟，害了妈妈。但我总觉得根子是妈妈从小的生活苦寒，再加子女众多，生活艰辛，无依无靠，一直在过度操劳、过量透支，过早地消损了生命的元气和坚实，身体羸弱，加之农村缺医少药，病痛得不到及时有效的诊断、治疗，小病硬扛，大病不知，无奈地忍受着疾病的侵袭、折磨，好多农村人，不都是这样过来的吗？！

人，为什么要吸烟呢？儿子有文化、懂道理，看到母亲这样，你自己为什么还吸啊？

我也不知道。母亲，人世间的多少事，儿子真的越来越糊涂啊。

天真的花蕾

2006年10月27日

心中的花，孕育了很久，慢慢地吐出了红色的蓓蕾，像婴孩的小口，粉嘟嘟的，一副天真的派头，仿佛世界就是这样的艳阳高照，天空蓝蓝，白云朵朵，微微的清风，送过来温馨的气息。

仿佛在这样晴美的空间，吸足了地上的养分，茎脉里蓄满了绿色的火焰，蠢蠢欲动，即时待发；叶子舒卷着希望，逐渐地平展如席，像举着的圆圆的小手，手心里流动着欢快的歌谣。小小的蜜蜂如一架架军用飞机，在花朵和叶子间，轮番轰炸，嗡嗡嗡地，找不到降落的机场；蜻蜓立在花嘴上，穿着透明似蝉翼的轻纱，憨憨的圆圆的有珠无眼的头颅，面对单纯的美，找不到下口的地方；蝴蝶们抖动着崭新的花衣在舞蹈，嬉戏……

时间在走，天空在变。突然刮来一阵无序的风，卷起迷人眼的灰尘，接着冷雨就跟着下来了。

后来的一切，就不堪细看了。丽日隐到了乌云的后面，天阴阴的。绿色的叶子，落到了泥地里。可怜美丽的花蕾，滚到泥水里，了无生气，不见了美丽的神韵。她抬起头，跳了几跳，再也找不着曾支持她的枝头和绿叶。

花蕾紧紧地缩在一起，用软柔的花瓣包扎着自己美丽的心灵，夺目的伤口。

世间到底发生了什么，为什么要这样，谁也不知道，也无人深究。时间仍像什么也没发生一样走着，步伐矫健，匀称，不紧不慢。

别处的草，又绿了，别处的花，正要开。摧折的枝条上又长出新绿。

世间真的像什么也没发生一样。

太阳又升起来，暖暖地照着，人们有说有笑地走着，沐浴在日光的温暖里，那些蜜蜂围着新的花骨朵儿，嗡嗡嗡地歌唱，蝴蝶们穿着露出肚脐眼儿的彩衣，更加欢快地扭动身姿，一句话也不说，这里瞧瞧，那里看看，兴高采烈，像过节一样。

仿佛世间真的什么也没发生一样。

花的延续

2006年11月16日

看着舒展的花瓣，那样自由、奔放、喜气。淡淡的，确是精细迫切地播撒着生命的香味。多少美好的想法、感受，蒸煮着自己，渴盼成为一脉永绿的茎。永不枯竭的营养和生命的动力，在每根纤细的血管里澎湃。涛声依旧，是对生的美丽的追寻。永不懈怠，永不罢休。

紧锁的心，是含蕊的嫩蕾，还是陈腐的锦帛？轻风一吹，伤口即会流淌愤怒的火焰，还是伤痛的泪水？多少的日子，多少不明之情感，都在隐忍中酿成了苦水，还是欢笑？

不能也不敢打开的心啊，像藏在深宫里的贵妇，精心地梳妆，并且美容，渴盼丽日当空时，洒出一串银铃般的畅笑。

高高的厚厚的红色的宫墙，挡住了多少凄风苦雨，又锁住了多少的自由和希望。青春似水，从春流到秋，收获了一生清亮的歌，终究也没有丰收的惊喜和踏实。

看着舒展的花瓣，就知道有一颗小小的果，在底下青青地长，花香褪尽后，那就是生命的延续。

如果在欢笑中浸泡过，又涂上了苦涩的薄衣，这颗心是花的前奏，还是一滴泪的化石？

如果既没品尝欢乐，也没有感知痛苦，只是一台供血的机器，心，是否是更坚实，还是缺乏了一些色彩？

太阳的花香了

2006年12月27日

你是种在天上的花。一株独特的奇花异卉。那无垠的宇宙，是你蓝色的故乡，空气是你肥沃的土壤。

虽然没有水浇，也长得旺、开得艳。

一长，就葱茏天下；一开，就惊艳四方。

红红的花瓣落下来，像穿着红裙的天使，把不同的温柔撒向四季，撒向任何一方僻远的角落。

那是希望的火焰，那是生命的激情，那是永不止息的追求的精神。

冬日，你站在高远的天际，疏朗、明丽的目光里，满含着对寒风中生命的怜惜，冲破层层云山雾障，把可贵的温暖和光明送给那些倍受煎熬的人群。使灰冷的心，又生出葱绿的信心和遐想。看着美丽而空灵的太阳，整个漫长的冬季，变成吸取营养、储蓄力量、孕育梦想的产床。

夏日，你走近我们身旁，热烈、奔放的情感里带着欲滴的花香，不分昼夜地浇灌着植物和思想。有时，你带着雨来，让那些膨胀的欲望、焦渴的嘴唇，合理地得到滋养。有时，你带着风过，把那些人间的枯枝败叶和垃圾，卷进了肥料场。

一日一日，你用你炙热的爱，给世间消毒，杀灭病菌，除去邪恶；你用温暖的手，一遍一遍抚摸那些稚嫩的生物，使他们吸足了养分，畅快地呼吸，长足了钙，挺起了胸膛。你用能量转化的方式，使他们茁壮成长。

无论尊卑贵贱，任何人都给以阳光的普照；无论植物、动物、微生物，再弱小的生命，再无思想的事物，你都给以无微不至的关爱；也无论大地、高山、河流，再无情的存在，再坚硬的质感，你都面带笑容地光顾，以真诚的热情去感染。

无缘无故的爱，是博爱吗？

公正无私的爱，是真爱吗？

一时一事的爱，已是不易，而万物皆顾，需要多大的胸怀、多少的资源啊。更何况你既不以自己的心情变化而改变，又不以时间漫长而嫌弃，更不以自己的好恶而取舍，倾其所有，无时无地，这是多大的能量，何等的境界啊。

红红的花瓣落下来，曼妙美丽，轻轻地把时间打得粉碎，把人的自私都化成了彩色的水。使嗅觉敏感的人类闻到了你永久的香味。

温柔的目光洒下来，光明绚丽，静静地给世界披上了温暖的彩衣，风景如画，绵延不绝。

时空分隔了世界，你用穿透时空的爱，编织了飘香的世间。其实，你不开花，但我却久久地、浓浓地闻到了你的香味。

就像在生活中尝到品格高贵的人的香味一样惬意。他们有的是领导，有的是百姓；有男，也有女。

充实而揪心的一年

——2006年笔记综述

2006年12月29日

又是一年年关近，回首来路，足迹渐渐地清晰起来，因为来北京生活已是整整四个年头了，环境、社会、工作都熟悉起来，原来看不清的看清了，原来不知的变得明白，时间发酵了我们的思想，世事教会了我们如何适应一切。

人渐长，事愈明，心中那盏智慧的红灯，越点越亮。

2006年，大事多。

一是争取了多年的房子终于有了着落。3月份开始装修，6月份即入住，解决了一家三口近四年的流浪住店生涯，确是高兴，当然也付出了代价，即使再昂贵，也是值得的，要钱干什么？有个遮风挡雨、休息生活的空间多好啊！

二是10月份得知母亲查出晚期重病，令我无论如何不敢相信。但现实逼得我只能面对。10月1日回国后，即把母亲接来家里看病。与妈妈一起生活了十多天。好在有易瑞萨这一药，一种极昂贵的药。母亲用药三个月，情况比预想的好多了。苦命的妈妈，愿菩萨保佑你，愿儿女们保佑你，我们都在尽自己最大的努力挽住你的生命。人生如梦，你使我看到了生的本质，好好地善待生命，善待一切与我们有关系的人啊；人生苦短，每个人都应该在有限的时间里，做一些有价值有意义的事情，做一些有益于自己更造福于他人的事情，光阴荏苒，决不能空耗了生命和时光。如何生，怎样活，一次一次叩问自己的灵魂。

三是弟弟成了亲，完成了父母的心愿。

我，在喜悲交加里一日一日地走过。平平常常，自自然然。三颗牙坏了，看了半年多。我并不为牙心疼，痛的是，我仿佛什么也没做，什么也没干成，就开始老了，心老，是多么可怕的事啊！

我才知道，时间是公正的，你不抓住她，她就用老来告诉你。自己一定要警醒啊！

以上是私事。

公事方面，也是大事多。仍是兢兢业业地干。

一是参加了两次大的执法检查，报告也做得好！

二是出席中俄立法机构圆桌会议并访问了俄罗斯、法国。

三是赴韩国启动了中韩议会交流机制。

其他杂事若干也做得周全。

敬业是做好工作的首要前提，平和的心态下，才能不浮不躁。不错即是功。无功求心安。

有限的平台上，演出了无限的剧目，也算精彩吧。

原计划写一本日记，写一本诗歌。诗歌卷，没写出来，只有几首平庸之作。憾。努力吧，为你没白活高兴，再给自己加油！不要辜负了你那张高贵的办公桌啊！

雪中情丝

2006年12月30日

（一）

北京下雪了。这是今年的第一场雪。

洁白的大地，茫茫一色。高楼都融进雾雪中，朦朦胧胧。洁白的雪花悄无声息地落在头发上、衣服上，钻进脖子里，当感觉有凉意时，才知雪已与自己融在一起了。

天下雪了，我却莫名的高兴，不知为什么。是整整一个冬天都在干旱里走过，冷风吹，尘土呛，满目的枯枝，单调而坚硬的景色，惹烦了自己的心情，潜意识里早就盼着发生点什么，以慰那孤寂的心性吗？是世事的杂乱，浮躁的灵魂，无所作为地一日一日空耗时光，自己创造不了什么，等待大自然创造些开心的事吗？是因空气太差，病菌丛生，长期的感冒、咳嗽，久治不愈，渴望有一场雪，杀菌吗？是……

其实可能什么都不是。就是喜欢。喜欢难道还需要理由吗？！

真的，喜欢她的色彩。清一色的洁白。洁白给我以素雅、干净的感觉，粗鲁而脏兮兮的男人，心里实是盼干净的。环境的污染且不言，复杂激烈的社会竞争，活一天，即被有意无意地卷进了有形无形的战场中：商场的诡秘多变，市场的风云莫测，官场的温情与冷酷，关系的错综复杂，任务的上下夹逼，情场的起伏，梦想与现实的冲撞，利益与情感的纠纷错位，名利场，赤裸裸的诱惑或陷阱，三天河东、两天河西的无所适从，伟大的理想与渺小的能力之间的巨大反差，人气场的聚散无常，或多或少都曾熏脏了我们的眼睛、手脚甚至心灵。洁白的雪，多么纯净啊，纯净本身就是一种奇美。

真的，喜欢她的形态。各种各样的白雪，六角的、五角的、鹅毛样的、沙粒状的，总之是娇小的，婀娜的身姿，不紧不慢，纷纷扬扬地落下来。手拉着手，就那样像小天使，欢笑着从天际走向人间。你没法拒绝。她们组成了强大的部队，不经意间，你就被包围在美丽的茫茫里。她们甚至把你与外界隔离开来，围着你舞蹈，走向丰盈里的孤独。企盼高贵的灵魂是孤独而寂寞的。

你只有开心地欢迎她们。因为，她们都是那样热情地、善意地扑进了你的怀抱。坚硬如磐石的男人，可能也需要轻歌曼舞的缓释或互补，哪怕暂时的心灵放松。

真的，喜欢她们的冰冷。世间真是奇怪，如此冰凉的尤物，却以美好的姿势、温柔如棉絮的方式走近你，而且齐心协力，共同构筑了一幅天然的美景。温柔里的冰冷，曼妙里的坚韧。冰冷是善意的提醒，以溶化自己来滋润你的奉献精神，难道才是她的性格吗?

雪是美的，雪是善意的，雪是奉献的，雪是有益于万物的。

（二）

你从哪里来？是那透亮的蓝玻璃似的天空，是洁白堆起的像一座座山峰似的云朵，还是肥沃的长满了绿色的山川？是冷的风，还是热的气？

你的故乡在哪里？

无限的时空，有限的生命，总以如此美的姿容惊现，如精灵，若仙女，空灵、高雅、活泼。

给世俗的人生以警策，让低俗的生命知羞耻，使混沌的世间变清静。

你从哪里来？是茫茫的绿色的原始森林，是碧波浩荡的无垠的海洋，是连绵不断、高耸云端的座座冰山？

是一时的激情澎湃，还是久积于心的苦苦泪水？

你的家在哪里？

无限的追求，有限的能量，历经艰辛迷茫后的清醒，看尽红尘纷扰后的宁静，皈依如污泥濯洗后的白莲，仍以天花的曼舞走向尘世，似处子，像水晶，透明、光洁、温情。

还大地以洁净，使万物得滋润，把荒凉孕育成充满希望的春。

母亲的电话

不知道一种叫牵挂的树
有多少根枝条　多少片叶子

不知道孤独的问候
爬过那么多山脉　那么多河流
累不累　饿不饿

我在很远的地方　望很远的你

妈妈　你瘦弱的声音
走了一程　又一程
怎么走进了我的心房

如果母亲是树
那密密麻麻的根　就是传递信息的线

就是思念

生命飘香的根系

中秋节

思念是一轮月　总在人多的时候　升起
你是远方的一把伞　我是雨地里　站着的诗歌
生为谁唱　死为谁歌

思念是一朵花　总在秋风凉的时候　开放
你是飘走的黄叶　我是挺拔的枝柯
花为谁开　叶为谁落

时间

你是长满翅膀的音乐

彩色的梦　穿着阳光的衣服
落满我的枝头

一个炎热的夏天　好漫长

把一片一片的绿叶　变成
小鸟
飞起　落下　落下　又飞起

母亲是一本有味的书

2007年元月11日

母亲是血脉的源头，是生命的发祥地。像瑰丽的雪山消融，滋养出我们气象万千的生命的河流，奔涌成江，或者蓄势成湖，都留有永久的洁净与蔚蓝，承载着生命的红帆，把葱茏的风景植在时间的两岸。

母亲是一朵圣洁的花。艳丽富贵也好，朴素端庄也罢，贫穷弱小也好，总有无私的爱意不竭飘洒。

母亲也曾有自己美丽的青春，那是长在她故乡的花，子女们不曾看到，浓艳也好，淡雅也罢，苦也好，甜也罢，都酿成她生命的营养，滋润着她的心。

四季轮回，子女是花瓣里结出的希望。红颜不再，母亲把风霜岁月酿成了丰腴的人生，把秋天的茂盛织成金色的田野，把一生的心血制成慈善的文化，使我们走在哪里都有飘香的性格。我们拿着母亲赠予的门票，走过了一道道悬崖，又闯进了一道道风景。

可能经历的苦难越多，想法也会越多，对生命的体验越深，精神上会更加葱茏，奉献给子女和社会的爱越丰盈。走向年迈的母亲，把自己变成像老屋一样温暖的家，变成了子女们在节日时的向往和无时不有的牵挂。

母亲就像一本有味的书。封面是美丽的微笑，永远是阳光的色彩，灿烂、温馨，给人以希望和信心。子女们更多的读到了妈妈的面容，读到了爱和亲。封底是默默的湖，波浪不兴，静默中蓄满我们看不见的泪和痛，化成一生的爱与温情。

一页一页翻过，每一页都是那样单薄。像一件衣衫，天天被风雨漂洗，日日被太阳烘干。每一页上都写满了，简单而丰满的一个字——爱。

富裕的母亲是幸运的，贫穷的母亲是有福的。幸运的母亲的爱里，有好多实际的内容。贫穷的母亲的爱里，更多的是精神的馈赠。天下母亲的爱，都是一样的真诚，一样的无私，一样的无价。

母亲的心是平的，母亲的爱是深的。

当我们自己做了父母，才懂得母亲的伟大。

生命之本

2007年5月11日　莫斯科

俄时6点左右，收到两条祝福母亲节的信息。再次加重了对病危中母亲的思念，引起我对生命的思考。我回信说，爱我们的生命之本，是人生的幸福。

内弟发来的信息："昨天遇到天使在淋雨，我便把雨伞给了她，今天她问我是要荣华还是富贵，我说什么都不要，只要现在看信息人的妈妈这周日母亲节快乐！永远健康！"

生命是一个短暂的过程，但生命又是一个永恒的存在。一个活生生的生命从哪里来，哪里就是他的家。出生和归属都是同一个地方。人生由一个精子和卵子的艳遇，合二为一，本是奇妙深奥，精血凝成了一个圆圆的点，胎怀十月，神奇的孕育，点变成了人。活的生命体由一个小点，开始了人生的滚动。滚动是圆的运动形式，也是人的生存状态。从母亲的怀里滚到自家的院里，又滚到幼儿园，滚到学校，滚进了神秘瑰丽的自然，滚进了人烟鼎沸的社会。

有的人，越滚越大，成了山，有了峰，长出了草，植上了树，雨雪风霜，来滋润，成了风景。飞爆有光，飞鸟有色，走兽有声，阳光明媚，泪和汗和血和舌尖的液体，雄处的精，形成了环绕生命家园的河流，清澈碧蓝，时而汹涌，时而浪静，时而漩涡，缓缓地流，急急地走。动物在林中生，鲜花在草中开，阳光走了，月光来，打闹完了，笑颜开。

而有的人，滚动了一生，把生命滚成了一滴汗水，带着土，沾着盐，印在衣衫上自花花的一片。有的人，滚成了泪，在风中洒，在雨中行，在痛苦中像泉涌，浸泡了自己的一生。

黑与白，才是生命的原色、底色，没法相融，又和谐地共生。怪不得太极图是黑白两个幻化的蝌蚪。女为阴，男为阳，雌为水，雄为火。山之南为阳，背着阳光的地方为阴。阴晴圆缺幻化神秘世界，多彩人生。大小长短衡量生命尺度，高低贵贱演绎人生百相，柔刚屈伸显示生命张力。

阳光就是微笑，就是晴空丽日，春和景明；黑夜就是哭泣，就是冷清孤月，凄风苦雨。

日落月升，白黑转化的瞬间，云蒸霞蔚，天光神奇，残阳如血如花，如浪如潮，如泣如诉，是别离的痛苦，有无数放不下的牵挂。似慈祥平静中，多少不甘，万千无奈，对火红生命的留恋，对失落江山人间的恐惧，铺满了半个天宇，仿佛流动的血液静止在面庞，然后决堤倾泻而出，离去才是惊心而动魄。不尽的悲伤，无数的光芒，揪心的不舍，只好把生命的能量倾出最后的辉煌。然后是一片淡紫的轻云，渐渐地夜幕放下了窗帘，黑暗笼罩了一切。

漫长的静谧，没有了躁动，没有了鼎沸，没有了纷争，一切平和安静，逐渐地沉睡，渐渐地忘记。而神奇的梦想又开始在黑暗中萌芽，孕育。像胎怀腹中，一个圆点里，生出了四肢，长全了五脏六腑，慢慢地，汲取着母体的血脉营养而成熟，临盆之际，推开了紧锁的门扉，冲出了温暖而孤寂的宫殿，披一身血红，以一声新鲜的啼哭，惊出了一片光明。

眼睁开了，新的生命诞生了。朝霞又起，夜披着黑色的风衣，隐到了暗里。痛到深处即是美，苦到极限才知甘。

人之生，幼年是红色的，人之长，少年是粉色的，人之熟，青年是绿色的，壮年是蓝色的，老年是灰色的，暮年是黑色的，离去是白色的。由艳而淡，由有形而无形，由多彩而无彩，由小而巍峨，由巍峨而小。生命膨胀的过程，鲜艳灵动，气息逼人，热情奔放，有无尽的力量；生命缩小的过程，平静慈祥，不争不扰，浓缩智慧，坚实厚重，如一座老院，琳琅满目，温馨沧桑。

生命是一个圆。生之初是一个圆点，晶莹透亮，动而无声；出生后，是一个圆圆的希望，成长中是一条七彩的圆形弧线，洒下圆圆的汗，流着圆圆的泪，欢笑是圆圆的景；中年，画了半个的圆，仿佛180度，极力要往圆满走，像一颗鼓着的豆；老年看到圆的形，那不长的距离，越走越短的路，只好慢慢地走，蹒跚着行，移动着步，平缓地呼吸，痛苦地合上了双目，很快就关上了圆的门。走进圆圆的坟墓，又走进黑暗里。这时，是子女们放声恸哭，铿锵的痛。

出世是红色，离世是白色。来时睁开眼，去时闭上目。看了一世人间的风景，人，也在时光中摆渡了一生，直到把自己摆到码头，摆上正桌，摆弄成慈祥智慧的称呼，起点就成了终点，如转了一个圆。

人，哭闹着来，哭诉着去。自己的哭声是开幕辞，别人的哭声是闭幕辞。一个单调嘹亮，一个嘈杂凄惶。人生都欲圆一些，圆梦、团圆、圆满。这个圆就如与时光签约的租借地，生命是否辉煌可量一量圆的周长，数一数势力范围，生活是否幸福可看看地上的景物，是变成了富丽浪漫的欧洲，还是荒凉凄苦的非洲。

人生真的如达·芬奇的鸡蛋，都想画圆，总也画不圆，总是有点缺。唉，孵一群长满翅膀的希望和子女，本是自然，也是智慧，可能更是留给社会最珍贵的独一无二的一份遗产。

人的一生，是幸福的浮云。生在地上，飘在天空。吵什么吵，争什么争。可不吵不争，也不像人生。活着，多点人的性，多筑些真善美的景，自己快乐，他人高兴，可能就是生命的本。

关于故乡的诉说

1995年8月20日

故乡，是一种生命的根系。故乡的重要，不在于她养育了什么样的花、什么样的树，而在于她为我们注入了什么样的血液、什么样的性格。不管我们有过怎样高等的教育，获得了滋润生命的多么多的知识和能力，又经受过另一种环境的长时间的熏染，我们很快接受了新鲜的血液，滋养着我们变得粗壮结实，可那生命的质的颜色，仍是最初的原色。人就是这样的不可救药的一块石头。

故乡，是人一生的圆心。从生命的诞生，到能感知世事，尤其是那金色的童年，我们吸吮着她的乳汁，沐浴着她的阳光，呼吸着她的清风；眼里看到的青青的群山，葱郁的树木，翻滚的金色的麦浪，站在秋里的火红的高粱和警察般威严的玉米的方阵；耳里反复响起的小河的流水，悠扬的多半充满爱情色彩和有点忧伤的小调山曲；那走了又走的田埂地头，那耕了又耕的肥沃的、贫瘠的田亩；那雨后泥泞，日下烫脚，有时静得像贤淑的少女，而在割麦时节，前面是满载希望的马车，而身后是黄土飞扬的喧嚣，几十米看不清人影，这就是我走了又走、欢快地奔跳过、摔倒过的故乡的土路。为了找到一块美丽的石头，捡回一些驱冷的干柴，掏到一只可爱的小鸟，那山体的眉眉眼眼，留下过多少童真的铜铃般的欢笑和没腔没调的歌唱。

我的故乡，宏观些说，是在美丽辽阔的内蒙古草原，我们自豪地宣称东林西铁、南粮北牧，遍地是煤和油。微观点讲，是包头市土默特右旗的美岱桥村。

南北朝民歌："敕勒川，阴山下，天似穹庐，笼盖四野；天苍苍，野茫茫，风吹草低见牛羊。"指的就是我家乡土默川的风物。这里土地肥沃、物产丰裕、人杰地灵。著名的漠南蒙古王阿拉坦汗（1507—1581年）的可汗宫就是距村北2里的美岱召。他曾在此统领着十二土默特，文功武略，经济发展，盛极一时，明朝隆庆五年（1571年）被封顺义王。明万历六年（1578年）阿拉坦汗在青海恰卜齐勒庙与西藏格鲁派（黄教）首领索南坚措会晤，赠索南坚措“圣识一切瓦齐尔达喇达赖喇嘛”称号。达赖，蒙古语为大海，取佛法广大、福泽四海之意。这就是达赖称谓的由来。索南坚措也回赠给了阿拉坦汗一个“法王梵天”的尊称。美岱召这座堡寨式的方城里，至今仍保留着为索南坚措活佛修建的一座两层藏式楼房，是为历史见证。距村东南7里的苏卜盖村，就是历代达赖喇嘛中唯一的蒙古人云丹嘉木措——四世达赖的出生地。历史变迁，时光荏苒，我党早期革命者乌兰夫、王若飞等人，也曾在此地从事革命活动，这一带皆属于革命老区。

背依巍巍大青山，南临滔滔黄河水，一马平川、沃野千里的土默川，养育了多少百姓、英豪，滋养出多少故事、传说。从匈奴到鲜卑，从明朝到乾隆至当代，多少人杰，群星璀璨。从茫茫草原到垦荒、农耕，从长调、漫瀚调到二人台，从晋商到旅蒙到乔家大院，历史的马蹄声带着烽火狼烟和沧桑，由远古滚滚而来；现实的车轮沾着花香、希望和歌声，飞速地旋转奔腾。

故乡哟，你是那样的平常，又是那样的夺魄，多少雨露无形的沁润，几多风云丝丝线线的缠绕，我是大青山上的一棵草，还是一株漂泊、喷焰而多思的红色山丹？故乡啊。

故乡就像挂在树梢的一枝鲜红的野果。远看遥想，是那样的美丽和诱人，而真正走进，吃到嘴里，却是那样的酸而苦涩。

多少人，从这一圆心争着逃走，去寻找更为香甜的梦境。那决绝和义无反顾的神情，令自己事后都感到吃惊。是的，看着祖祖辈辈生命的瘦弱与卑微，生活的困顿与煎熬，那年复一年只收获着年岁的日子，我们感到对现实的恐惧，不甘等待、不甘重复祖辈生活的第一反应就是逃离。这是人性的本能，也是人性的懦弱。崇尚优越、崇尚富裕、崇尚创新，追求生命价值的急切心态，使我们还原为生物界最敏捷的动物，也是最智慧的动物。

人往高处走，水往低处流。这是自然的法则，谁也奈何不了。真走到高处的，便空留一腔思念给故乡；走到低处的，便又返回故乡，重尝故乡的恩泽。也有混不出人样，无颜见江东父老的血性汉子，滞留在外，可故乡两字梗在他的心中凝成血块，日日作痛。千百年来，留下了多少乡愁，“我在这头，你在那头”，“爱是一盆暖暖的洗澡水”一类的情思，令人魂牵梦绕。

不论哪一种人，故乡总能成为最美的记忆。这一是由于距离，二是缘于对比。故乡就是圆心，每个人的历程就是拉长的橡皮筋，圆心的磁力，常常使我们的心反弹，而且反弹的强度与圆心的距离成正比。活得越老，思念越重；走得越远，思念越浓；过得越差，思念越深。

只因她以其最自然最真诚的爱抚，滋养了我们萌芽状态的生命和童真。最初结满记忆的繁卉，是那画一般的田园风光，是那纯朴的乡风民俗，是无邪的爱的歌唱，是那没日没夜的辛勤劳作，是劳作之后依然粗茶淡饭的饥寒与辛酸，是饥寒之下对一切的高度忍耐和无力抗争。他们对土地的依恋与关注远甚于他们对妻室儿女的分心。土地是一种抽骨吸髓的东西，一旦长久的沾上，就很难剥离。因为土地，不仅生长谷物，而且还生产精神。境遇的凄惨，萎缩了他们的思想和意志，而冲破、挣脱这种境遇又成了生活的动力。他们是与天抗争的草莽英雄。悲剧式的壮举和超乎寻常的韧性，使我们对生命有了更新的理解和敬畏。

其实，故乡，并非诗情画意。世上该有的一切非文明的东西，都不同程度地在那里滋生而且造孽。故乡，缺少的是新的知识、新的动力，没有这种高营养的农家肥，恐怕很难结出真正文明富裕的果实。

故乡，或多或少成为我们每个人的商标。你的语言，就直接传递着你是何种品牌的信息。乡音未改，是你一生使用了原始的商标，至于瓶里装的是酒、是水、是油、是醋、是酱，只有做事时，才能显露出来；而换了洋品牌的，也可能倒出来故乡的陈醋；不管怎么说，故乡的烙印，不是一下子能擦干净的。任何事物都有优势和劣势，聪明者应尽最大努力发挥优势，消除劣势的影响，或将劣势转化为优势，这当然是没有说话那样容易的事。

故乡，是系在我颈项上的鲜艳而破碎的纱巾。当然，这种标志和凄楚的感觉，别人不可能发觉。因为它潜伏在我的心里，自己不挖掘，自己也不易察觉。我挖掘了她，我才找到了那种时不时的莫名痛苦的根由。找到了她，我既兴奋又辛酸。兴奋的是，故乡的根系，早已溶进了我的血液，成为我生命的防护网，使我不至成为浮萍，四处摇摆，找不到定位；辛酸的是，故乡的容貌，尤其是精神的花枝，并没有因时世的变迁而绽放出更为艳丽的花朵。父亲的额头上，一年多似一年的皱纹，口中一年少似一年的牙齿，使我再也找不到当年背负5个子女的重负，仍平静而虎虎有生气的父亲的形象。母亲那消瘦的肩胛，在日渐凄冷的夜里，能否再挡住彻骨的寒冷。他们的精血和力量，已被众多的子女和贪婪的土地吸走了精华，但他们仍在不停地劳作和奉献。也许他们感到了生的幸福，而我们却感到他们的一生实在太可怜、太辛劳。他们以乳汁和汗水哺育大的鸟儿，翅儿硬以后，一个个地飞走了。留下最初他们两人编织的巢。经过一番辛劳、一番热闹以后，又静静地守在巢里。一生就像一个圆。转了一圈，又回到原来的位置。他们尽量捡拾一生中值得高兴的事情，用缺少牙齿的口，困难地咀嚼干硬的欢乐。我为生命而流泪。

我常常被这根无形的橡皮筋反弹回圆心，作盲目的奔跳。其实我们渴求的是一种理想中的生命现象，而现实却以它特有的甚似无情的规律在推进生命和世间的演化。

故乡，从来都是我生命中的一根敏感的神经，也从来是我追求生命的真正价值和意义的推助器。

故乡，是我血脉的源头。我的纯朴，我的宽容，我的永不止息的追求，我的与人的真诚，我的对苦难者的同情和对美好生活的向往，皆来源于故乡，来源于对苦难生命的真切体验和感知。

苦难的生活教会了我战胜苦难，苦难练就了我不畏一切艰难曲折，追求美好幸福的韧劲和性格。面对困厄不必发愁，发愁无用，无助于解决问题，只会消损你的智慧和勇气。只有面对现实，积极寻找解决问题的办法。坚信一句话，办法总会有的。故乡，这是你给我的最大财富。没有依赖的日子，就是自立自强的开始。生活教会了我们多少书本上没有的东西啊。

故乡，成了我生命旅程中精神的加油站。走遍天涯海角，最挂心的是亲人，最牵魂的是故乡。而存留心底的不是故乡的富裕、进步，恰恰是故乡人的苦难。原来，苦难是最揪心的存在。

故乡，每一个奔走在外的儿女，对您都应有一份责任和义务。这种情愫，就像他们日日开放在心里的泡沫花。开了又谢，谢了又开。他们只能做他们能够做的一切。他们只是一棵树，要么守在故土上，要么站在远方遥望故土。但他们只不过是一棵树。一棵会思想的树。一棵移栽过的树。为了适应土壤、地气、烟尘、喧嚣，他们很艰难地改变着生理的机能，为了抗御苦风冷雨，他们尽力充实壮大自己。有过一次的逃避以后，他们感到了羞耻和当初的软弱。他们极力地长大并且茂盛。他们更多的并不是考虑自己的安逸，而是考虑更多苦难的生命。因为，他们早已实现了当初逃走的愿望，所以他们应具有更深一层、更高一点的情怀。协助更多的人逃离苦难与困厄，过上更合乎理想的生活，使生命的潜力充分发挥，成为萦绕他们心际的企盼。哪怕伸展开树臂，给遭遇毒日追赶和雨打的人，以瞬间的遮挡，也是一种心愿的满足。

故乡，我开始崇敬留在您身边的那些子女。是他们在养育着故乡、耕耘着故乡，用自己的智慧和双手改造着故乡、打扮着故乡。在他们面前，我们只不过是被风吹走的一颗细小的沙石。

故乡哟，您到底是什么？是水，是土，是风，是雾，是歌，是梦，是早晨空气的清新，是牧羊晚归的气息，是鸡鸣狗吠的静寂，是正午飘荡的饭香，是校园清脆的铃声，是电视机旁焦渴的眼睛，是越来越多的砖屋，是抖不去土味的乡音……是我吐也吐不出、咽也咽不下、哽在喉头的一根刺。

故乡哟！！！

我们做了什么？

1995年12月21日

其实，我们愧对人生，愧对世界。

我们有过太多的奢望。小时候，我们被母亲的乳汁、父亲的心血浇灌着，无论贫富，都在长大，纤弱的草也好，茁壮的树也罢，都是一派生机，一片绿色。

上小学了，老师又以知识的清泉滋养着我们，父母又以辛劳供养我们。我们站在他们的心尖上，觉得天这样蓝，一切都这样好。上中学了，渐知生活的一二，但很快被学业与自己的想象淹没了。上了大学，才开始知道，生活是如此的不易，而世界又有那么多美好的事物等待着我们。本以为自己能干成什么惊天伟业，目中无人，不服气的神情，四处怒放。其实，我们想的更多的是，想过上别人过不上的日子，做别人做不成的那种人。知道世界的皮毛以为全部，想象的诱惑使人变得轻飘。想过创造但更多的是如何攫取和占有。我们只知道，要像他那样生活，却更少想他是怎样得来的这种生活。过高的奢望与无知，使我们就像空中的风筝，只有那根线，衣、食、住、行才使我们与实际连接着。

这是人生最轻飘的一段时光，也是最美好难忘的一段记忆。轻飘是梦，难忘的都是美梦。

这一段美丽的青春，都建立在别人的付出之上。父亲的白发、母亲的皱纹、师者的老态，都渐生渐浓了。我们是花，我们要开，别人就必须浇灌、施肥。我们只奉献做给自己艳丽的梦。可他们还特开心。

当然，我们也在长大，光秃的翅上，有了羽毛，开始飞了。从梦想的天空飞回现实的地面。

其实，我们有过太多的抱怨。走进社会，走进某一个具体的工作单位，新奇了两天，觉得不该是这样啊。钱怎么这样少，规矩还这么多，工作这么忙，本已疲于奔命，再加每天早早地去提壶打水、扫地、整理桌椅，工作也是鸡毛蒜皮，那个瞎忙啊，可更糟的是几乎所有的人都能管我。心底的抱怨像雨后的春笋露出稚嫩而绿色的尖角，像火苗，随后，忍一忍，又熄灭了。

慢慢习惯了，觉得顺心了，又该谈情说爱了。你自己四处寻觅芳草，别人比你自己还热心地给你介绍，见面、交谈、过马路，不行，吹。连吹几次，别人的热情小了，可你自己又大了，你又急了，父母比你更急。广种薄收，总算抓住一棵称心或不称心的苗。可兜里没钱，父母给，亲友借。欢天喜地一番，父母挂在脑门的心，才算又回到肚里。

你成家了，也就成人了，该过自己的日子了。不小心，又蹦出个小崽。这可真是火上浇油。越忙，事越多。忙工作，忙家务。这时才感到累了。累了，才开始真正的生活了，开始真正生活了，你才静下心来，以现实的眼光，细细打量这个真实的世界，这时才发现世界本不是那么回事，生活就是生活。衣、食、住、行的开销，全要自己亲手挣来时，才知生活的艰辛。

其实，没有了抱怨，就有了一个一个具体的生活目标。扎进了现实的泥淖，就只有扑腾拼搏，而失去了长远的目标与计划，也失去了天真的浪漫与情调，仿佛失去了生命的光彩和激情。那不知天有多高、地有多厚的热望，逐渐降温、冷却。人，开始平庸琐碎而充实。接下来的过程，就是重复如父辈抚育自己的过程，年渐长、事愈明。

其实，我们常常愧对自然赋予我们的心智和肌体。我们只用了它们的一丁点儿，便走向了老年。

人的一生，除了每天一日三餐，八个小时的睡眠，所剩时间并不多。就在这可怜的有限的时间内，我们又干了多少事情呢？又干了多少有益于社会、有利于他人的事情呢？一生沐于琐碎的繁杂，何时站在清明的月上，睁开清醒温暖欣赏生命的眼睛？

权力的争夺，物质金钱的倾轧，嫉贤妒能的抱怨，无所事事的指责，不切实际的空想，无处不在的钻营，不三不四的饭局，毫无实际意义的陪伴，耗去了多少心智和体力？在这有限的时间内，我们干了什么？干了多少呢？好多的辛劳，也只是为了满足自己这具充满多种欲望的皮囊。

人啊。创造的快乐，劳动的幸福，才智的灵光，我们发挥了多少、又享受了多少？

植树联想

2007年4月12日

今天植树，亲手拿着锹来培土，也亲手提着桶，来浇水。

这是一种象征，也是一种形式。象，就是要有亲自的到场，亲自的做，要出场，出形。哪怕一锹土，哪怕一桶水，只要做了就有了意义。亲自动了手，植了树，哪怕一棵、二棵、三棵，就是尽到了一个公民应有的义务。保护环境人人有责，建设环境人人有份。这是你生存的家园。又有多少人，只知道砍树、破坏，连一棵树也没植过啊，一生连一棵树也没植过的人，却享受着绿树的荫庇、美丽，还有无尽的氧气，还有点火烧柴的温暖，还有喂饱牲口的供给，还有摆在家里的衣柜，还有门窗、茶几……

树可真伟大啊，吸食很少的养分、水土，阳光一照，满目的葱绿，长着，长着，就绽开艳丽，红的、黄的、蓝的、白的，真的是丰富多彩，集于一树。慢慢的，在风中，在艳阳中，在热中，落英缤纷，香气弥漫，气象非凡。

怎么美丽的东西，退场还有那么高雅的仪式。高贵美丽的人与物，其实都是鲜艳的、脆弱的、短暂的，经不起蹂躏和摔打的。更不用说发狠劲的砍伐了。

人啊，不能伤害了高贵和美丽，那是生的理想和幸福啊！那可是慰藉每个人心灵的风景，是生命的根系！

树活着的时候，给人类带来了希望、绿荫，并结出了可口味美的果实。一时幼小童真，一时绿叶缤纷，一时繁卉满枝，一时硕果累累。秋风霜雪中，仍用一腔热血，把叶子染红，仿佛神秘永恒的微笑，好像冷风中涂着口红的火苗，更像暗夜中点亮的彩灯。

树建造了风景，成了遮风挡雨的小小山峰，也更像一个美丽、多彩、辉煌、明亮的厅堂。月光亮若吊灯，环绕的星星是装饰的筒灯。阳光让绿叶怀孕，风在走廊里炫耀畅笑。那些大鸟小鸟站在自筑的卧室的窗口，仿佛是树的王子，屋的主人。

蜜蜂是太监，背着一大堆的甜蜜和歌声，打里照外，为了王子，大事小事的操心、忙碌。把东宫的花粉搬运到西宫。直到把汗毛磨光，把健壮的腿跑细。蝴蝶更像丫鬟，穿着透明的花衣，涂脂抹粉，画着娥眉，左右逢源，翩翩缠绕，舞态婀娜。演唱了一场，又接着一场，来不及更衣，顾不上卸妆。蜜蜂和蝴蝶，把日子侍弄得五彩缤纷，有声有色。

鸟儿是贪玩儿的花心君主，也是没有臣民的皇帝。花枝就像后宫，三宫六院，九十九嫔妃，妩媚艳丽，满身香水。他坐在自己匆忙的翅膀上，就像坐着专机，无忧无虑，在祥和富足的时光中，不在夜里提灯而去，而是光明正大地在温暖的春天里，由一群美丽的羽翼陪伴着纵情畅饮，无度采摘。高兴时唱几个小曲，忧愁时到院里散步，找几个小虫，几碟绿色食品，再端一碗河沟里酸碱度适中没有污染的清水，换一换口味。偶然兴致一来，宠幸一个娇妻，那尖锐的吻，那柔弱的花，就痛得流泪，一片片口红、胭脂，撒满一地。落在地上，还有香味。

宽厚的大树，将厅堂用清风细雨打扫干净，用时光摆成宴席，鲜美的果实，就是南北大菜，真的有色、有香、有味，摆在了自己茂密细弱的枝条上，摆在了自己从不动筷子的简陋的餐桌上，精妙绝伦，口味独特。不论谁来，都可以观赏，都可以采摘，都可以品尝，像共产主义社会。

树成熟的时候，他就变得更为坚定。脱去了衣服，剃去了胡须，立于风中，丢弃了多余，才露出了坚硬的本色质地。当日子把他的水分挤干的时候，当风用纤细的手指拧尽他身体里的绿色，他没有了鲜活的色彩、气韵，但却留有更加柔韧的筋骨。

站立是一棵树，躺下仍是一段飘香的故事。此时他居于更高处，少了缠绕的纷繁，多了孤独的承担，为构筑的华丽大厦扛起了泥瓦、砖石和日子。然后只需几把泥、几片瓦，就成了抗击千年风雨的支柱，担起岁月重量的栋梁，或者装饰门面的雕花的门，欣赏风景的美丽的窗，就是又一座华贵的宫殿。还有上到高处的攀缘的梯，困厄中的床榻、靠椅，湍急的河流上安全的桥，行在水中能抗击风浪的船。

有时是搭建和平友好的橄榄枝，有时也是杀向坏东西的武器。有时是遮羞的花衣，有时是高贵的头颅上美丽的桂冠。还有充当挖掘光明的煤矿里的窑柱，汲取生命之水的水车辘轳，老弱病残者艰难行走的拐杖。“木曰曲直”，有时更是分辨是非曲直的清凉的一锤……

能挺拔的，永远挺立，穿越了时空，忘我地劳作。即使在时间里腐朽，身上也长满了娇柔的软化血管的黑黄的花朵、木耳、蘑菇。有的亿万年还长治久安，成了见证日月和时光的化石，成了祖母绿，一圈一圈的年轮，睁大不睡的眼睛，看世事人生。有的从哪里来，又回到哪里去，化木为土，成了养育新生命的肥。更有的粉身碎骨，化成了纸浆，变成了雪一样洁白的身体，让有心的人把心中的泪和笑酿成智慧，把情和思变成乐曲，把欢乐和愤怒变成色彩，记下辉煌的历史，留下了心灵的瑰丽。

多少老树，太沉了，用钢管架支住，还又吐出鲜嫩的新绿。留恋这花花世间，像不竭的希望，有万千的不舍。

这是树，还是人，谁能说得清？！

生命如水

2007年5月29日　北京

生命，有时像一棵树的四季演变，形态、色彩、气韵，惊人的相似；有时像一座山峰的枯荣，但又仅似一小部分的人，不能全部涵盖。细细地思量，水，才更像每一个人真实生命的注释。

事实上，每个人体的80%都是由H_2O的分子式、水组成，如果按股权分置的原则，水应是人真正的大股东。人的一生是牛市，还是熊市，涨跌的曲线，水的变化至关紧要。水，说了算数。水，看似纷乱迷茫的无序，但却是渗进了生命的魂魄。水，看上去平常一般，但却须臾不离，滋养着时空和一切。生命如水。

水是生命的形态。不停地流动、滋养，直至化成汽，织进蓝天；走到老，归于大海。一个生命就是一颗晶莹的小水珠，走过的一生，也能映照出太阳的光辉，人世的斑斓，生命的真谛。最原始的胚胎，也就是水中游动的一个小精子与大他5 800倍的大卵子的艳遇而成，水不仅是媒介，而且是本体的内容。羊水破了的时候，一个新的珍贵的生命体披着水染的红彩，带着嘹亮的哭声，来到了干燥的人世间，透明天真地滚进了有限的岁月，并不清纯的茫茫时空，在白与黑的轮转中滴落，飞升，蹦跳，止息。急急地流，缓缓地走，静静地喘。一点一滴吸食父母的血汗，汇聚天地的灵气，渐成了小溪、小河，融成了茫茫滔滔的人流，变成气象万千的社会。

水无形，而态万千。如生命的特质，在于内心的追求，在于自我的塑造。水，放在碗里，呈圆形；放在杯里，呈柱形；放在河里，要奔涌；放在海里，似明镜……挂在高山是瀑布，流落岸边是浪花，隐在洼地有温泉……环境不同，形态各异，作用大小，差之千里……

水无色，而彩纷呈。纯净洁白的原色，是生命的本色，可容万物，衍生七彩。欢笑和歌声的渲染，风霜冰雪的涂抹，欲望与自尊的搅拌，亲情、友情的漂洗，物的诱惑与心灵高洁的相互争战……有被污染的黑黑的水流，有裹着沙尘的黄黄的河，有漂着花瓣的清清的江，有红鲤翻飞的碧绿的湖，有含着酸、碱的细细的雨，有不甘披彩的赤潮……它们像被生活一笔一笔描过，像被日月一天一天彩绘，鲜红的亮丽，碧蓝的尊贵，葱绿的生机，漆黑的暗淡；金黄的成了茶，咸涩的化为泪，性烈的成了酒，有毒的就像药，温顺的是洗脚水；色彩和谐的是风景，色彩单一的是孤独，色彩复杂的是丰富，色彩乱抹的是糊涂，色彩鲜明的是富有，色彩黯淡的是痛苦……眼睛血红的恐怖，眼睛清纯的温柔，眼睛灰暗的阴险盲目……

生命如水，洁白的画布被岁月染成了彩色，被生活浸润出沧桑，人人一样，有的某种颜色少，有的某种颜料多。

水无火，而有生命的温度。冷与热，使生命的质发生改变，轨迹扑朔迷离，形态相互转化，看似明白，但捉摸不透，酷似人的情绪。36.5℃，不冷不火，是常温，一般人都在这个温度下活着，五脏在转，脑子不乱，知书达理，正常温暖，像阳光下，明静的河。兼有一朵小小浪花，是心中的歌。

遇寒逢难，心情不好，洒几滴泪，有时是毛毛雨，有时如瓢泼的水；再冷，0℃就开始成霜变雪，像温柔的申诉，像饥寒中的呻吟，如英勇的壮士，为了理想和信仰，前仆后继，笼盖四野。世间在静谧中失去了色彩，万物隐去了形态，天空没有了方向，白茫茫的天与地，人就如迷途的羔羊。没有了生机，活着的只有思想。唯有天真的小孩儿，喜欢这种自然的景色。因为他也同霜雪一样，纯净无色，不谙人间苦甜的烟火。

0 ℃以下，经历漫长岁月的禁锢、寒冬，有的冰清玉洁，有的柔中有阴，至柔的水成了锋利、坚硬、冰冷。看到的透明，是温暖；蕴藏在体内的，是清醒。但她不伤人，除非你要碰伤她，而被割。

37 ℃以上，人就会发烧。发烧的感知是冷。如果不加以调节、控制，首先烧坏了自己。感觉冷时，轻者，要么感冒、咳嗽、流涕，无力如泥；重者，要么胡言乱语，手脚乱飞；再要高，就会目中无人，就会胡作非为。

100 ℃以上，脑子冒烟，燃烧自己，化成雾，变成汽，自由自在，遨游天宇。

遇到不可理喻的事，人们说，这个人脑子进了水，但又插不进飘香的花束；碰到不合常规的人，人们说，这个人烧得有病，但炉火在他的内心，想给抽点薪，降点温，外面还没有门。

其实，可能是他温度太低，冻的，像空冷；温度太高，热的，像飘的热气球。总之，是不正常的抖动。生命的温度，36.5 ℃。这是个人生温暖的尺度。像老百姓的日子，比冷高点，比热低点。既不烫手，也不冻骨，好接触，宜相处，少疾病，多长寿。既不膨胀，也不冷缩，是个生存的温度，但也是个平庸的度数。

历史上，轰轰烈烈的英才，万古流芳的天才，成为笑谈的蠢材，没有保持这个温度，也开创了江山基业，创造了文化艺术，还有创造发明、笑话。其实，每一个人，都有忽冷忽热的时候，像水的温度，只不过承受力不强，忍耐力不够，没有执著的追求，不敢让自己过长时间地发烧或受冻，快到临界点、将要发生质变、创造或者毁灭的时候，又跑回原处，复了原籍。

人要变化是难的，就像水的温度的变化，是一个长久而缓慢的过程，质变就在三秒间。

生命如水，变化无穷。有的平铺直叙，有的弯弯曲曲，有的飞流直下，有的绕道而去；有的像霜像雾又像雨，有的像冰像雪又像汽；有的像温柔的小溪，缠缠绵绵，细嚼慢咽；有的像大江巨浪，毫不留情，飞卷吞没；有的守着冰山的圣洁，有的在人声鼎沸的胡同里浪迹；有的把心血渗进了土地，有的在淬火加钢时献出了自己，化成了一股美丽的蒸汽；有的储存了能量，突破了大坝的围追堵截，化成电，成了光明和动力；有的举眉于岸边，垂钓悠闲和日月；有的看似柔弱，其实锋利得能切割；有的看似刚烈，其实，冰清玉洁，温柔无比；有的浩瀚荡漾，碧蓝尊贵，净化自我，滋润社会，如海；有的滴滴答答，油污圆滑，潜于暗渠，繁衍蚊蝇；有的清澈透明，有的混浊无味……

水往低处流，但山有多高，水有多深，山顶的飞瀑，波涛汹涌，像人的性格。

水至柔则无形，但无处不在，像人的美名，刚健人间，润物无声。

水至清则无鱼，但澄明天宇，滋生思想，清明如镜，映出千万真身倒影，鞭策生灵。

生命如水，流出千种形态，变化万种风情。水之美，美在气韵，美在养育万物的慈恩，美在不论以何种形态出现，都是人间风景；人之美，美在心灵，美在善良，美在容貌，美在智慧，美在创造，美在不论何种境况，都有对同类生命的恻隐、爱护，美在对生命的尊重和养育生命之情的感恩。

生命如水，环境、地形不同，该怎么流就怎么流。自然中有升华，平静中有变化。滋润不了社会，就把自己滋润好，渗入地下，哪怕长出一株绿草，开出一朵小花；即使想蒸发，也要多蒸发歌声和微笑，少蒸发些凄苦和泪花。

人哟，大道无痕，大智若水。水，原本就是人最初的家。

执教萨中那三年

2007年8月16日

我生在美岱桥，长在美岱桥。小小的村子，杏红草绿、小桥流水、青山巍峨，人口不过三千，住的都是用白色碱土抹就的土屋。那是过去，儿时的景物与记忆。

小小的故乡的村子，就是我少年时看世界最原始、最直观的参照物。萨拉齐古镇，在我幼小的心里，有高高的楼房、有小轿车、有林立的古典的商铺、川流不息的各色人流，就是大县城了。

1986年，我师专毕业，走进了这座小时候梦幻般的小镇。说她小，是因为我已在包头生活了三年，还去过美丽的呼和浩特，见到了更高的楼、更宽的街、更多的人、更好的大学，还有好像比村子还大的商场。参照物变了，大就成了小。

农村的孩子，赶上了好的时代，考了学，长了知识，增了见识，转换了身份，变成了城里人，有点庆幸，也有点不自在。且走进了小时候认为土右旗最古老、也是最好的学校。萨拉齐一中，这在我们当地，可就是蕴藏着深厚文化的高等学府了。又见到了多年前盼望成为他们得意门生的好多全旗知名的老教师。但我学在距家2里的美岱召中学，长在美岱召中学，无缘受教于这些也曾培养出北大、清华学子及无数高徒的名师。

而现在竟然与这些过去景仰的老师共处一室，生活、教学滚在一起，心里真是惴惴的。教化学的秦跃云老师、教数学的伊宴老师、教俄语且书法超人的田淮老师，还有老沂州郭双才老师……他们都是久经教场的老将，而我才是刚出茅庐的青年，不是一个重量级，教不好，分数上不去，误人子弟，那怎么行?

20多岁，本来仍是天真烂漫的做梦季节，一下子有了压力，明白了责任。

先是带初三，好像还是班主任。很快就调到高一，任语文教员，且还是从全旗几万学生中考进来的成绩最高的重点班，一班、二班。记得一班是俄语班，二班是英语班。这可是萨中的精英班，也是土右旗未来的希望啊。

校领导也真敢冒险，把这么重的担子，压在了知识瘦弱、能力单薄、没有任何教学经验的年轻无知、深浅不知、单纯若草、只有一腔热情的我身上。现在想来才有点后怕。恐怕当时的杨校长、伊校长实在是找不出人来了，才把菠菜也给摆上了正席的桌面。

真的感谢长辈们的厚爱，提供了锻炼的机会。备课、讲课，日日在重复的讲台上前进。

记得有一节课，有两个学生不好好听讲，交头接耳，窃窃私着不敬之语，被我听到。当时大不了他们几岁，且年盛气旺，或有恨铁不成钢之气，或许是他们冒犯了师道尊严，携起板凳就教训、诈唬。

在萨中的教学中，别的事都忘了，可气极之下粗鲁地对待学生这件事，像一块阴影，老跟着我。其实是自己修养不够使然，也是觉得他们愧对了我白明黑夜的辛勤劳动而动怒。这也使我明白了自己并不是一个称职的教师。

当个好教师也不容易啊！要有德、有才，更要有爱心，还得耐得住清贫，抗得住纷繁的诱惑！

好在一班、二班的学生，自身营养丰富，吸收能力强，消化功能好，自己找食的日子多，被动灌输的课时少。据说后来，学生们大都考上了大学，最无奈的也与我成了校友，上了师专。听到后，心里也有点点的慰藉。

我本来不敢写这类回忆性的短文，但耐不过岳母大人的催促，仿佛是给她完成一个作业。正写的中间，接到一个信息，说“再别康桥之内蒙方言版：悄迷格戳的你走了，就像你鬼迷六眼的来，幌抖幌抖衣袖，不提留走一片云彩。水底的草草啊，圪蹴在那儿轻轻的晃颤！问候一声，最近好吗？”

坐在北京我的办公桌前，仿佛看到水底小小的草草，读着小时候熟悉的方言，一下子使我动了情，勾起了我的回忆。我以为是大学同班同学发的，逗我开心而已，原来却是师专的校友，是20年前，又20年后，再没有谋面的我曾教过的二班或一班的学生小萌，在忽悠她的张老师。

想想萨中校庆快要到了，也许她想起了授课于她的老师。也可能是内蒙古60年大庆，她看电视，知道我来了，又走了，就发了上面的信息，以表念想。

回了两个信息，才知是早已长大了的学生，也正当着像我年轻时一样的老师，我这才认真起来。

想想在萨中的三年，虽是蜻蜓点水，眨了一眼，就过去了，后又远走他乡。但她却是我走进社会的开始。客观点说，是我人生的开始。

那些老教师们的善良、仁爱、兢兢业业，一堂课、一堂课的，按时来、不准时走的敬业爱生的品德，曾浓烈地熏染过我；那起早贪黑，不知疲倦地爱护着学生，各班间暗中较劲儿，心中就想着多考几个的热望，就是简单又重复的日子的巨大动力。

无私无怨地迎来一批新生，辛辛苦苦地又送走一批旧生。一送一迎间，燃尽了青春，耗尽了心血，有的还耽误了自己的子女，他们为什么？

世上的好多事情无可替代，也难于随心选择。这只是一种职业，但这种职业是最无私的职业，也是值得尊敬的人生。

在萨中的三年，虽短，但我在此，成家立业、娶妻生子，完成了人生最重要的事情。简陋的土坯平房里，有我的生活；房后的邻居里，有为儿子打过牛奶的长辈周俊明老师；教学楼里有我的证婚人，有当年风华正茂的同事，还有我的学生；有开办的诗歌专题讲座，创办的文学小刊，还有单身时的舞会、小食堂的焖面，再有突然坐在学生后排听课的校长、同行和讲台上我咚咚的心跳……

其实，人，都是在时光里摆渡、流浪。

逝者如斯，一转身，20年已过，只是记忆仍如我原来三楼办公室养育的阳绣梅，不分时令，一年四季地猛开，红红的，像热情的涂了口红的火苗，喷了香水的长发，灼我，缠我，提醒我还有那么一段难忘的岁月，清贫而多彩的生活，还有那么多曾朝夕相处的同事、长辈、朋友，仍不知疲倦地站在三尺讲台上，传道、授业、解惑、育才……

我想，这里生长着善良而高贵的生命，也孕育着创新的明天和无尽的希望。

值此校庆之际，祝长辈们健康长寿，祝同事们吉祥如意，祝学生们青出于蓝而胜于蓝，不忘师恩，回报社会，实现生命的价值和追求。

谨以此小文献给我执教三年的、妻子的母校，表达我们一家人对萨中的感谢和祝福!

心灵的声音

2007年元月31日

心存一份感激，人生就多了一份温暖。前进的路上，就多了一团希望的火焰。

心存一份美好，生活就多了一缕清香。岁月的河上，就有了芬芳的阳光。

心有一座江山，肩上就会有不朽的承担。人生的艰辛就会化成微笑的轻风。不竭的付出，就成为价值；生的境界，就会美丽高远。生命就有了超越肉体的重量，且花卉纷飞、清香亮丽。

心有一份牵挂，人生就多了一些彩色。仿佛光秃秃的山上，有了植物；蓝蓝的天空，飞翔着鸟群、白云；孤寂的小屋飘着酒香、歌声。薄薄的画布上，涂满了友情、亲情、爱情，一幅幅是那样逼真，一日日都散发着温馨。简单的生命变得葱茏，枯燥的日子流动着彩虹。

心有一份追寻，生命就多一份激情，人生就可能多一份收成。万事出于心。短暂的旅程，宝贵的生命，总不能毫无意义地把时光耗尽，成为吃喝玩乐的消耗品。

追求的生命就像奔流的小溪，为着崇高的目标，奋斗不止，苦也是甜；为着人生的壮观，历尽艰险，痛也是乐。

每个人理想不同，能力不同，境遇不同，担当的社会角色也不同。生活因不同而多彩，人因不一样而独特。大千世界，芸芸众生，每个人都是斑斓世间的组成。

尊重人的个性，发掘各自蕴藏的潜能，都能开出飘香的花朵，唱出动听的歌声，走出美丽的人生，编织诱人的风景。

心有一份追寻，生命就多一份激情，人生就可能多一份收成。

送予清风杏花的月色

2007年7月28日

这是我大学毕业后，在20多年的生活、工作过程中随手记下、写下的一些小文。现归拢成册。

她们都是我个人对一些生活、生命现象的描摹、感想、感知、感悟，有的也是思想、幻想、联想和梦想，甚至胡想。深深浅浅的，爱好与玩耍的结晶。有时闲来无事，怕提笔忘字，如小学生，有意无意的一种复习功课、练习思维，也算是怕生命怠惰而沉沦的一种刻意的修炼，自己与自己较量的结果。

我这半生，实在是太幸运，值得对生活感恩。虽然生在故乡苦寒的家庭环境中，但上学、工作、生活、事业，天设地造般幸运地遇到了无数老乡、邻居、上司、朋友的赏识、帮助、支持，得到了好的机遇，其实他们就代表着组织。他们没有功利，没有私心，却推着我一步步走到如今。生活的滋味尝遍，生命的体验纷呈，对人世的认识，由浅入深，由迷蒙而清醒；对情爱的体察，由梦幻而理性，由肤浅而真挚；对工作职责，由轻飘而渐重，感到活着有了沉甸甸的责任；对义与理，由无知而看重；对恩与谊，由暖润而逐渐升温，化成红色的珍珠，像星星，挂在心的天空；对生活与社会的规则，慢慢的条分缕析，层次分明。逐渐的懂事，逐渐的成熟，蓦回首，已过了半生珍贵的光阴……

在我这近45年的生命旅程中，有时沉静、沉思，甚至沉重；有时火红、暖心；有时孤寂、孤傲，稍有孤苦；更多的是平和、平稳、平常。匆匆忙忙，食着人间烟火；朴朴实实，尽着人的本分；兢兢业业，做着自己的事情；海阔天空，丰满着自己的想象、情感……

但年岁渐长，过去不曾记起的人与事，不曾留意的春光、月色，有时却突然跑上心的山冈，亮在眼前——养育自己和妻子的父母、两家的亲人，培育自己成长的上司、领导、兄长，相互帮扶的朋友、同学、同事，人生变化时，关键几步鼎力相助的组织、贵人……百百千千，音容笑貌、鼓励鞭策、善意的提醒……

在我的生命历程中，有无数的男性给予无尽的爱护和关照，更有多位女性，是我生命最重要的支撑，如梦幻的图腾，铭刻于生的背景——母亲孕育了我的生命，养大成人；妻子孕育了我的生活，培养血脉后代；领导孕育了我的事业，提供了机遇、平台。这是生命中最值得感恩，也是最重要的组成。在这些盛事面前，沉重的金钱和空洞的谢语，不值一文。努力的工作，不止的奉献……才可能回报温暖的人生。

母亲病重，告诉我苦短艰辛的人生；半生历练，教我懂得生命的意义与价值。生命是一个链条，日日相连，事事相生，环环相扣，步步为营，逐步延伸，光辉灿烂，坚实有用。

我这半生，渺小如蜂，但也在花丛中飞、绿草中行，吸食清风，得益他人，如果能用自己的勤奋、真诚，默默地酿出心中一亩绚丽的春，也要把丁点的甜蜜，给朋友、给那一个一个执著无私的养蜂人，给简单的岁月留点香痕。

这堆文字，如从故乡的土路上拾起的麦穗，每个农人碰到了，都会这么做。假如你用双手搓开，还有金黄的光芒、微微的重量，那可能是粮食，也可能是种子。果能如此，耗电熬油，没有白费，就是我的欣慰。

做人，一定要善良、真诚、宽容、智慧、仁义、坚韧；然后才有生命的葱茏，才有朴实厚重，才能平常、自然、安定、从容。做事，一定要有德、有能、有勤，容忍、隐忍、不忍，才有事业的成功，才有值得回味的余馨。做官，一定要知政、知理、知情、知人，才有扎实的发展，才有富裕文明。做文，一定要言之有物、有情、有梦，灵动鲜活，别具一格。人，名利浮云，事业人生，柳绿花红，温暖如春。

人生，点点滴滴铸就；文章，一字一行组成。不知对错，算是为心灵幸福设计的一套软件，虚无缥缈的梦的追寻，不可认真，以博一笑、一思，算是后记。

谨以此微薄之礼，献给生我养我像母亲一样宽广、仁厚的美丽的故乡，献给育我惠我像父亲一样伟岸智慧坚强的人民！

真诚的感谢为本书的出版付梓付出辛劳的领导、朋友、同事！

图书在版编目（CIP）数据

温暖的麦穗 / 张雁彬著．-- 北京 ：中国人民大学出版社，2013.1
ISBN 978-7-300-16752-7

Ⅰ．①温… Ⅱ．①张… Ⅲ．①散文集 -中国 -当代 ②随笔-作品集-中国-当代 Ⅳ．①I267

中国版本图书馆CIP数据核字(2013)第000013号

温暖的麦穗

张雁彬　著

Wennuan de Maisui

出版发行	中国人民大学出版社		
社　　址	北京中关村大街31号	**邮政编码**	100080
电　　话	010－62511242（总编室）		010－62511398（质管部）
	010－82501766（邮购部）		010－62514148（门市部）
	010－62515195（发行公司）		010－62515275（盗版举报）
网　　址	http://www.crup.com.cn		
	http://www.ttrnet.com（人大教研网）		
经　　销	新华书店		
印　　刷	涿州市星河印刷有限公司		
规　　格	140mm×210mm　32开本	**版　　次**	2013年1月第1版
印　　张	13.375　插页2	**印　　次**	2022年2月第4次印刷
字　　数	222 000	**定　　价**	38.00元